SALTO,
AL VACÍO

SALTO, AL VACÍO

MELINDA LEIGH

Traducción de Ana Alcaina

AMAZON **CROSSING**

Título original: *Drown Her Sorrows*
Publicado originalmente por Montlake, Estados Unidos, 2021

Edición en español publicada por:
Amazon Crossing, Amazon Media EU Sàrl
38, avenue John F. Kennedy, L-1855 Luxembourg
Octubre, 2022

Adaptación de cubierta por studio pym, Milano
Imagen de cubierta © Laura Kate Bradley / ArcAngel; © Fabio Lamanna
© R.Moore © Alex Stemmer © S. Kubyshin © Khashayar Rahimi / Shutterstock
Producción editorial: Wider Words

Impreso por: Ver última página

Primera edición digital 2022

ISBN Edición tapa blanda: 9782496708646

www.apub.com

SOBRE LA AUTORA

Melinda Leigh, reconocida autora superventas, número uno en las listas de *The Wall Street Journal* y de Amazon, es una exbanquera reconvertida en escritora. Amante de la lectura desde siempre, empezó a escribir para no perder la cordura mientras criaba a sus hijos. Debutó con *She Can Run*, que fue nominada al premio a la Mejor Primera Novela por la asociación International Thriller Writers. También ha sido finalista del premio RITA y ha obtenido tres nominaciones al premio Daphne du Maurier, además de los galardones Silver Falchion y Golden Leaf. *Tiempos difíciles* fue su primer título traducido al castellano, también en Amazon Crossing. Con *Salto al vacío* cierra la trilogía de la serie Bree Taggert, tras el primer volumen, *Promesa de sangre*, y el segundo, *Venganza de hielo*, todos en Amazon Crossing. Melinda es cinturón negro en kárate, ha dado clases de defensa personal a mujeres y vive en una casa desordenada con su marido, dos adolescentes, un par de perros y dos gatos. Para más información, visita www.melindaleigh.com.

Para Ladybug, por «ayudarme» con todo

CAPÍTULO 1

Sentada al volante del todoterreno oficial, la sheriff Bree Taggert miró con cara de fastidio la pantalla de su móvil, que no dejaba de sonar. Eran las seis y media de la tarde y estaba ya casi en casa, pero sus ayudantes no la llamaban al móvil a menos que fuera algo importante.

—Al habla la sheriff Taggert —respondió.

—Siento molestarla, sheriff, pero ha pasado algo. —La voz de la ayudante Laurie Collins resonó por el altavoz Bluetooth—. Hace una media hora acudí a una llamada sobre un coche abandonado en el puente de Dead Horse Road. —La joven hizo una pausa—. El coche no está averiado ni parece haber sufrido ningún daño. No hay rastro de la conductora, pero su bolso y su teléfono están dentro. Me preocupa que se haya alejado del coche y se haya perdido. O que le haya pasado algo peor.

A Bree se le erizó el vello de la nuca. Levantó el pie del acelerador y el todoterreno redujo la velocidad. Collins era nueva, pero no era ninguna pardilla. Contaba con seis años de experiencia a sus espaldas patrullando las calles. Tenía olfato y Bree sentía que había tenido suerte al haberla contratado. Si Collins estaba preocupada, lo más probable era que lo estuviese con razón.

Bree se detuvo en el arcén.

—Eso es un poco raro. ¿Sigues allí?

—Sí, sheriff.

—Voy de camino. Llegaré en unos cinco minutos.

Bree colgó el teléfono.

Entrecerró los ojos y miró por el parabrisas. Tenía delante la granja de su hermana, a la que se había mudado. Sintió un nudo de emoción en la garganta. Cuatro meses después del asesinato de su hermana, aún la asaltaban momentos de dolor así, sin previo aviso. Bree se había hecho cargo de sus dos hijos y de la granja. A veces los niños necesitaban más consejos y atención de los que Bree se sentía capaz de darles. Ella hacía todo lo que podía, pero en el mundo real no bastaba con esforzarse. Sabía por experiencia que aquella llamada la iba a tener liada el resto de la tarde. Se perdería la cena con los niños y no podría leerle el cuento de antes de ir a dormir a Kayla, pero el tiempo de respuesta podía ser absolutamente vital cuando el conductor de un coche estaba herido o perdido. En el norte del estado de Nueva York, a principios de mayo había cambios de temperatura de hasta treinta grados: los días eran más cálidos, pero de noche los termómetros podían llegar a los cero grados. La hipotermia era un riesgo real. La zona que rodeaba el puente de Dead Horse Road era muy boscosa. A Bree no le quedaba otra opción: tenía que ir.

Cuando trabajaba como inspectora de homicidios en la policía de Filadelfia, Bree utilizaba los casos para olvidar sus problemas personales. La evasión siempre había sido su mecanismo de supervivencia favorito. Si compartimentar formase parte de alguna competición olímpica, Bree se llevaría la medalla de oro. Casi daba gracias de que el departamento del sheriff que comandaba desde hacía solo tres meses fuera un desastre total. Entre el trabajo y criar a sus sobrinos, Bree tenía poco tiempo para pensar en su propia pérdida.

Pero sus prioridades habían cambiado. Aunque su trabajo era importante, había días —como aquel— en los que le molestaba que interfiriese con el tiempo que dedicaba a su familia. Menos mal que tenía una niñera a tiempo completo viviendo en casa. Era una preocupación menos.

Dio media vuelta con el coche, pisó el acelerador y el todoterreno salió disparado por la carretera. Llamó a casa para avisar a su familia de que llegaría tarde y luego se centró en el trabajo. La vía secundaria y el puente estaban a solo un par de kilómetros.

Unos minutos más tarde, Bree redujo la velocidad y enfiló hacia Dead Horse Road, un estrecho camino rural. La vereda, que parecía más bien un camino de cabras, atravesaba una espesa zona de bosque centenario, serpenteando alrededor de árboles y rocas gigantescos. Bree coronó una colina, bajó por la pronunciada pendiente y sorteó dos últimas curvas muy cerradas hasta que el puente apareció ante sí. Bajó la visera interior para que la luz directa del sol crepuscular no la deslumbrara. Al pie del puente, una pequeña cruz de madera decorada con una corona de flores señalaba el escenario de un accidente de tráfico mortal.

La ayudante Collins había aparcado su coche patrulla en el arcén, detrás de un Toyota Camry. Bree redujo la velocidad y se detuvo. Se bajó del todoterreno. No vio a Collins por ninguna parte.

—¡Sheriff!

Bree se volvió.

A quince metros de distancia, la ayudante Collins salió de entre los árboles y subió por el terraplén. Tenía el rostro enrojecido por el esfuerzo y se le habían soltado un par de mechones rubios del estricto moño.

Bree esperó a que la joven se acercara.

Collins respiró hondo dos veces.

—Un conductor que pasaba por aquí dio el aviso de que había un vehículo abandonado. Dijo que ya vio el coche el viernes por la tarde cuando volvía a casa después del trabajo y hoy de nuevo cuando se ha ido esta mañana. Al ver que el coche seguía ahí al llegar por la tarde, dio el aviso.

—¿Ha dicho a qué hora vio el coche el viernes? —preguntó Bree.

Collins sacó un pequeño bloc de notas de su bolsillo y lo abrió.

—Sobre las siete.

Estaban a lunes.

—Así que el coche lleva aquí al menos tres días —señaló Bree.

Collins frunció el ceño mirando el Toyota.

—No está cerrado con llave, y la llave de contacto está dentro. Los neumáticos están bien, el vehículo tiene mucha gasolina y el motor arranca sin problemas.

—¿Qué sabemos de la conductora?

—He comprobado la matrícula. El vehículo pertenece a Holly Thorpe, que vive en Grey's Hollow. La matrícula está en vigor y no tiene multas pendientes. He encontrado el permiso de conducir en el bolso.

—¿Has llamado a su casa?

—No tiene teléfono fijo. —Collins señaló hacia el terraplén—. He mirado en la pendiente de abajo por si salió del coche por algún motivo y se cayó. El viernes por la noche llovió mucho. El suelo debía de estar resbaladizo. No he visto ni rastro de ella.

Bree dirigió la mirada al coche y luego al puente.

—Normalmente, una mujer nunca se va sin su bolso ni el móvil.

—No. El teléfono está protegido con un código, pero he visto que aún le queda un poco de batería. También tiene buena cobertura. —Collins había comprobado metódicamente todos los detalles importantes.

Bree examinó la zona. A un lado del camino arrancaba una cuesta densamente arbolada. Al otro, un escarpado terraplén boscoso bajaba hacia el río. Justo delante, el puente se extendía sobre el río Scarlet. La intuición de Bree activó todas sus alarmas. A menos que hubiese sufrido una avería o se le hubiera pinchado una rueda, no había ninguna razón para que alguien hubiese dejado allí su coche. No había rutas de senderismo alrededor, ni tampoco ningún parque. El puente era estrecho, no disponía de ningún mirador. Aquella era una vía secundaria que prácticamente solo utilizaban los vecinos del lugar.

Se acercó al coche abandonado y se asomó a mirar por la ventanilla del conductor. Había un bolso en el asiento del pasajero, con la cremallera abierta. También había un teléfono móvil encima del salpicadero, y una cartera asomaba por el borde superior del bolso.

—He abierto la cartera para ver su documento de identidad —dijo Collins.

Bree se puso los guantes y abrió la puerta del vehículo. Cuando se inclinó y tocó la pantalla del móvil, apareció la pantalla de desbloqueo mediante reconocimiento facial. Al cabo de unos segundos, la pantalla cambió y solicitó un código de acceso. Bree tocó el botón de la llamada de Emergencias en la parte inferior de la pantalla.

—Owen Thorpe es su contacto de emergencia.

—Sí, sheriff. Supongo que debe de ser el marido. Según el departamento de Tráfico, tiene la misma edad que Holly y vive en la misma dirección. No contesta al teléfono. Le he dejado un mensaje pidiéndole que me devuelva la llamada.

Bree procesó la información mientras seguía luchando contra los malos presentimientos. Aunque remota, cabía la posibilidad de que Holly hubiese sufrido un mareo o un desvanecimiento y hubiese llamado a alguien para que fuera a buscarla. Tal vez estaba tan enferma que se había olvidado el bolso y el móvil.

¿Y los había dejado allí nada menos que tres días?

Parecía demasiado. Bree inspeccionó el resto del interior del vehículo y luego salió. A medida que avanzaba la tarde, la temperatura iba bajando. Si Holly se había internado voluntariamente en el bosque —o a la fuerza—, abandonando allí su coche, ya llevaba tres noches fuera. No había tiempo que perder.

5

—Enviaré a un ayudante a su casa —decidió Bree—. Si no está allí y su marido no sabe nada de ella, llamaremos a un equipo de búsqueda y emitiremos una alerta para personas desaparecidas. — Bree accedió a las cuentas de las redes sociales de Holly e indagó en la información personal de uno de sus perfiles—. Aquí dice que trabaja para Construcciones Beckett. Sé que es tarde, pero llama a la empresa y pregunta si la han visto.

—Sí, jefa.

Collins volvió a su coche patrulla.

Bree regresó a su vehículo y llamó a la central para solicitar que un agente acudiera a la dirección de Holly.

—Que el ayudante que vaya a la casa me llame al móvil en lugar de usar la radio. No quiero que la desaparición se haga pública todavía.

Los periodistas escuchaban las conversaciones por radio de la policía mediante escáneres. En el caso de que el desenlace fuese el peor posible, Bree no quería que los familiares de Holly se enteraran por las noticias.

Mientras esperaba, Bree accedió a los datos de la mujer en el Registro de Vehículos y examinó la información de su permiso de conducir. Holly Thorpe tenía treinta y cuatro años y medía 1,65 metros de estatura. En la foto de su carnet de conducir lucía una media melena, con el pelo liso y rubio.

Al cabo de unos minutos le sonó el teléfono y Bree respondió a la llamada.

—Aquí la sheriff Taggert.

—Al habla el ayudante Oscar. Acabo de hablar con Owen Thorpe. No ha visto a su mujer desde el viernes por la noche, cuando ella se fue de la casa después de que tuvieran una pelea. Dice que lleva borracho desde entonces y tiene un aspecto bastante lamentable. Por lo visto, le he despertado.

—Pregúntale si puedes inspeccionar la casa para asegurarte de que su esposa no está ahí —dijo Bree.

—Sí, sheriff —respondió Oscar.

Oyó al ayudante preguntar y también la respuesta de un hombre:

—Claro, haga lo que quiera.

—Es una casa de dos dormitorios —le explicó Oscar a Bree—. No tardaré mucho.

—Esperaré.

Bree oyó los movimientos del ayudante Oscar mientras abría y cerraba puertas durante unos minutos.

—Aquí no está —sentenció el agente.

—¿Recuerda el marido qué llevaba puesto cuando se fue? —preguntó Bree.

Lo oyó repetir la pregunta dirigiéndose a Owen Thorpe.

—Una blusa azul y unos vaqueros —dijo Oscar—: Y un chubasquero rojo. No recuerda qué zapatos llevaba.

—Bien. Quédate con el marido por ahora. Que no ponga las noticias. Dile simplemente que estamos buscando a su mujer.

El cerebro de Bree trabajaba a toda velocidad cuando la ayudante Collins dio unos golpecitos en la ventanilla del conductor.

Bree salió del coche.

Collins negó con la cabeza.

—La oficina de la constructora está cerrada.

Bree cogió su teléfono.

—Llamaré al jefe adjunto. —Telefoneó a Todd Harvey, su mano derecha, que formaba parte del equipo local de búsqueda y rescate de personas. Después de hablar con Todd, Bree se volvió hacia Collins—. Llegará dentro de unos veinte minutos. Llama con el móvil para solicitar unidades de apoyo adicionales. Tenemos que peinar la zona a pie inmediatamente. Voy a explorar los alrededores.

Mientras su ayudante se ponía en contacto con la central, Bree se plantó en la carretera delante del coche de Holly y giró en círculo. Árboles y rocas configuraban casi todo el paisaje. ¿Por qué se habría parado Holly allí? El ruido del agua sobre las piedras captó la atención de Bree, que desvió la mirada hacia el puente. Holly se había peleado con su marido. La discusión había sido lo bastante intensa para que ella se fuera de casa. Debía de estar alterada, incluso deprimida.

«Mierda».

Bree se dirigió hacia el puente, una vieja estructura de hierro de menos de ciento cincuenta metros de longitud que seguramente debería haber sido reparado y sustituido por otro hacía años. Sin embargo, el presupuesto de los condados rurales no daba ninguna prioridad a los puentes con escasa frecuencia de uso que se derrumbaban por culpa de una tormenta. Cuando Bree llegó a la mitad, se asomó y miró por la barandilla. Diez metros más abajo, el agua discurría bajo el puente.

¿Bastaría aquella altura para que la caída fuese mortal? Bree observó el río. Los recientes aguaceros habían provocado una crecida, por encima del caudal habitual. Era difícil predecir si alguien que saltase desde allí moriría por el impacto, pero sin duda no saldría ileso y no podría salir nadando sin más. La corriente era rápida. Río abajo, varias rocas asomaban entre la espuma blanca del agua. No había muchas probabilidades de que alguien fuese capaz de llegar hasta la orilla.

Bree siguió la corriente. Tras pasar por debajo del puente, el cauce del río se desviaba hacia el este. Un pequeño ramal formaba un meandro hacia el oeste, seguía circulando y desaparecía tras los árboles. La sheriff iba a tener que enviar ayudantes para que inspeccionaran ambas orillas.

Miró el reloj. Eran las siete. El sol se ocultaría hacia las ocho, de modo que les quedaba poco tiempo de luz. Volvió a andar hacia donde estaba la ayudante Collins, junto a su coche patrulla.

—Han respondido tres unidades —informó Collins.

Bree señaló con la cabeza hacia el río.

—¿Llegaste a bajar hasta la orilla?

Collins negó con la cabeza.

—No, solo me asomé a mirar en el fondo del terraplén, por si se había caído allí.

Bree empezó a bajar la pendiente.

—Quédate aquí y espera los refuerzos. Dile a Todd que he bajado al río.

—De acuerdo, sheriff. —Collins miró por encima del hombro hacia el puente—. ¿Cree que ha saltado?

—No lo sé. —A Bree no le gustaba hacer elucubraciones. Cualquier teoría preconcebida siempre interfería en una buena investigación, pero ¿por qué otra razón habría aparcado allí Holly su coche?

Bree bajó por el terraplén pedregoso y siguió un sendero trazado por el paso de los animales del bosque, avanzando con cuidado. Las largas sombras del atardecer oscurecían el camino. A unos cincuenta metros, el terreno cambiaba abruptamente y los árboles se erguían formando ángulos cerrados. El sendero retrocedía a partir de ese punto a lo largo de seis metros y luego daba la vuelta. Tenía que bajar en zigzag por la pendiente más empinada. Bree recorrió el primer tramo. Más adelante, el estrecho sendero se bifurcaba. Uno de los ramales se desviaba hacia el río, mientras que el otro se dirigía hacia la pendiente en dirección opuesta. En la curva, oyó un fuerte crujido en la maleza, como provocado por algo o alguien de gran envergadura. Se detuvo en seco y sacó el arma.

Sus sentidos se pusieron en alerta, como si hubieran captado la presencia de un depredador.

¿Sería el asesino de Holly Thorpe?

¿O era solo la imaginación de Bree?

«Tranquilízate. Lo más seguro es que sea un ciervo».

Al fin y al cabo, aquel era un sendero abierto por los animales.

El coche de Holly Thorpe llevaba tres días allí. Si había algo sospechoso en su desaparición, el responsable de esta ya habría abandonado el lugar de los hechos hacía tiempo. Sin embargo, el instinto de Bree seguía activando todas las alarmas.

Unos metros más adelante, oyó el crujido de una rama. El sudor le resbalaba entre los omóplatos. Había algo en el siguiente recodo del camino. Entrecerró los ojos para escudriñar las sombras del sendero, volvió a empuñar su Glock y apuntó hacia el ruido.

Retrocedió un paso, pisando el suelo con una de sus zapatillas de deporte y procurando no hacer ruido. Miró a su izquierda y se fijó en el tronco grueso de un árbol. Aquello le proporcionaría una buena cobertura si era necesario.

Oyó más crujidos más adelante, directamente frente a ella.

Contuvo la respiración cuando una figura oscura asomó por el recodo del camino y salió al descubierto bajo un rayo de sol.

Era un oso.

Bree se quedó paralizada. El oso se detuvo. Probablemente él también iba de camino hacia el río y la sheriff lo había sorprendido.

Intentar no hacer ruido había sido lo peor que podría haber hecho: los osos eran tímidos, no les gustaba la gente, de modo que si hubiera hecho mucho ruido al bajar, lo más probable era que el animal se hubiese ido en dirección opuesta.

El oso era menudo, estaba delgado, tal vez hacía apenas un mes que había salido del estado de hibernación. Estaría hambriento, pero los osos negros americanos rara vez eran agresivos, a menos que se sintieran amenazados. O que tuvieran cachorros.

«No va a pasar nada».

Dos pequeñas figuras negras se movían a los pies del oso. Bree les echó un vistazo.

Cachorros.

En realidad se trataba de una mamá osa, y Bree estaba a apenas siete metros de sus crías.

Mamá osa se levantó sobre las patas traseras, elevando el hocico mientras olisqueaba el aire. Volvió la enorme cabeza y olfateó en dirección al río. Había captado otro olor competidor.

Puede que hubiese planes urbanísticos para construir en aquella zona, pero justo delante Bree tenía una prueba fehaciente de que buena parte de esa área seguía siendo salvaje. No era el primer oso que veía. Hasta la muerte de sus padres, cuando Bree tenía ocho años, había correteado con aire asilvestrado por los bosques de Grey's Hollow. Ahora sabía lo suficiente como para no echar a correr. Eso solo serviría para activar el instinto predatorio del animal. La gente que huía de los osos acababa siendo víctima de ellos.

Pero aunque su cerebro supiera lo que tenía que hacer, su cuerpo estaba preparado para responder con una reacción de lucha o huida. Por desgracia, cualquiera de las dos opciones era pésima.

Bree levantó las manos y extendió los brazos, tratando de parecer más grande. Despacio, dio un paso hacia atrás, sin hacer movimientos bruscos, y habló en voz alta pero calmada:

—Tranquila, no voy a hacerte daño, ni a ti ni a tus crías.

En aquellas circunstancias, la Glock de Bree era como llevar una cerbatana, pero era lo único que tenía. Su bote de espray para osos se había quedado en la parte de atrás de su coche. Un oso podía atacar a una velocidad de cincuenta kilómetros por hora, de modo que sus posibilidades de detener al animal con disparos certeros y eficaces durante ese nanosegundo de pánico no eran muy elevadas. Además, Bree no quería dispararle. Sintió que se le aceleraba el corazón, pero obligó a sus pies a moverse como si estuvieran hechos de melaza. No oía más que los latidos desesperados de su propio pulso en los oídos.

La osa se puso a cuatro patas, dando un fuerte golpetazo en el suelo al aterrizar sobre las delanteras. Resoplando, el animal dio dos pasos rápidos hacia delante y luego retrocedió.

Bree deslizó un pie hacia atrás, luego el otro. La osa movió la cabeza trazando un arco bajo. Bree dio otro paso atrás, poniendo otros preciosos treinta centímetros más de espacio entre ella y el animal. De pronto, oyó el ruido de una sirena aproximándose. La osa también la oyó y giró en dirección contraria. Se batió en retirada y salió corriendo, con sus cachorros pisándole los talones.

Bree soltó todo el aire de los pulmones con un fuerte resoplido, cosa que le provocó un mareo.

Había tenido suerte. Mucha suerte.

Con las piernas temblorosas, se dio la vuelta para enfilar de nuevo el sendero hasta la carretera. Esperaría a contar con los refuerzos —y con el espray para osos— antes de ponerse a buscar en la orilla del río. Las piedras del terreno se escurrieron bajo sus pies. De pronto, el suelo cedió y Bree se precipitó por la ladera del terraplén. Tratando de mantener los pies encarados hacia abajo, chocó contra un árbol joven y se deslizó entre los troncos de dos árboles más grandes. Aterrizó sobre un montículo al pie de la pendiente, rodeada de tierra suelta y piedrecillas que se asentaron a su alrededor.

Temía la orilla pedregosa del río justo delante. Bree se levantó y se sacudió la tierra de los pantalones.

Un olor impregnaba la brisa que llegó hasta ella, un olor que le revolvió el estómago, y en ese instante supo qué era lo que había atraído a la osa.

Se dirigió hacia las rocas que flanqueaban el río. Desde allí veía perfectamente toda la orilla hasta el puente, arriba. Unos metros más adelante, algo de color rojo asomó por detrás de una roca de la orilla y luego se escondió de nuevo.

Bree sintió un nudo en el estómago.

Apretó el paso. Rodeó la voluminosa roca y bajó la vista. Saber lo que iba a encontrar no hizo que el hallazgo fuese más fácil.

En las rocas y el barro de la orilla del río yacía el cuerpo de una mujer vestida con un chubasquero rojo y unos vaqueros. La osa había captado el olor. Los osos negros comían de todo, desde bichos hasta hierbas y bayas… e incluso cadáveres.

Sacó el teléfono y llamó a la ayudante Collins.

—La he encontrado.

Bree se acercó al cadáver. La víctima yacía de lado, con el pelo mojado dibujando remolinos en el agua alrededor de la cara, cambiando mecánicamente de posición cada vez que la azotaba la corriente. Bree rebuscó en el bolsillo y sacó un bolígrafo. Lo utilizó para apartar el pelo de la cara de la víctima. Era una mujer menuda, rubia y, definitivamente, estaba muerta.

Capítulo 2

Matt Flynn iba en el asiento del pasajero del monovolumen de su hermana. A un lado de la calle se extendía un polígono industrial abandonado, y al otro se alzaban una serie de casas viejas y pequeñas, en estado semirruinoso.

—Gracias por acompañarme —le dijo Cady, al volante del coche.

—Me alegro de que me hayas llamado. No me gustaría nada que vinieras sola a este barrio.

Por muchas razones. Matt, antiguo ayudante del sheriff, había estado varias veces en aquella zona de la ciudad, donde había desmantelado un laboratorio de metanfetamina. También sabía que aquel era el barrio donde vivía la familia del exmarido de Cady.

En el asiento trasero, Brody soltó un ladrido y arrimó el hocico a la ventanilla. Como miembro de la unidad canina, el pastor alemán había sido el compañero de Matt en la policía antes de que un tiroteo acabara con la carrera de ambos. Matt había aceptado una indemnización del condado, con la condición de que su perro se retirara del servicio con él. Brody era su compañero, y Matt se negó en redondo a irse sin él y dejarlo allí a las órdenes del sheriff anterior, un hombre corrupto y sin escrúpulos. Matt se preguntó si Brody reconocería los edificios mientras pasaban por las calles del barrio.

Salto al vacío

—No quería esperar hasta mañana —dijo Cady—. La persona que llamó dijo que el perro estaba en muy mal estado, y dentro de una hora se hará de noche.

Cady estaba al frente de un refugio para perros y solía recibir llamadas anónimas informándola sobre animales abandonados o maltratados.

—Normalmente siempre me acompaña alguna de las chicas —añadió—, pero he pensado que esta noche sería mejor que vinieses tú.

—Me alegra poder ayudarte, aunque no seas ninguna damisela en apuros.

Matt dio gracias para sus adentros de que su hermana fuese una mujer espabilada, con mucha calle a sus espaldas y bastante sentido común. Además, sabía defenderse perfectamente. Antiguo miembro del equipo de remo de la universidad, ahora Cady daba clases de kickboxing y defensa personal. Con casi metro ochenta de estatura, llevaba unos vaqueros desteñidos y una sudadera con el logotipo del gimnasio de artes marciales de su hermano mayor. No tenía un aspecto frágil, precisamente.

—Prefiero no meterme en líos, si puedo evitarlo. —Cady señaló una parcela cubierta de vegetación—. Es aquí.

Se trataba de una casucha en medio de una jungla urbana. La maleza y un follaje abundante invadían el porche delantero, y una capa de moho recubría el desconchado revestimiento blanco.

Cady detuvo el coche, se recolocó la coleta larga, de color rubio rojizo, y alargó la mano hacia el tirador de la puerta.

—Espera un momento. —Matt escudriñó la calle—. ¿Conoces al dueño de la casa?

—Sí. —Cady le dijo un nombre que él no reconoció—. Ya he hablado con él y me ha dado permiso para llevarme al perro de su propiedad. La demolición de la casa está prevista para el mes que viene. Quienquiera que esté viviendo aquí es un *okupa*.

15

Matt esperaba que, efectivamente, fuera simplemente eso: si se encontraban con algún traficante de drogas, por ejemplo, este podía pegarles un tiro ahí mismo y arrojar sus cadáveres al río.

Se volvió hacia el perro, en el asiento trasero.

—Tú quédate aquí.

No quería que Brody pisara una pipa de *crack*, una jeringuilla o un cristal roto. Había traído al perro estrictamente como refuerzo. A Brody aquello no le gustaría, pero le obedecería de todos modos. Matt bajó la ventanilla para que el animal respirase aire fresco... y para que pudiera salir del vehículo si era necesario. A continuación, abrió la puerta y salió a la calle.

El vello de la nuca se le erizó inmediatamente: alguien observaba sus movimientos.

En aquel barrio siempre había alguien vigilando. Los delincuentes permanecían en alerta constante, controlando su entorno, y seguramente a los demás vecinos también les inquietaba la presencia de extraños en los alrededores.

El sol había comenzado su descenso y proyectaba sombras alargadas sobre las calles. Matt siguió a Cady hasta la acera agrietada. Una valla de tela metálica oxidada rodeaba la finca. La puerta, que no estaba cerrada, colgaba de las bisagras, y emitió un chirrido cuando Cady la empujó. Tras atravesar la abertura, la maleza se les echó encima y les obstaculizó la vista. Las espinas de algún arbusto arañaron las perneras de los vaqueros de Matt.

—¿Te dijo la persona que llamó dónde tienen al perro? —Se puso delante de su hermana por si les esperaba alguna sorpresa.

—En el porche trasero.

Matt notó que el pulso le latía con fuerza mientras caminaban por el lateral de la casa. Aguzó el oído, pero lo único que percibía era el murmullo de la brisa primaveral entre los árboles y el estruendo lejano de un tren de mercancías. Apartó una rama, sujetándola para que pasara su hermana, y salieron al jardín trasero. Además de malas hierbas, unas botellas rotas, colillas y envoltorios de comida rápida recubrían el suelo de tierra. Los fragmentos de cristales crujieron bajo las botas de Matt, que se alegró de haber dejado a Brody en el monovolumen.

Oyeron un gemido grave que venía de detrás de un espeso arbusto de enebro, en la esquina de la casa. Matt y Cady lo rodearon y descubrieron la parte trasera del edificio, precedida por un porche. La mitad de los barrotes de la barandilla estaban rotos, y la madera de los peldaños estaba podrida.

Cady señaló con la mano.

—Ahí.

Vieron a un pitbull joven, con manchas blancas y pardas, junto a la destartalada puerta trasera. Estaba atado a un poste con una cuerda gruesa y sucia, y lo rodeaban varias pilas de excrementos de perro. El hedor era insoportable, y no había ni un solo hueco limpio donde pudiera tumbarse. Se le apreciaban las costillas a simple vista, y tenía el pelo apelmazado y asquerosamente sucio.

—Pobrecillo —exclamó Cady con voz aguda—. Qué flaco que estás…

Matt se acercó al pie de la escalera muy despacio, tratando de detectar señales de maltrato. El perro volvió a emitir un gemido suave y Matt se sacó un trozo de pollo del bolsillo y se lo ofreció. La postura del animal se relajó cuando olió los dedos de Matt y aceptó la comida con cuidado. No hubo ningún movimiento brusco, ni tampoco vacilación o desconfianza.

«Increíble», pensó Matt.

Examinó el delgado cuerpo del animal.

—Es un macho joven. Unos veinte kilos, como mínimo tres kilos por debajo de lo que debería pesar. Infestado de pulgas.

—No hay comida. ¿Ves algún recipiente con agua?

Cady rodeó a Matt para ver mejor. No pensaba dejar que él la sobreprotegiera, cómo se le había podido ocurrir semejante idea.

—Ahí hay un cuenco vacío.

Matt sacó varias fotos. Documentar los casos era una vieja costumbre de sus días como investigador del departamento del sheriff.

—Ya he visto suficiente —dijo Cady, con voz tajante—. Vamos a sacarlo de aquí.

Matt se inclinó hacia delante y desató la cuerda del collar del perro.

—¿Te vas a portar bien, campeón? —le preguntó con tono agudo. El perro respondió meneando la cola.

—No te acerques tanto, Matt.

El animal parecía amistoso, pero la mayoría de los perros no mordían por agresividad, sino como reacción ante el miedo o el dolor.

Como no quería arriesgarse a caerse por los escalones rotos, Matt se inclinó hacia delante y rodeó con un brazo el torso del perro.

—No me muerdas, ¿vale?

El animal no solo no opuso resistencia cuando Matt lo cogió en brazos, sino que le lamió la cara.

—Así me gusta, buen chico.

Matt lo depositó en el suelo y le masajeó la cabeza.

Agachándose para situarse a la altura del perro, Cady abrió el lazo de la correa que llevaba en la mano y se la pasó por la cabeza.

—Eres un perro muy guapo.

Le dio una golosina que se sacó del bolsillo.

Asombrosamente, el animal movió la fina cola de un lado a otro, y su delgado cuerpo se estremeció de alegría.

—¿Cómo pueden estos perros abandonados seguir queriendo a los humanos después de lo que les han hecho? —comentó Matt, que examinó el resto del cuerpo del animal en busca de heridas. Comprobó que a primera vista parecía estar sano.

—Las personas no se merecen a los perros —coincidió Cady.

Matt acarició el costado del animal.

—Vamos a sacarlo de aquí.

—Te vas a sentir mucho mejor muy pronto.

Cady se levantó. El perro parecía contento de caminar a su lado, como si supiera que lo estaban rescatando.

La joven lo guio por el lateral de la casa hacia el patio delantero, y Matt los seguía detrás. Llegaron a la acera de la calle. El sol crepuscular cegó a Matt, que levantó una mano para protegerse los ojos.

—¡Eh, vosotros! ¡No podéis llevaros a ese perro! —gritó un hombre alto y calvo desde el otro lado de la calle. Sacó la cabeza de debajo del capó de una maltrecha camioneta F-150 y rodeó una caja de herramientas que había en el suelo.

Matt agarró a Cady del brazo y la empujó para situarla detrás de él. El perro apretó el cuerpo contra la pantorrilla de la joven.

—Tenemos permiso del dueño de la casa —dijo Matt.

—Bueno, pues ese perro es de mi amigo, no es vuestro.

El hombre tenía unos cincuenta años, llevaba unos vaqueros caídos y una camiseta manchada de lo que parecía aceite de motor. A pesar de su edad y su constitución delgada, tenía un aspecto enérgico y receloso que puso a Matt en alerta. El hombre se acercó unos pasos, sin dar señales de sentirse intimidado. Llevaba una llave inglesa en una mano y empezó a golpearse con ella la palma opuesta.

En ese momento, Matt deseó poder llevar todavía una placa y una pistola.

—¿Dónde está su amigo?

En segundo plano, Matt vio la figura oscura de Brody saltar sin hacer ruido por la ventanilla abierta del monovolumen hasta la acera.

—Ha ido a visitar a unos amigos —contestó el hombre—. Volverá dentro de un par de días.

—No tiene derecho a vivir aquí. —Matt mantuvo un tono de voz neutro—. Sabe que esa casa no es suya.

—La gente hace lo que tiene que hacer. —El hombre se encogió de hombros y bajó el tono de voz, más amenazador—. Aun así, no podéis llevaros a los perros de la gente así como así.

Cady asomó deslizándose por detrás de Matt.

—Hola, me llamo Cady. ¿Cómo se llama usted?

—Cady —le advirtió Matt en voz baja.

Su hermana lo ignoró.

—Soy Dean.

El hombre relajó su postura cuando ella le sonrió.

Cady se puso seria y miró al perro con gesto de preocupación.

—El perro está en muy mal estado.

Dean frunció el ceño.

—Pues a mí me parece que está bien.

Brody avanzó por la acera hasta situarse a unos cuatro metros por detrás del hombre. Matt le hizo una señal con la mano para que se detuviera. El animal obedeció, pero se concentró al cien por cien en Dean. Si el hombre reaccionaba con agresividad, Brody se le echaría encima.

—Está por debajo de su peso, y tiene tantas pulgas que ha perdido parte del pelo. —Cady señaló una calva en los cuartos traseros del perro—. Su amigo se ha ido y lo ha dejado sin comida ni agua. ¿Cuándo se fue?

—Ayer. —Dean miró al perro, como examinándolo de nuevo—. Sin comida ni agua, ¿eh?

—Eso. —Cady sacó una tarjeta de visita de su bolsillo—. Dirijo un refugio para perros. Puede darle mi tarjeta a su amigo cuando regrese y así podrá ponerse en contacto conmigo para hablar del perro. Vamos a llevarlo a un veterinario para que lo examine.

Dean rechazó su tarjeta.

—No hace falta. Nunca me he fijado mucho en el perro, pero está claro que tienes razón. Está demasiado flaco. —Dio un paso atrás, con renovado respeto en la voz—. Seguid vuestro camino, que yo volveré a ocuparme de mis asuntos.

—Gracias.

Cady llevó al perro hacia el monovolumen.

Dean se despidió con un leve movimiento de cabeza y luego volvió a concentrarse en la reparación de su camioneta. Vaciló al ver a Brody en la acera. El perro, con las orejas tiesas y los ojos despiertos clavados en Dean, resultaba intimidante.

—Brody! *Fuss!* —le ordenó Matt.

Brody pasó corriendo junto a Dean y se colocó junto a Matt. Sacudiendo la cabeza, Dean se inclinó bajo el capó levantado de la camioneta.

Matt abrió la puerta de atrás y cogió al pitbull. Cady abrió el cajón de la parte trasera, y Matt metió al perro dentro y cerró la puerta. El animal se dio la vuelta y se acurrucó encima de una toalla vieja.

Matt subió a Brody al asiento trasero.

—Ya sabes que te hiciste daño en el hombro y que no puedes estar saltando para entrar y salir de los coches, pero gracias por tu ayuda.

Brody movió la cola.

Matt y Cady subieron al vehículo. La joven destapó una botellita de gel hidroalcohólico. Matt extendió una mano y ella le echó un chorro en la palma. El pitbull estaba lleno de mugre y pulgas, y Matt se alegró de que hubieran traído el vehículo de Cady y no el suyo.

—Menos mal que uno de los dos tiene don de gentes. Eso ha sido una maniobra de desescalada absolutamente magistral —señaló Matt cuando Cady puso en marcha el monovolumen—. Has convertido un enfrentamiento en potencia en un intercambio civilizado y positivo.

Él había estado dispuesto a todo, pensando únicamente con los músculos y no con la cabeza.

Cady se rio.

—Lo he hecho unas cuantas veces.

—Más de una, estoy seguro, y eso es lo que me preocupa.

Matt miró a su hermana. De perfil, su aspecto llevaba al engaño: sus pecas la hacían parecer bastante más joven de los treinta y tres años que tenía. Sin embargo, llevaba ya seis rescatando perros, desde su desastre de matrimonio y el posterior divorcio, un trance complicado y desagradable. Solo de pensar en esa época, Matt cerró el puño automáticamente, recordando la satisfacción que le produjo habérselo clavado a su excuñado en toda la cara. Pero no sacó el tema. En primer lugar, su hermana no sabía nada de eso: pensaba que su ex había dejado de acosarla y agobiarla por voluntad propia. Y en segundo lugar, salvo por el hecho de no haber vuelto a salir con ningún otro hombre, ya parecía haber superado aquella época tan terrible de su vida.

—Hablas igual que papá. —Cady negó con la cabeza—. Sé defenderme yo solita, y siempre procuro no hacer estupideces.

—Lo sé.

—Te he llamado yo para lo de hoy, ¿verdad?

—Sí, así es —reconoció él—. Y te lo agradezco, pero sigues siendo mi hermana pequeña.

Cady soltó una carcajada seca.

—Ya no soy una niña, precisamente, y rara vez me meto en problemas. A la mayoría de la gente no le gusta que maltraten a los perros. He conocido a tipos con pinta de duros y malotes que se me han puesto a llorar o que se han enfadado mucho al ver a un perro maltratado.

—Pero también hay un montón de gilipollas a los que les importa un bledo, como ese tío de ahí, que se fue y lo dejó sin comida ni agua.

Matt miró hacia atrás, al cajón que contenía al pequeño pitbull. Vio a través de los agujeros que el animal seguía acurrucado. Alargó la mano hacia el asiento trasero para rascarle la cabeza a Brody.

Cady no tuvo nada que objetar a las palabras de su hermano.

Poco después, regresaron a la casa de Matt.

—Entonces, ¿puedo dejarlo aquí contigo hasta que le encuentre una casa de acogida?

Matt puso los ojos en blanco.

—Pues claro. Hay un sitio libre en la perrera, ¿por qué no llenarlo?

Cuando Matt se hubo recuperado después de que lo dispararan en acto de servicio, compró la casa y el terreno y construyó la perrera con la intención de entrenar a perros para la unidad canina de la policía, pero su hermana la llenó inmediatamente con animales rescatados, convirtiéndola en un refugio. Más de tres años después, seguía teniéndola llena.

—Gracias. —Se inclinó y le besó en la mejilla.

—Te ayudaré a bañarlo.

Matt dejó bajar a Brody del monovolumen mientras Cady ayudaba al pitbull a salir del cajón.

Se dirigieron hacia la perrera. Alguien abrió la puerta y salió un hombre delgado. Matt conocía a Justin desde que eran niños. Acababa de salir de un centro de rehabilitación de drogas, de manera que no tenía muy buen aspecto. Además, había sufrido un accidente de coche tras el cual desarrolló una adicción a los opiáceos; y luego sufrió la pérdida de su mujer, víctima de asesinato, cuyo asesino le había disparado y secuestrado a él también. Sí, Justin aún seguía en pie, pero apenas quedaba nada del hombre que había sido. Emocionalmente, estaba destruido.

—Hola, Justin.

Cady le resumió en qué estado se encontraba el perro. Justin se limitó a asentir con la cabeza. No había podido conseguir ningún trabajo desde su salida del centro de rehabilitación, así que Matt lo había puesto a trabajar en la perrera. Los perros eran la mejor terapia que se le ocurría, y su amigo necesitaba tener la cabeza ocupada. Demasiado tiempo libre no le ayudaría a seguir estando limpio.

Justin se arrodilló en el suelo de cemento y tendió la mano al pitbull. El perro se acercó. Le acarició la cabeza y el perro se apoyó en él.

Un alma malherida acababa de reconocer a otra.

Matt notó la vibración del teléfono en el bolsillo y lo sacó. Era Bree. El corazón le dio un pequeño brinco de felicidad. Su relación estaba todavía en los primeros compases, y aún no se había acostumbrado al efecto que le producía el mero hecho de oír su voz. ¿Querría verlo esa noche?

—Tengo que contestar.

Salió y respondió.

—Hola.

—Hola —dijo ella.

Aunque había tenido esperanzas de que la llamada fuera personal —hacía ya tiempo que deberían haber salido en una cita romántica, pero la familia y el trabajo la tenían siempre muy ocupada—, por su tono de voz Matt supo de inmediato que se trataba de un asunto oficial.

—¿Qué ha pasado?

—Hemos encontrado un cadáver en el río, cerca del puente de Dead Horse Road.

—¿Y aún sigues ahí?

—Sí. Acabamos de encontrarlo. Todavía estoy esperando a la médico forense.

—De acuerdo. Ahora mismo voy. —Matt colgó y entró de nuevo en la perrera—. Tengo que ir a trabajar.

Cady frunció el ceño.

—No se lo voy a decir a mamá. No le gusta nada que vuelvas a trabajar para el departamento del sheriff, porque fueron ellos quienes te dispararon.

—Lo sé. —Matt ya había intentado retirarse, pero no le había sentado nada bien. Solo tenía treinta y cinco años—. Es que no sé hacer otra cosa.

Llamó a Brody.

—Que Brody se quede conmigo. Ya lo dejaré dentro antes de irme. —Cady le dio un abrazo rápido—. Te quiero. Ve con cuidado.

—Lo haré.

Matt entró en casa y se puso el uniforme de asesor civil de la policía: unos pantalones de color caqui y un polo negro con el logotipo del departamento del sheriff. Luego salió, se subió a su todoterreno y se fue a ver un cadáver.

CAPÍTULO 3

Bree subió la cuesta de vuelta a la carretera y se tragó una bocanada del aire primaveral de la tarde. El agua fría había ralentizado la descomposición del cuerpo, sin llegar a detenerla. El olor, como el de la carne que empieza a estropearse, le había penetrado en la nariz y se le había adherido a la parte posterior de la garganta.

Collins estaba junto a la puerta abierta de su coche patrulla, hablando por radio. Vio a Bree, cortó la comunicación y se acercó a ella corriendo.

—He llamado a la forense —explicó Bree, sin aliento—. Y a nuestro agente de investigación criminal, Matt Flynn.

Las restricciones presupuestarias impedían la contratación de un investigador a tiempo completo, por lo que Matt trabajaba como asesor técnico para el departamento del sheriff en función de las necesidades concretas.

Un coche del departamento aparcó en el arcén. El jefe adjunto Todd Harvey se bajó del vehículo y echó a andar por la gravilla hacia ella, ajustándose el cinturón de trabajo sobre la cintura delgada. Con su metro ochenta de estatura, caminaba con paso largo y seguro, propio de alguien acostumbrado a dar paseos por la naturaleza. Se detuvo frente a ella.

Bree le resumió lo ocurrido en unas pocas frases breves y a continuación abrió la puerta del pasajero de su todoterreno para sacar su cámara.

—Nos estamos quedando sin luz natural. Con la ayuda de los agentes que vayan llegando, Collins y tú inspeccionad el suelo alrededor del vehículo, entre el vehículo y el puente, y la superficie del puente. Meted en bolsas cualquier cosa que encontréis como indicio. Fotografiadlo todo. —Bree observó la fila de vehículos de policía. La prensa no tardaría en hacer acto de presencia—. Precintad la zona para establecer un perímetro y protegerla de los medios. Id con cuidado, he visto una osa y a sus dos cachorros en el camino. Dudo que vuelvan, pero andaos con ojo de todos modos.

Cerró la puerta, se dirigió a la parte trasera del vehículo y abrió el maletero. Sacó su espray para osos, por si acaso.

—Según la persona que dio el aviso, el coche lleva aparcado en el puente desde el viernes. Es probable que las fuertes lluvias del fin de semana pasado hayan borrado cualquier huella.

Bree dudaba que alguna prueba se hubiera conservado tras la tormenta, pero seguirían el procedimiento de todos modos.

—Sí, jefa —dijo Todd.

Se levantó una ráfaga de viento al otro lado del río y Bree percibió el frío en el aire. La temperatura descendía al mismo ritmo que el sol. Se puso la chaqueta y se metió los guantes y las bolsas para pruebas en los bolsillos.

—Indicad a Matt y a la forense dónde está el cadáver.

Todd y la ayudante Collins regresaron a sus vehículos. Bree bajó la pendiente hacia el cuerpo y sacó fotos desde múltiples ángulos y distancias. La mano izquierda del cadáver se extendía sobre las rocas. La víctima llevaba una alianza de boda de plata con acabado estriado. Bree se acercó y sacó un primer plano. Cuando terminó de hacer las fotos, el sol ya se había escondido tras los árboles. La forense también tomaría fotos del cadáver *in situ*, pero a Bree le gustaba tener las suyas propias. Además, la forense solo podría contar con la iluminación artificial, mientras que Bree aprovecharía los últimos vestigios de luz del día. Nunca había suficientes fotos del lugar del suceso.

El ruido de unos pasos llamó su atención y, al volverse, vio a Matt y a la forense saliendo del bosque. Con su metro noventa de estatura y su espalda ancha, Matt era una figura impresionante. Iba cargado con dos focos montados sobre trípodes. Los focos portátiles funcionaban con baterías y estaban diseñados específicamente para iluminar zonas remotas en las que no resultaba práctico instalar un generador.

La doctora Serena Jones era una mujer afroamericana alta y con el pelo corto. Su ayudante, un hombre bajo y fornido, prácticamente tenía que correr para seguirle el ritmo. La doctora y su ayudante llevaban cada uno un estuche de plástico.

—Sheriff. —La forense fijó la mirada en el cadáver, examinándolo—. ¿Qué sabemos?

—Su coche lleva aparcado junto al puente desde el viernes por la noche —dijo Bree.

Matt dejó los focos en el suelo. La luz crepuscular hacía que su pelo castaño rojizo y la poblada barba adquirieran el tono del cobre bruñido. Miró a Bree a los ojos. Pese a lo sombrío de la situación, ella sintió una calidez interior cuando sus ojos se encontraron durante unos segundos. Si no estuvieran junto a un cadáver —una vez más—, él le habría dado un beso. Sin embargo, parecía que esa circunstancia era lo habitual, y Matt sabía perfectamente lo incómoda que se sentía ella con cualquier muestra de afecto en público. Bree pestañeó y desvió la mirada, temiendo que los demás se diesen cuenta de lo mucho que le gustaba aquel hombre.

¿Cómo saludabas al investigador con el que estabas saliendo cuando nadie más sabía que salías con él?

—Matt. —Bree carraspeó—. Gracias por venir tan rápido.

Él asintió con la cabeza mientras ayudaba a la doctora Jones a colocar los focos en la orilla del río, y de inmediato el cadáver y la zona recibieron una potente luz diurna. El ayudante de la forense se acercó con su cámara. Cuando terminó, la doctora Jones se agachó junto al cuerpo de la víctima. El agua chapoteaba alrededor de los tobillos de las botas de goma. Acercó una mano enguantada a la cabeza y apartó el pelo mojado de la cara, como había hecho Bree.

—El agua debe de estar a unos diez grados de temperatura, por lo que el cuerpo no está hinchado, como sería de esperar, sino que está empezando a hincharse ahora. Lleva en el agua al menos un par de días.

—Su marido dice que se fue de casa el viernes por la noche.

Bree se preguntó si podría verificar la cronología que les había dado Owen Thorpe.

La doctora Jones se quedó pensativa.

—Podré dar una respuesta más precisa después de la autopsia. Démosle la vuelta.

Bree se puso los guantes y ayudó a poner el cuerpo boca arriba. Un corte del que no manaba sangre empezaba en la frente y se prolongaba hasta el pelo de la víctima.

La doctora Jones señaló las abrasiones en la cabeza y las manos de la víctima.

—La mayoría de estas lesiones parecen *post mortem*, posiblemente a consecuencia de los golpes contra las rocas y otros desechos del río. No estoy segura de a qué se debe la herida de la cabeza; necesitaré hacer radiografías y examinarla con más luz para poder emitir un dictamen. —Se sentó sobre sus talones—. Hay demasiadas variables para que pueda darles más información de momento. Programaré la autopsia para mañana por la tarde.

La forense dio instrucciones a su ayudante para que recogiera lecturas de temperatura y muestras del agua y el suelo alrededor del cadáver. Sacó un bisturí de su estuche y abrió la chaqueta y la blusa de la víctima para practicar una incisión en el abdomen. La temperatura corporal era más precisa cuando se obtenía a través del hígado.

Para darles espacio para trabajar, Bree y Matt se alejaron de los restos.

—¿Qué te parece? —preguntó Bree.

Matt se encogió de hombros.

—No voy a hacer ninguna conjetura hasta después de la autopsia, pero las circunstancias sugieren que el suicidio podría ser una posibilidad. Podría haberse golpeado la cabeza con una roca en el agua.

Una hora después, trasladaron los restos mortales a una bolsa negra para cadáveres y los colocaron sobre una camilla. Matt, Bree, el auxiliar de la morgue y la ayudante Collins subieron la camilla por la pendiente hasta la furgoneta del instituto anatómico forense. Había dos furgonetas de la prensa aparcadas en la carretera y los equipos formaban un grupo al otro lado de las barreras de protección. La luz de los flashes destellaba mientras fotografiaban y grababan las imágenes del traslado de la camilla.

—¿Vas a interrogar al marido esta noche? —le preguntó la doctora Jones a Bree.

—Sí —contestó la sheriff.

De pie junto a la furgoneta, la forense se cambió las botas de goma por un calzado deportivo.

—En el caso de que las huellas dactilares de la víctima no estén registradas en ninguna base de datos ni en ningún archivo, sería útil conseguir su cepillo para el pelo o el de dientes para cotejar el ADN.

La doctora Jones guardó las botas de goma en un contenedor de plástico y cerró la puerta lateral.

—Lo haré —le aseguró Bree.

—Gracias.

La forense ocupó el asiento del conductor y se marchó.

Habían llegado dos ayudantes más y estaban colaborando en la búsqueda de indicios. Tal como Bree había supuesto, no encontraron gran cosa. Volvió junto al vehículo de Holly. Collins había abierto el maletero.

Bree se puso al lado de la ayudante y miró hacia abajo. Dentro del portaequipajes había una maleta de mano y un rascador de hielo. Bree hizo varias fotografías y luego se inclinó para abrir la maleta, no sin antes ponerse guantes. Había un ordenador portátil encima de una pila de ropa amontonada de cualquier manera. Hizo otra foto.

—No se entretuvo en doblar nada —señaló Collins—. Metió las cosas y se fue.

Bree cerró la maleta y rodeó el vehículo para abrir la puerta del pasajero. Se agachó y miró en el interior del bolso, apartando la cartera para examinar mejor el contenido, que era el típico: barra de labios, gel hidroalcohólico, lima de uñas y caramelos de menta. Bree vio un sobre en el fondo y lo sacó. No estaba cerrado, sino que la solapa estaba remetida por dentro. Bree abrió el sobre con cautela y sacó un papel doblado. En él habían garabateado las palabras: «Ya no puedo más. Es demasiado».

—¿Una nota de suicidio? —preguntó Collins.

—Tal vez. —Alrededor de un treinta por ciento de los suicidas dejaban una nota. Bree sacó una foto de la hoja y luego la devolvió al sobre—. Métela en una bolsa de pruebas y etiquétalo. —A continuación dio instrucciones para que la grúa llevara el coche de Holly Thorpe al depósito municipal, donde permanecería custodiado como prueba hasta que Bree ya no lo necesitara. Se volvió hacia Matt—. Voy a ver a Owen Thorpe, ¿quieres venir?

—Sí —contestó él—. Puedo dejar la camioneta en tu casa.

Dejaron su Suburban delante de la granja de ella. Bree miró con ansia el resplandor de las luces en las ventanas de la cocina.

Matt se subió al asiento del pasajero del todoterreno de la sheriff.

—¿No quieres entrar un momento a dar las buenas noches a los niños?

Bree consultó la hora. Eran más de las nueve.

—Kayla ya debe de estar en la cama, no quiero despertarla. Por fin vuelve a dormir toda la noche del tirón; no quiero hacer nada que altere su rutina. —Su sobrina de ocho años había sufrido unas terribles pesadillas los primeros meses después de la muerte de su madre.

Bree introdujo la dirección de Holly Thorpe en el navegador y abandonó el camino de entrada para adentrarse en la oscura carretera rural. Sintió la mirada de Matt clavada sobre su perfil en la oscuridad.

—¿Va todo bien? —le preguntó él.

—Sí. ¿Por qué lo preguntas?

—Pareces... tensa.

Bree ladeó la cabeza.

—Solo estaba pensando en el caso.

—¿No te sientes incómoda por trabajar conmigo ahora que estamos saliendo?

Además de resolver varios casos juntos, ella y Matt habían salido varias veces en plan romántico durante los dos meses anteriores.

—No, qué va. De hecho, creo que formamos un buen equipo de investigación, pero con mis ayudantes y la doctora Jones... — Bree trató de encontrar las palabras adecuadas—. Siento como si sospecharan algo y nos estuviesen vigilando.

Y como si estuviesen juzgándola a ella.

—O simplemente estás hipersensible y te preocupa lo que los demás piensen de nuestra relación —dijo Matt.

—Pues sí, puede ser eso. —Se rio—. Solo llevo unos pocos meses como sheriff.

Bree había sido nombrada para la vacante después de haber resuelto el asesinato de su propia hermana.

—Este es un sitio muy pequeño. Es normal que la gente cotillee.

—No me gusta ser la comidilla de la ciudad. —Bree se detuvo en una señal de *stop* y luego giró a la izquierda.

—En primer lugar, no creo que nadie esté al tanto de lo nuestro; posiblemente eso que dices solo esté en tu imaginación. En segundo lugar, no es que puedas hacer mucho al respecto, salvo romper conmigo. Y sinceramente, espero que no quieras hacer eso.

Bree sintió sus ojos clavados en su perfil, como si estuviera esperando su reacción. Se frotó una punzada de dolor en el pecho. No le gustaba la idea de dejar de salir con él; era el primer hombre con el que había sentido una verdadera conexión. En su última cita, la había llevado a bailar, a la antigua usanza. Eran la única pareja de la pista de baile menor de setenta años.

—No, no voy a hacer eso —respondió ella.

—No creo que llevar lo nuestro en secreto sea una buena idea. —Frunció el ceño—. Eso implica que estamos haciendo algo malo cuando no es así.

—No es que quiera mantener nuestra relación en secreto.

—Entonces, ¿por qué tenemos que conducir hasta el siguiente condado cada vez que salimos?

—No quiero que la gente se nos quede mirando extrañada. Tenemos derecho a un poco de intimidad. —Bree giró hacia una carretera secundaria flanqueada de árboles y encendió las luces largas para contrarrestar la oscuridad total del bosque—. La gente ya se me queda mirando cuando estoy sola, como si fuera un bicho raro.

—Sé que naciste aquí, pero no has vivido en Grey's Hollow desde que eras una niña, así que para ellos eres una recién llegada de la gran ciudad. Has causado una gran impresión entre los vecinos. La gente tiene curiosidad.

La detención del asesino de su hermana por parte de Bree y su primer caso como sheriff le habían dado mucha publicidad. La prensa local había indagado en su historia familiar y la gente sentía una curiosidad morbosa por el asesinato-suicidio de sus padres. Cuando este tuvo lugar, Bree tenía ocho años y se había escondido con su hermano y su hermana pequeños bajo el porche de atrás de la casa familiar mientras ocurría en el interior. Pese a lo mucho que detestaba ser el centro de atención, iba a tener que hacer campaña cuando se acabara su mandato, y la buena prensa que se había ganado la ayudaría en sus actuales negociaciones presupuestarias.

—Mira, mi familia lleva varias décadas bajo la lupa local. Me gusta conservar mi privacidad.

Bree contuvo un arrebato de amargura. La gente quería saber todos los detalles macabros del sufrimiento de su familia. ¿No se daban cuenta de que los Taggert eran personas de carne y hueso, que habían sufrido una pérdida real? Aquello no era ningún programa de telerrealidad.

—Entiendo que quieras proteger tu intimidad. —Matt inhaló aire y exhaló un fuerte suspiro—. Pero preferiría ir por la calle cogidos de la mano y mandar a la mierda a quien no le gustara.

Salieron del bosque y Bree dobló hacia un camino rural. Cuando se estaban acercando a la pequeña localidad de Grey's Hollow pasaron por un centro comercial, por la estación de tren y por delante de otros signos de civilización.

—Mi departamento te paga un sueldo —dijo Bree—. Hay gente que calificaría nuestra relación de conflicto de intereses y que me acusaría de desviar fondos a mi novio.

—Sinceramente, no me pagas lo suficiente como para considerar que es «desviar fondos». No hago esto por dinero. —Matt había resultado herido por disparo durante un intercambio bastante sospechoso, víctima del fuego amigo, y como compensación había recibido una indemnización bastante generosa. No necesitaba trabajar.

—Lo sé. —De repente, Bree sintió calor y se aflojó el botón superior del cuello de la camisa. La discusión con Matt le resultaba más estresante que encontrar un cadáver. ¿Qué decía eso de ella? Bajó la ventanilla un par de centímetros para que entrara una corriente de aire fresco en el interior del coche. Que quería que la juzgaran por su trabajo, no por el novio que tenía. Pero Matt estaba en lo cierto: no había nada de malo en su relación. Bree tenía derecho a una vida privada, y ocultar su romance solo traería problemas. Iba a tener que aguantarse y lidiar con las intromisiones en su vida personal—. Tienes razón. Lo siento.

—No tienes que disculparte conmigo. Eres tú quien me preocupa. A mí no me va a pasar nada. Yo no necesito este trabajo de agente de investigación a tiempo parcial, y encima, mal pagado. ¿No preferirías ser tú quien diese la noticia de lo nuestro, en lugar de que lo haga otra persona?

—Sí. —Bree aflojó la presión sobre el volante—. Pero ahora mismo estoy intentando convencer al condado de que me conceda más fondos. Deja que termine las negociaciones sobre el presupuesto con la junta y luego ya pensaré en algo.

Matt se acercó a ella por encima del módulo que separaba ambos asientos y le cogió la mano en la suya, enorme y cálida.

—Está bien, pero en ese momento, lo pensaremos juntos. —Le apretó la mano y luego la soltó.

Minutos después, el navegador anunció que su destino estaba ciento cincuenta metros más adelante. Bree entró en un pequeño complejo de casas adosadas. Los edificios, de color amarillo y acabados blancos, eran viviendas unifamiliares de dos plantas. Bree aparcó delante de la casa de los Thorpe, junto al vehículo del ayudante del sheriff Oscar.

Mantener aquella conversación con Matt sobre su relación la había hecho salir de su zona de confort, pero también le había permitido olvidarse por unos minutos del encuentro inminente con el marido de la víctima.

No se trataba de una notificación oficial para comunicarle la muerte, ya que la forense no había identificado formalmente los restos como los de Holly Thorpe. Sin embargo, su marido sabría la verdad, aunque Bree tuviera que revestir el mensaje de jerga legal. Abrió con ímpetu la puerta del coche. Había llegado el momento de confirmar a un marido el peor de sus temores: que su mujer estaba muerta.

Capítulo 4

Matt siguió a Bree al interior de la vivienda, que apestaba a grasa y a whisky.

El ayudante Oscar, que les había abierto la puerta principal, se dio un tirón del cinturón reglamentario y señaló el pasillo.

—Está en la cocina. He preparado café, pero ahora solo es un borracho más despierto.

Había un hombre sentado a una mesa pequeña, sollozando entre los brazos cruzados.

En cuanto Bree y Matt entraron en la habitación, Thorpe se incorporó de golpe. Llevaba unos vaqueros rotos y una vieja sudadera universitaria. Las dos prendas estaban arrugadas y llenas de manchas, como si llevara días durmiendo con ellas puestas, tal vez todo el fin de semana. Fijó los ojos inyectados en sangre en Bree, sin pestañear.

—Señor Thorpe... —empezó a decir la sheriff.

—Llámame Owen, por favor. —Respiraba entrecortadamente—. El ayudante Oscar me ha dicho que mi mujer se tiró del puente y que usted encontró su cuerpo en el río.

Bree se puso rígida.

—No estamos seguros de lo que ha pasado. —Intentó mantener un tono neutro y comedido, pero su frustración era evidente—. La forense no ha dictaminado aún la causa de la muerte. Solo puedo decirle que el coche de su mujer estaba aparcado cerca del puente, y que hemos encontrado un cadáver que creemos que es el de Holly en el río.

A continuación lanzó una mirada asesina a su ayudante. Estaba claro que Oscar había hablado con los otros ayudantes en el lugar de los hechos y que le había transmitido sus conjeturas a Owen. Sin embargo, las conjeturas no eran hechos. Recibir la noticia de la muerte de un ser querido ya era bastante duro para las familias como para tener, además, que recibir información contradictoria, y un suicidio era algo especialmente difícil de aceptar.

Matt miró fijamente a Oscar, que apartó la vista de inmediato, apretando la boca con fuerza. Sabía que había metido la pata.

—Ya puede volver a sus tareas de patrulla, ayudante Oscar. —El tono de Bree era gélido, despectivo, y el ayudante salió escabulléndose de la cocina.

—¿Qué quiere decir con que creen que es el de Holly? —Owen parecía confundido. Buscó detrás de él una foto enmarcada, la sostuvo con ambas manos y la volvió hacia ellos—. ¿Es mi mujer o no?

En la foto aparecía un primer plano de Holly contra un cielo azul brillante. Miraba a la cámara por encima del hombro, arqueando una ceja y con una expresión coqueta y burlonamente seria, como si ella y el fotógrafo estuviesen compartiendo una broma privada y sexy. Por la forma casi reverencial en que sostenía el marco, Matt dedujo que Owen había hecho la foto.

«Oh, no».

O bien Owen no sabía que su mujer había permanecido tres días en el agua o no había pensado en los efectos: la inmersión y el inicio de la descomposición habían deformado el rostro de su mujer.

Holly ya no ofrecía ese aspecto.

Bree iba a tener que explicárselo. Su expresión se volvió más sombría.

—¿Podemos sentarnos?

Owen asintió con una mirada cargada de miedo. Matt y Bree ocuparon sendas sillas frente a él.

Bree empezó a hablar:

—Owen, encontramos los restos en la orilla del río. Llevaba varios días en el agua. La inmersión y el tiempo cambian el aspecto físico…

El hombre lanzó un gemido e interrumpió a Bree. Apoyando los codos en la mesa, Owen se sujetó la cabeza con las manos. Si estaba llorando, lo hacía en silencio. Tal vez había llegado al límite de su capacidad para asimilar la demoledora verdad. Siguieron unos minutos en silencio, quebrado únicamente por el jadeo trémulo y profundo de la respiración de Owen. Finalmente, levantó la cabeza y tragó saliva.

—¿Significa eso que hay alguna posibilidad de que Holly aún esté viva?

Un brillo de lástima asomó a los ojos de Bree.

—Eso es muy poco probable. Lo siento. Pero para poder emitir el certificado de defunción, la forense necesitará hacer una verificación. ¿Su esposa lleva alguna joya?

—Su anillo de boda.

Owen tosió, luego tragó saliva.

—¿Puede describirlo?

Bree sacó su teléfono.

—Es de plata, con un surco. —Levantó la mano y les enseñó su alianza—. Hace juego con el mío.

Bree abrió su teléfono y le mostró la foto.

—¿Es este?

Owen cerró los ojos unos segundos. Al abrirlos, asintió con la cabeza.

Matt miró la foto. Los anillos coincidían.

—¿Su esposa va a algún dentista local? —preguntó.

—No —respondió Owen—. La aterroriza ir al dentista. No va a ninguno desde que era pequeña.

Bree frunció el ceño.

—¿Y al médico?

Owen le dio un nombre.

Bree tomó nota en su teléfono.

—La forense o yo le mantendremos informado sobre el proceso oficial de identificación. Me gustaría llevarme el cepillo para el pelo y el cepillo de dientes de su mujer.

Owen asintió, secándose los ojos con la manga. Señaló hacia la escalera.

—Claro —contestó con voz entrecortada—. Sus cosas están a la izquierda en el lavabo.

Hundió los hombros y dejó caer las manos sobre el regazo.

Bree sacó un pequeño cuaderno y un bolígrafo del bolsillo.

—¿Cuándo fue la última vez que vio o habló con su esposa?

—El viernes por la tarde, sobre las seis o seis y media. No sé la hora exacta. —El tono de Owen se había vuelto neutro—. Tuvimos una discusión. Ella se fue.

—¿Dijo adónde iba? —le preguntó Bree.

Owen negó con la cabeza y Bree tomó nota.

—¿Cuándo esperaba que volviera?

Encogió los hombros y luego los bajó con un movimiento brusco. Dirigió la mirada a sus manos, aún en su regazo.

—Hizo una maleta más grande de lo habitual.

Bree arqueó una ceja.

—¿Y eso había pasado antes?

Owen asintió brevemente con la cabeza.

—No es un secreto que ella y yo nos peleamos. Ya se había ido de casa un par de veces. Lo normal es que se fuera con su hermana durante unos días, pero siempre volvía cuando se calmaba.

—¿La llamó en algún momento del fin de semana? —le preguntó Bree.

Owen no respondió de inmediato. Tampoco levantó la vista para mirar a Bree a la cara. ¿Estaba ocultando algo o simplemente se sentía incómodo con la respuesta a su pregunta, que no había intentado localizar ni encontrar a su mujer y que ella se había suicidado?

—No —dijo al fin—. Esta vez estaba decidido a no suplicarle que volviera. Siempre era yo el que pedía perdón. Holly nunca.

Adelantó la mandíbula y luego miró al suelo.

—¿Qué hizo usted cuando Holly se marchó? —le preguntó Matt con la esperanza de hacerle salir de su ensimismamiento.

—Me fui al Grey Fox. —Levantó la mirada—. Es un bar que hay a unas manzanas de aquí.

Matt asintió.

—¿Cuánto tiempo estuvo allí?

Owen volvió a desviar la mirada.

—No lo sé. A la mañana siguiente me desperté en el sofá de Billy, el camarero. Ni siquiera me acuerdo de a qué hora fue eso. —Un rubor asomó a sus mejillas pálidas—. Bebí mucho Jack Daniel's. —Se calló y volvió a quedarse pensativo.

Bree intervino de nuevo.

—¿Por qué discutieron Holly y usted, Owen?

—Por lo de siempre. —Su tono se impregnó de amargura—. Por dinero. —Un suspiro le estremeció todo el cuerpo—. Vamos atrasados con el pago de las facturas. La madre de Holly se está muriendo, y el seguro médico cubre mucho menos de lo que cabría esperar. Hemos estado compartiendo los gastos con Shannon, la hermana de Holly, pero las facturas nos están asfixiando.

—Entonces, ¿no quiere pagar por los cuidados de la madre de Holly? —le preguntó Bree.

—Cielos, no. No es eso. Prefiero no tener nada que ver con esas decisiones. No es mi madre. —Owen levantó las palmas de las manos, como dando a entender a Bree que no siguiera por ahí—. Ni siquiera puedo ir a visitarla. Su casa huele a muerte. Me da ganas de vomitar. —Torció el gesto con un rictus de asco. Sacudió la cabeza, como si tratara de sacudirse de encima físicamente el recuerdo—. Siempre estoy diciéndole a Holly que es su hermana quien debería pagar la mayor parte de las facturas de su madre. Nosotros tenemos que tirar de las tarjetas de crédito para comprar comida, y Holly está pagando mil dólares al mes por los servicios de las cuidadoras. No nos podemos permitir esa cantidad, no tenemos esos ingresos. Nuestra deuda aumenta cada mes. Ya he hablado con un abogado sobre la posibilidad de declararnos insolventes. No veo otra manera de salir de nuestra situación. Además, a Holly no se le da muy bien ceñirse a nuestro presupuesto. Le gusta salir de compras. —La ira tiñó sus mejillas de rojo mientras miraba a su alrededor en la cocina—. Esta casa no es gran cosa, pero es nuestro hogar, y es muy probable que lo perdamos.

—¿Holly entendía su situación financiera? —quiso saber Matt.

—Sí. Es contable, entiende de dinero. —Frunció el ceño, como si no estuviera seguro—. Pero no se comportaba de forma racional. Ya sé que toda esta historia con su madre la deprimía mucho y eso, pero era como si no pudiera asimilar que la realidad no coincidiera con sus deseos. Y Shannon siempre está presionándonos para que paguemos más dinero.

Se tapó la boca con el puño. Los hombros le temblaban mientras trataba de luchar contra las lágrimas.

Como de tácito acuerdo, Matt y Bree le dieron a Owen un minuto para que se serenara. Entonces Matt cambió de tema y se centró en algo menos delicado:

—¿De qué trabaja usted, Owen?

—Soy el subdirector de la sucursal de la Caja de Ahorros de Randolph —contestó con el cansancio reflejado en la voz—. La sucursal de la calle Plymouth.

—¿Ha ido hoy a trabajar?

—No, he llamado para decir que estaba enfermo. —Parecía avergonzado—. Y antes de que me lo pregunte, no, no tengo por costumbre hacer eso.

—¿Y dónde trabajaba Holly? —preguntó Bree.

—Es contable para Construcciones Beckett.

Owen bajó la mirada con aire derrotado. La pena y el dolor lo estaban dejando sin fuerzas. Era evidente que cualquier inyección de adrenalina que hubiese experimentado por el estrés de la noche anterior ya había dejado de circular por sus venas.

Ahora que Owen se había calmado, Matt volvió a la cuestión del drama familiar.

—¿Habló con la hermana de Holly el fin de semana?

—¿Con Shannon? —Owen arqueó las cejas de golpe.

—Sí —dijo Matt—. Antes ha dicho que su mujer solía irse a casa de su hermana cada vez que ustedes se peleaban.

—Yo no llamaría a Shannon ni aunque me pusiesen una pistola en la cabeza, aunque supongo que ahora tendré que hacerlo. —Owen frunció los labios en un gesto de amargura—. Me odia.

Bree tomó nota de eso.

—¿Sabe por qué?

—Seguramente porque Holly le ha hablado mal de mí montones de veces —soltó Owen.

—¿Cuántas veces lo ha dejado Holly? —Bree apoyó los brazos cruzados sobre la mesa y se inclinó hacia delante, invadiendo el espacio personal de Owen para someterlo a más presión aún.

El hombre apartó la silla unos centímetros de la mesa, tratando de recuperar su sitio. Apartó la mirada de ambos.

—No lo sé. No llevo la cuenta.

Pero Bree no dejó que esquivara la pregunta.

—¿Más de cinco veces? ¿Más de diez?

—Más de cinco y menos de diez. —Owen miró a Bree con gesto insolente, con la ira brillando en sus ojos.

Matt intervino entonces, obligando a Owen a interrumpir el duelo de miradas.

—¿Su matrimonio siempre fue difícil?

—No. —La voz de Owen se suavizó, como si estuviera recordando los buenos tiempos—. Al principio, todo era fantástico. Llevamos cinco años casados, pero en realidad las peleas no empezaron hasta que su madre se puso enferma.

—¿Han hablado de divorcio? —Bree levantó el bolígrafo.

—¡No! Nunca. —Owen se pasó una mano por el pelo—. Los dos sabíamos que las peleas no se debían realmente a que tuviésemos problemas de pareja; esto era solo una cosa temporal. Cuando la situación de su madre terminase, volveríamos a estar bien. —Pero hablaba con voz débil, y se quedó con la mirada fija en sus manos.

Entonces, una vez que la madre de Holly muriera, ¿todo sería de color de rosa? ¿Se olvidarían de todas sus peleas como por arte de magia? Matt no lo creía y, a juzgar por la falta de confianza en sus propias palabras, Owen tampoco.

El hombre se recostó en el respaldo de la silla, con ademán decaído y derrotado.

—Supongo que nada de eso importa ahora. Holly no va a volver. No me lo puedo creer. —Se frotó los ojos—. No debería haberle gritado. Debería haber tenido más paciencia y haber sido más comprensivo, pero ahora no puedo volver atrás, ¿no? —Se echó a llorar silenciosamente.

—¿Quiere que llamemos a alguien? ¿Algún familiar o un amigo? —le preguntó Bree.

Owen se enjugó las lágrimas.

—Mi hermano viene de camino. Llegará muy pronto.

—También necesitaré la información de contacto de la hermana de Holly y de su trabajo —dijo Bree.

—Su hermana se llama Shannon Phelps. —Owen sacó su teléfono y le dio los números de Shannon y de Construcciones Beckett. Bree anotó la información y luego cerró su libreta.

—Le avisaremos cuando la forense haya completado la identificación oficial.

Subió las escaleras y volvió con un cepillo de pelo metálico y redondo y un cepillo de dientes de color rosa en sendas bolsas de pruebas, que le enseñó a Owen.

—¿Puede confirmarme que son de Holly?

El hombre asintió con la cabeza. Luego se fueron y lo dejaron esperando a su hermano, mirando la fotografía de su esposa y llorando.

Una vez fuera, Bree se paró en la acera y se puso a manipular su teléfono.

Matt miró hacia la casa.

—Me parece cruel que tenga que volver a pasar por todo esto cuando se haya identificado a Holly.

—Lo es —convino Bree.

—¿Y ahora qué? —preguntó Matt.

—Estoy enviando un correo electrónico a la doctora Jones para informarla de que Owen identificó el anillo de boda de su mujer. También le daré el nombre de su médico de cabecera. —Dio un golpecito en la pantalla y luego se metió el teléfono en el bolsillo—. Ahora dejamos los cepillos en la oficina de la forense, nos vamos a casa y dormimos un poco. No tiene sentido adelantar acontecimientos. Volveremos a hablar cuando la forense dictamine la causa de la muerte.

Capítulo 5

Bree estaba haciendo el último esprint por la pista rural, mientras las vaharadas de aliento se le condensaban delante de la cara. El amanecer despuntaba tras el horizonte gris en varios tonos de amarillo. A su derecha, la neblina matinal se cernía sobre un prado. Cuando saliera el sol, la niebla se disiparía. Clavando los pies en el suelo, siguió corriendo hasta que sus pulmones empezaron a desfallecer. Cuando estaba a poco menos de un kilómetro de la casa, redujo la marcha, con los pulmones todavía ardiendo. Se bajó la cremallera de la chaqueta ligera y dejó que el aire húmedo la refrescara.

Delante, la granja estaba inmóvil y en silencio. Había luz en las ventanas de la cocina. La mejor amiga y antigua compañera de Bree, Dana Romano, estaba levantada, así que habría café. Dana se había jubilado y se había mudado a Grey's Hollow para ayudar a Bree a criar a su sobrino de dieciséis años y a su sobrina de ocho. Bree apretó el paso y siguió andando con energía. Cuando subió corriendo los escalones de atrás, su ritmo cardíaco había vuelto a la normalidad.

Una vez dentro, se quitó las zapatillas de correr y las dejó en el felpudo de los zapatos. Luego se quitó la chaqueta y la colgó en una percha. Al volverse, percibió el delicioso aroma que prometía cafeína.

—Buenos días. —Dana estaba junto a la encimera, manipulando la elegante máquina de café que se había traído de Filadelfia. Era una persona madrugadora. A las cinco y media, estaba completamente vestida, con el pelo corto, rubio y entreverado de canas levemente despeinado pero con estilo, y ya se había pintado los labios de color frambuesa brillante—. ¿Qué tal la sesión de *running*?

—Muy bien, pero hace frío.

Bree se frotó las manos.

—Dentro de dos meses, estarás quejándote del calor. —Dana espolvoreó un poco de cacao en polvo sobre un generoso capuchino y se lo dio—. Es doble.

Bree rodeó la taza con los dedos fríos y bebió un sorbo. Se le estremeció todo el cuerpo al anticipar la cafeína, como si fuera uno de los perros de Pávlov.

—Si no salgo a correr temprano, ya no lo hago. Se me va el día entero antes de que salga el sol. —Además, Bree necesitaba quemar el estrés de la escena del crimen de la tarde anterior. Bebió más café—. Gracias por esto.

—De nada. —Dana echó leche humeante en su propia taza—. Oye, estás muy pálida.

—Kayla se despertó y se vino a mi cama anoche.

Por suerte, Bree había conseguido que la niña volviera a su propia cama a dormir.

—Vaya. Pensaba que ya había superado esa etapa —dijo Dana.

—Ayer hicieron tarjetas para el Día de la Madre en el colegio. —La grieta en el corazón de Bree se hizo más profunda.

—Mierda. Pobrecilla.

—Sí. —Bree suspiró—. Si al menos nos hubieran avisado o algo… Podría haberla preparado.

Dana asintió.

—Pero en general lo lleva bien —observó—. Es normal que dé algún paso atrás de vez en cuando.

—Lo sé, pero cada vez que pasa, se me parte el corazón. Anoche debería haber estado aquí en casa a la hora de acostarla. El cambio en la rutina la predispuso a pasar una mala noche.

Una punzada de culpa hirió a Bree, como un objeto afilado. No estaba preparada para ser madre. Se sentía como una bateadora que nunca ha jugado al béisbol. Incluso cuando se esforzaba por tomar la decisión correcta, a veces fracasaba estrepitosamente.

—No puedes estar con ella las veinticuatro horas del día —la tranquilizó Dana—. Nadie puede estar siempre pegado a sus hijos, a todas horas.

—Lo sé. —Pero eso no tenía por qué gustarle. Se volvió hacia la puerta—. Voy a ducharme.

—¡Píntate los labios, anda! —le dijo Dana—. Pareces un cadáver.

Bree se llevó la taza a la planta de arriba y se terminó el capuchino en la ducha. Después de secarse el pelo con secador, se vistió con unos pantalones cargo técnicos de color marrón oscuro y una camisa de uniforme. Sacó su pistola de la caja fuerte biométrica de la mesita de noche y la introdujo en la funda de su cadera. A continuación, se enfundó el arma de repuesto en una funda de tobillo.

Se sentó en la orilla de la cama y se puso los calcetines.

—Tía Bree —dijo una vocecilla.

Levantó la vista. Kayla estaba en la puerta, con los ojos llorosos. La acompañaba una mezcla de pointer algo regordeta, con manchas blancas y negras. El animal alternaba la mirada preocupada entre Bree y la cara de la niña. Todavía en pijama, Kayla arrastraba su cerdito de peluche cogiéndolo de una pata. De pronto, a Bree la asaltó un recuerdo: su hermana Erin, con cuatro años, agarrada a su conejito de peluche mientras oían pelearse a sus padres. Poco después, su padre había disparado a su madre y luego se había quitado la vida mientras los niños permanecían escondidos. Bree pestañeó para ahuyentar aquella imagen. No podía dejarse arrastrar por el pasado cuando tanto la necesitaban en el presente.

Se centró en la niña.

—Te has levantado temprano.

—He tenido otra pesadilla. —Kayla se frotó un ojo—. He soñado que te habías ido.

—Ay, cariño... Ven aquí, anda. —Bree se levantó y cruzó la habitación. Abrazó a la niña y acarició la cabeza de Ladybug. Normalmente, la perra estaba muy apegada a Bree, algo a lo que esta casi se había acostumbrado, pero era como si el animal siempre supiese cuándo Kayla la necesitaba más. La niña estuvo temblando unos segundos y luego suspiró y se calmó.

—No quiero ir al cole.

El director del colegio volvería a llamar a Bree para regañarla. Kayla había faltado más de tres semanas a la escuela durante el invierno. La niña necesitaba tiempo para procesar su dolor, pero cada día iba a mejor. Hacía solo cuatro meses que había sufrido una tragedia capaz de destrozar a cualquier adulto, conque en el caso de una niña era aún peor.

A la mierda el director; Bree ya se ocuparía de él: seguiría tomando las decisiones que fueran mejores para Kayla, no para el distrito escolar.

—Vale. —Bree cruzó el pasillo y llamó a la puerta de Luke—. ¡Hora de levantarse!

El chico respondió con un gemido.

—Luke siempre está de mal humor por las mañanas.

Kayla se frotó los ojos de nuevo.

—Yo también.

Bree llevó a su sobrina a la planta de abajo.

Dana levantó la vista de su taza de café y miró la hora en el reloj de pared.

—¿Qué pasa? —preguntó.

—He tenido una pesadilla. —A Kayla le tembló el labio.

—Ay, cariño. —Bree le pasó un brazo por los hombros y la abrazó—. Vamos a darte un poco de zumo.

—¿Huevos, tostadas, beicon? —Dana creía en el poder de la comida para resolver casi todos los problemas.

—Tostadas, por favor. —La voz de Kayla estaba impregnada de tristeza mientras se sentaba deslizándose en una silla ante la mesa de la cocina. Envolvió con el brazo a su cerdito y se lo acercó a la mejilla. Dana metió el pan en la tostadora y echó los huevos batidos en una sartén.

Bree oyó unos golpes en el suelo de la planta de arriba. Minutos después, unos pasos retumbaron en las escaleras. Su sobrino, Luke, entró corriendo en la cocina vestido con vaqueros y una camisa de franela. Se sirvió un vaso de leche.

—Buenos días.

—Buenos días —dijo Bree.

Dana le sirvió un plato y el chico se llevó el contenido a la boca. Parecía quemar calorías más rápido de lo que las consumía, y su ingesta de leche había aumentado a doce litros por semana. Había crecido cinco centímetros desde enero. A ese ritmo, necesitaría vaqueros nuevos cada tres meses.

—Esta noche volveré tarde —dijo entre un bocado y otro.

—¿Tienes entrenamiento de béisbol? —preguntó Bree.

—Ajá. —Después de apartar su plato vacío, Luke cogió una chaqueta y se dirigió a la puerta—. Voy a dar de comer a los caballos.

Luke seguía triste, pero parecía haberse adaptado a su nueva normalidad. Sin embargo, la última semana había estado inusitadamente callado. Bree se puso las botas y lo siguió al establo, donde la recibió el olor a caballo, a grano y a heno. Se detuvo para rascar la frente de Calabaza. El *haflinger* era del tamaño de un poni, aunque Kayla había informado a Bree de que, técnicamente, era un caballo y no un poni. Fiel a las características de su raza, era un animal voluntarioso, amigable y robusto.

Luke no era tan hablador como Kayla. En lugar de tratar de sonsacarle sobre cómo se sentía, Bree había descubierto que la franqueza y la sinceridad eran las mejores herramientas para abordar al adolescente.

—Kayla lo está pasando mal con la celebración del Día de la Madre. —Bree se apoyó en la puerta de la cuadra y esperó.

Luke apareció con tres contenedores de plástico, entró en cada uno de los recintos y echó los *pellets* de comida. El ruido de los caballos hurgando con el hocico y comiéndose el pienso inundó el establo. A continuación, el chico vació y rellenó los cubos de agua. Bree dio a cada caballo unas porciones de heno.

Luke se detuvo en mitad del pasillo.

—Yo solo intento estar ocupado.

—No pasa nada por estar triste, y no pasa nada por no estar bien.

—Lo sé. —Suspiró—. Pero el caso es que estoy cansado. No quiero seguir sintiéndome triste. —Frunció el ceño—. Pero me siento como si estuviera…, no sé… —Le costaba encontrar las palabras—. Me siento como si estuviera siendo desleal.

—Es natural, pero tu madre querría que fueras feliz, y tú lo sabes. Ella querría que tuvieras una buena vida. Vuestra felicidad era su máxima prioridad. —Sintió un nudo en la garganta—. Nunca la olvidaremos. Vivirá para siempre en nuestro corazón, pero también tenemos que encontrar una manera de seguir adelante.

—No sé cómo se hace eso. —Luke parecía perdido.

—Ni yo tampoco. Tal vez podamos descubrirlo juntos. —Bree se aclaró la garganta—. Tal vez deberíamos pensar en algún lugar para esparcir las cenizas de tu madre, en algún sitio que a ella le gustara especialmente.

El cofre de madera con las cenizas de Erin llevaba metido en un armario desde su muerte en enero. En aquel entonces los chicos no estaban listos para tomar una decisión, pero quizá había llegado el momento de dejarla descansar. Y tal vez así Luke podría conjurar su sentimiento de culpa por pasar página y seguir adelante con su vida.

Al muchacho se le humedecieron los ojos.

—Sí. No está bien que siga metida en una caja. A ella no le gustaría.

—Piensa en algún lugar.

Se pasó una manga por la cara.

—Mamá querría estar en algún sitio al aire libre.

—Estoy de acuerdo. —Bree empujó la puerta. Al pasar junto a su sobrino, le puso una mano en el hombro—. No te sientas presionado. No hay prisa. Tómate tu tiempo. Ya sabes que siempre puedes contar conmigo si quieres hablar.

Luke asintió. Bree salió del establo, dándole espacio. A diferencia de Kayla, el adolescente necesitaba tiempo a solas para procesar sus sentimientos. Bree se dirigió a la cocina y dejó las botas de trabajo junto a la puerta.

Kayla se comió la mitad de la tostada y luego se levantó y se llevó su cerdito a la sala de estar. Bree intentó reorganizar su agenda mentalmente, pero no veía ninguna solución. Se pasó una mano por el pelo y se recolocó los mechones aún húmedos por detrás de la oreja. Esperó a que Kayla encendiera la televisión en la sala y luego bajó la voz y le resumió a Dana su conversación con Luke.

—Pues parece un gran avance para él —comentó Dana—. Pero estemos atentas por si da alguna señal de que no lo está llevando bien.

—Hoy no puedo tomarme el día libre, tengo una reunión con un miembro de la junta de supervisores del condado. —Bree bajó más la voz—. Y una autopsia.

—Puaj. Políticos.

Estaba claro que Dana pensaba que la reunión era peor que asistir a una autopsia.

—¿Verdad? —convino Bree—. Pero no tengo más remedio que ir y quedar bien: es por el presupuesto, y necesito dinero.

—Pues peor me lo pones. —Dana agitó una mano—. Yo me quedaré con Kayla, no te preocupes. Lo único que tenía en mi agenda era una clase de *spinning*. Ya saldré a correr más tarde. Kayla puede ir en bicicleta conmigo.

—Gracias. Intentaré llegar a casa a una hora decente. —Bree sentía un respeto y una admiración renovados por las madres trabajadoras—. A menos que este nuevo caso resulte ser otra cosa y no un suicidio.

—La niña tiene que aprender a adaptarse a que no estés aquí de vez en cuando —dijo Dana—. Casi siempre estás aquí por las noches.

—Lo sé, pero no tiene por qué gustarme. —Bree se fue al salón y se agachó delante de Kayla, acurrucada en el sofá con su cerdito y Ladybug. Había unos dibujos animados en el televisor—. Lo siento, cariño. Tengo que ir a trabajar.

Bree le besó la cabeza.

—¿Es por algo malo que ha pasado? —dijo Kayla, abriendo mucho los ojos.

—No, claro que no —respondió Bree rápidamente—. Hoy tengo una reunión de presupuesto muy aburrida. Pero soy la jefa y la gente necesita que tome decisiones. —Volvió a besar a su sobrina—. Te quiero. Nos vemos luego.

El sentimiento de culpa le encogió el corazón cuando salió de la casa y cerró la puerta. Había cruzado ya la mitad del césped de la entrada cuando le vibró el móvil. Miró la pantalla; era Nick West, un periodista local. Estaba claro que llamaba por el cadáver.

Bree respondió a la llamada.

—Hola, Nick. ¿En qué puedo ayudarte?

—He oído que anoche sacasteis un cuerpo del río. Voy a colgar la historia en nuestras redes sociales y en la edición *online*. ¿Quieres hacer alguna declaración?

—El departamento del sheriff está investigando la muerte.

Bree se subió a su todoterreno.

—¿No puedes decirme algo más? —Nick parecía decepcionado—. ¿Puedes confirmar que el nombre de la víctima es Holly Thorpe? ¿Se tiró del puente?

—Lo siento, Nick. La verdad es que aún no lo sabemos. La forense no ha dictaminado aún la causa de la muerte. —Bree carraspeó—. Ayer por la tarde, el departamento del sheriff recibió un aviso de que había un vehículo abandonado cerca del puente de Dead Horse Road. La búsqueda en las inmediaciones dio como resultado el hallazgo del cadáver de una mujer en el río. Por el momento se desconoce la causa de la muerte. El departamento del sheriff está investigando. ¿Así está mejor?

—Un poco —dijo Nick sin demasiado entusiasmo—. Supongo que la autopsia será hoy. ¿Puedo llamarte más tarde para que me des más información?

—Claro, pero no te garantizo que pueda dártela.

Bree arrancó el motor.

—De acuerdo. —Nick suspiró y puso fin a la llamada.

Bree se dirigió a la comisaría con el piloto automático. Su asistente administrativa, Marge, le dio la bienvenida a su despacho con una enorme taza de café. De unos sesenta años de edad, Marge llevaba más tiempo que nadie trabajando en el departamento del sheriff. Lo sabía todo sobre todo el mundo.

—Gracias.

—De nada. —Marge parecía una dulce abuelita, pero bajo su exterior afable se ocultaban una voluntad de hierro y una mente lo bastante aguda para discernir lo que eran simples tonterías y cosas verdaderamente importantes, como si fuera un bisturí cortando mantequilla—. Los supervisores del condado han cancelado la reunión.

«La madre que los p…».

—¿Han dado alguna razón? —preguntó Bree.

—No, solo han pedido cambiar la fecha.

—Otra vez.

—Sí, otra vez —confirmó Marge—. Así, si siguen retrasándola, no tienen que tomar una decisión.

Frustrada, Bree se centró en su ordenador para redactar los informes sobre el aviso de la tarde anterior. Lo bueno es que así tenía tiempo para prepararse para la autopsia de Holly Thorpe.

CAPÍTULO 6

Diez minutos antes de la una, Matt aparcó frente al edificio del laboratorio de anatomía forense. En la plaza de aparcamiento contigua, Bree estaba saliendo de su todoterreno. Pese al desagradable motivo del encuentro, se alegró de verla.

Se reunió con ella en la acera y contuvo el impulso de saludarla con un beso.

—¿Listo? —le preguntó ella.

—Sí —mintió. Nunca se acostumbraría a ver a un ser humano abierto en canal, como un pescado expuesto en la pescadería. Curiosamente, para Matt era peor ver un cuerpo en la morgue que en el lugar de los hechos. En el escenario del crimen, muchas veces había signos de pasión, rabia u otras motivaciones que habían llevado a la persona a la muerte. El cadáver era una persona que había tenido una vida hasta que algo la segó. Con la violencia del crimen a la vista de todos, Matt experimentaba tristeza, ira o frustración, pero la fría esterilidad del depósito de cadáveres restaba humanidad a la víctima.

Tomó una última bocanada de aire fresco de primavera, como abasteciéndose de él, y dirigió sus pasos hacia el edificio. Le abrió la puerta a Bree quien, al pasar por delante de él, esbozó una leve sonrisa, como hacía siempre que Matt exhibía alguno de los gestos anticuados que su madre le había inculcado desde que nació. Tenía los buenos modales muy arraigados, y para él eran tan automáticos como respirar. La expresión de Bree era de sorpresa, pero también de complacencia, aunque quizá también fuera sorpresa por el hecho de sentirse complacida por aquella galantería.

Registraron sus nombres en la entrada, se dirigieron a la antesala y recogieron el equipo de protección personal. Matt se puso una bata azul sobre la ropa. Cuando los forenses sacaban las sierras para huesos, toda clase de fluidos corporales y de fragmentos de carne o de hueso podían salir volando.

Miró a través de la ventanilla que daba a la sala de autopsias. La doctora Jones estaba inclinada sobre la mesa de acero inoxidable. Sobre ella, el cadáver desnudo yacía boca arriba.

—Ya ha empezado —dijo Matt, agachándose para sujetar el elástico de uno de los cubrezapatos.

—Mierda. —Bree se bajó la visera de plástico traslúcido y se apresuró a cruzar la puerta batiente.

Matt la siguió, menos contrariado que ella por haberse perdido parte de la autopsia. Como siempre, los olores le llegaron de golpe, como un mazazo, y le revolvieron el estómago inmediatamente. Inspiró aire dos veces, con respiraciones superficiales, antes de contener el aire y situarse junto a Bree. Cuando el aliento le empañó el protector facial sintió una extraña claustrofobia.

El cuerpo estaba muy magullado y cubierto de arañazos. El puente estaba más de diez metros por encima del río. Desde esa altura, la caída era soportable y el agua lo bastante profunda como para que la persona que saltase no tocase el fondo. Pero río abajo, treinta metros más adelante, había rocas y otros restos con los que el cuerpo podría haber chocado al ser arrastrado por la corriente.

La incisión en forma de y griega desgarraba el pecho como si fuera una bolsa de lona con la cremallera medio abierta. El equipo forense ya había extraído la placa torácica y vaciado la cavidad interna. Los órganos habían sido extraídos, pesados, examinados y se habían tomado muestras. Los devolverían al cuerpo dentro de una bolsa de plástico antes de cerrar la incisión. Un soporte bajo la nuca extendía la superficie de la garganta, cuya piel se había retirado con un corte limpio a fin de exponer la estructura anatómica subyacente.

Cuando se acercaron a la mesa, la doctora Jones se enderezó. Como de costumbre, fue directamente al grano.

—Empezaré por informar en qué fase estamos con respecto a la identificación del cadáver para confirmar si se trata de Holly Thorpe. —La forense inclinó la cabeza hacia el cuerpo—. No he podido localizar los registros dentales previos de la señora Thorpe.

—Su marido dijo que no iba al dentista desde que era pequeña —la informó Bree.

La doctora Jones prosiguió tras asentir con la cabeza.

—Holly tenía treinta y cuatro años. Si no ha acudido a un dentista desde que era una niña, es posible que ese dentista ya no esté en activo o haya eliminado sus registros. Los dentistas no están obligados a conservar los registros de los pacientes durante tanto tiempo. Según su médico de cabecera, nunca se ha roto ningún hueso, por lo que no hemos podido encontrar radiografías para efectuar comparaciones. No tiene tatuajes ni cicatrices evidentes. Aunque la ausencia de esa clase de marcas coincide con las características del cadáver, no es suficiente. Todavía necesitamos confirmación científica de su identidad. Su cepillo de pelo contenía varios filamentos con la raíz aún incorporada. Los vamos a someter a pruebas de ADN y emitiremos una confirmación oficial de la identificación en cuanto tengamos los resultados.

—Las pruebas de ADN pueden tardar meses —dijo Matt—. Eso es mucho tiempo de espera para la familia.

La forense no entregaría el cadáver a la funeraria hasta que estuviese satisfecha con la identificación.

—Estoy de acuerdo —convino la doctora Jones—. Por deferencia hacia ellos, me he puesto en contacto con el laboratorio para pedir que aceleren el proceso por la vía de urgencia. Les estoy presionando para tener los resultados dentro de la semana. —Señaló hacia el cuerpo—. Así que, basándonos en la información de la que disponemos de momento… —La forense fue enumerando uno a uno los datos con los dedos enguantados—: las características físicas básicas, los documentos de identidad hallados en su vehículo y en su bolso, y el hecho de que el señor Thorpe haya reconocido el anillo de boda de su esposa, disponemos de datos suficientes para dictaminar, de forma probable, que se trata de Holly Thorpe.

—Me gustaría hablar con su familia antes de que esa información se haga pública —dijo Bree.

La doctora Jones asintió.

—Si prefieres emitir tú el comunicado de prensa, me parece bien.

A Matt le impresionó tanto el rigor como la sensibilidad de la forense. La doctora Jones trataba todos los restos a su cargo como si fueran pacientes vivos.

—¿Hora de la muerte? —preguntó Bree.

La forense frunció el ceño ante el cadáver.

—Basándome en el estado del cuerpo, calculo que lleva muerta al menos tres días, pero no más de cinco. La hora aproximada de la muerte estaría entre el mediodía del jueves y el mediodía del sábado.

—¿Podría determinar la causa de la muerte? —preguntó Bree.

—Sí. —La doctora Jones se volvió hacia el cuerpo—. En primer lugar, no se ahogó. No había espuma en la boca, las fosas nasales o la tráquea. No hay distensión de los pulmones. Pero lo más importante es que estaba muerta mucho antes de entrar en contacto con el agua.

Bree se puso rígida de golpe.

—¿Cuánto tiempo?

—El tiempo suficiente para la fijación de las livideces. —La doctora Jones señaló una mancha violácea que recorría el costado del cadáver. A la altura de la cadera, una larga y fina marca blanca se incrustaba en el violeta oscuro—. ¿Ves esta impresión? Cuando el corazón dejaba de latir, la gravedad hacía que la sangre se acumulara en la parte baja del cuerpo. Este proceso, conocido como lividez cadavérica o *livor mortis*, solía fijarse entre seis y doce horas después de la muerte, aunque el hecho de que el cuerpo hubiese estado sumergido en agua fría habría ralentizado el proceso. Las impresiones nítidas y pálidas eran el resultado de la presión de los capilares contra una superficie, y solían significar que el cuerpo había estado recostado sobre un objeto en las horas inmediatamente posteriores a la muerte. El peso del cuerpo presionaba el objeto y empujaba la acumulación de sangre hacia el tejido circundante.

La doctora Jones continuó.

—Por lo general, los cuerpos sumergidos tras la muerte muestran livideces en la parte superior del torso, la cabeza y las manos debido a la posición en la que tienden a flotar. —Hizo una demostración, curvando el cuerpo hacia delante y dejando las manos y la cabeza colgando.

—Así que la presencia de un patrón de lividez lateral es atípica —señaló Bree.

—Sí. A ver, es posible que el cuerpo hubiera quedado atrapado contra una roca o en un remolino. —La forense desplazó una mano por el borde de la mancha rojiza como si fuera la responsable del parte meteorológico en televisión. Se detuvo con la punta de los dedos a unos centímetros de la marca pálida—. Pero la precisión del patrón de lividez general y la nitidez y claridad de esta marca sugieren que estuvo tumbada de lado sobre una superficie dura durante al menos seis horas después de la muerte.

Bree hundió los hombros.

—Creo que sé qué fue lo que le dejó esa marca: el mango de un rascador de hielo.

La doctora Jones ladeó la cabeza.

—El tamaño y la forma serían los adecuados. Sí. ¿Tienes en mente un rascador de hielo concreto?

—Había uno en el maletero de su coche. Tengo una foto.

Bree se apartó de la mesa, se abrió la bata del EPI y sacó su teléfono móvil. Se quitó el guante y desplazó el dedo por el aparato. Tras pulsar la pantalla, mostró la imagen a la doctora Jones y a Matt.

Los dos se volvieron a la vez hacia el cuerpo para comparar la forma del mango del rascador de hielo con la impresión blanca.

La forense asintió.

—Tendré que confirmarlo con las mediciones, pero parece coincidir perfectamente.

Un silencio se instaló entre ellos mientras asimilaban las implicaciones de aquella revelación.

Después de su muerte, era probable que Holly hubiese permanecido varias horas en el maletero de su propio coche.

Bree exhaló aire.

—Haré que un ayudante traiga el rascador de hielo del depósito de coches.

—Gracias —dijo la doctora Jones.

—¿Cómo murió? —preguntó Matt.

La forense se dirigió a un ordenador portátil que había sobre una mesa. Se desprendió del guante, desplazó el puntero por la pantalla y abrió una foto del cuello de la víctima.

—Estos arañazos en la parte blanda del cuello no son como el resto de las abrasiones del cuerpo.

Bree entrecerró los ojos.

—Parecen marcas de uñas.

—Sí, y son muy profundas —coincidió la doctora Jones.

Matt miró la foto fijamente. Los arañazos seguían un trazo vertical desde debajo de la barbilla hasta el hueco de la garganta. De pronto lo vio claro.

—Se arañó el cuello ella misma.

—Sí. —La doctora Jones señaló las manos de la víctima—. Tiene dos uñas rotas. He extraído restos de debajo de ellas y he encontrado algo de sangre.

—Debía de estar muy incrustada si no la ha limpiado el río — comentó Bree.

La forense asintió.

Matt se imaginó a la víctima arañándose el cuello.

—Tenía algo alrededor del cuello y estaba intentando quitárselo, pero no veo ninguna marca de ligadura.

—Así es. —La doctora Jones se aproximó a la cabeza de la víctima y señaló la incisión del cuello—. Si bien en la superficie de la piel solo aparecía un ligero enrojecimiento, aquí se puede apreciar una zona de hemorragia y un hematoma más profundo. El patrón de los capilares rotos sugiere que aplicaron presión con algo rígido, como un antebrazo.

—¿Cómo? ¿Practicándole una llave de estrangulamiento o algo así? —preguntó Matt.

—Probablemente. —La doctora Jones señaló unas zonas específicas—. Pero han aplicado muy mal la técnica. También hay daños leves en la tráquea. Si hubiesen aplicado la llave correctamente, no habría daños en estas estructuras.

—Entonces, ¿no fue estrangulada? —Bree estiró el cuello para ver mejor.

—Correcto —dijo la doctora Jones—. Los daños en la tráquea no fueron suficientes para comprometer la respiración. Murió debido a la compresión del cuello.

El hermano de Matt había sido luchador profesional de artes marciales mixtas, y él mismo entrenaba regularmente en su gimnasio.

Conocía muy bien las llaves de estrangulamiento. Cuando una persona con formación realizaba una pinza vascular, el codo se colocaba sobre la tráquea para que la vía aérea no resultase comprometida. La persona podía respirar. Se aplicaba presión sobre los vasos arteriales a los lados del cuello y esta conducía a la pérdida de conciencia, interrumpiendo el suministro de sangre al cerebro y dejando a la víctima inconsciente en segundos. Por esa razón, la técnica también se denominaba «dormilón».

La doctora Jones se quitó los guantes y los dejó en la mesa de autopsias junto al cuerpo.

—En la lucha normal, como la que se ve en las artes marciales en la televisión, o bien la persona se rinde antes de quedar inconsciente o el oponente deja de hacer presión en el momento en que la persona se queda sin fuerzas. El suministro de sangre vuelve al cerebro y la persona recupera la consciencia enseguida.

En realidad, el árbitro observaba atentamente y ponía fin a la pelea cuando uno de los contrincantes perdía el conocimiento.

—¿Y si no deja de hacer presión? —preguntó Bree.

La doctora Jones señaló a la víctima.

—Entonces te mueres.

CAPÍTULO 7

Mientras se apartaba de la mesa y la doctora Jones volvía a su trabajo, Bree trató de asimilar la información que acababa de facilitarles la forense.

Holly Thorpe no se había suicidado.

Entonces, ¿quién la había matado?

Bree se dirigió a una mesa próxima cubierta con una sábana blanca. Habían extendido la ropa de Holly sobre la sábana para recoger cualquier rastro que pudiera desprenderse.

Cada prenda estaba etiquetada y, antes de meterlas en bolsas, cada una de las piezas pasaría por un aparato de secado especial para evitar la proliferación de bacterias y moho capaces de degradar los tejidos y el ADN. Más adelante enviarían a Bree un inventario de los artículos, pero ya de entrada se fijó en que la blusa era de seda y de marca. Los vaqueros y las botas eran de un centro comercial cualquiera.

Bree salió la primera de la sala de autopsias. Ella y Matt se quitaron el EPI y abandonaron las instalaciones.

Una vez al aire libre, volvió el rostro hacia el sol primaveral. La calidez le dejó una sensación de frescor en la cara, pero no consiguió hacer desaparecer la profunda frialdad de la sala de autopsias. Sintió un escalofrío.

—Holly fue asesinada.

A su lado, Matt inhaló una bocanada de aire fresco como si llevara horas bajo el agua.

—Y alguien tuvo un cuidado deliberado en hacer que su muerte pareciera un suicidio, lo que hace probable que fuera premeditado.

—Su asesino incluso dejó una nota falsa. —La ira incendió el pecho de Bree.

—¿Y ahora qué? —preguntó Matt—. ¿Quieres volver a interrogar a Owen Thorpe o prefieres esperar hasta que tengamos más información?

—Necesitamos obtener una orden de registro para su casa. —Bree frunció la boca. Se había ofrecido a comunicar a Owen las noticias del forense sobre la muerte de su esposa—. Haré que Todd se encargue de rellenar el papeleo. Mientras tanto, vamos a ver a su hermana y a corroborar la historia de Owen con el camarero.

Bree no quería prevenirlo de ningún modo, aunque no es que importara demasiado: si Owen había matado a su mujer, ya había tenido días para deshacerse de las pruebas.

Matt asintió.

—Buen plan. Es mejor no darle tiempo para apuntalar su coartada.

—Exactamente. —Bree telefoneó a su jefe adjunto y le puso al corriente de los resultados de la autopsia—. Consigue una orden de registro para la casa de los Thorpe. Necesitamos comprobar los antecedentes de Holly y Owen Thorpe y de Shannon Phelps. También queremos órdenes para obtener los extractos bancarios de Holly Thorpe, Owen Thorpe y Shannon Phelps. Pero primero, llama a la empresa para la que trabajaba Holly Thorpe, Construcciones Beckett, y pregunta si fue a trabajar el viernes. Si conseguimos elaborar un esquema temporal sobre su paradero en cada momento, eso nos ayudará a acotar la hora de la muerte.

—Ahora mismo me pongo.

Todd puso fin a la llamada. Cuando Bree se hizo cargo del departamento, el agente no tenía mucha experiencia en investigación. El anterior sheriff —un hombre corrupto— había preferido seguir muy de cerca sus investigaciones. Sin embargo, Todd estaba demostrando que aprendía muy rápido.

—¿Quieres llevar a Owen a la comisaría para que se ponga nervioso mientras registramos su casa? —preguntó Matt.

—No. No quiero asustarlo y que pida un abogado. Hablaremos con él primero, y luego lo sorprenderemos con la orden.

Bree y Matt dejaron el Suburban de él en la comisaría y luego subieron al todoterreno de ella.

Matt empleó el ordenador de a bordo para obtener la dirección de Shannon Phelps.

—La hermana de Holly vive en la ruta rural 29.

Introdujo la dirección en el GPS.

Bree se alejó del núcleo urbano.

Al cabo de quince minutos, entró en una urbanización de lujo con casas nuevas. Shannon vivía en una casa gris de dos plantas de estilo granja, con un porche delantero y macetas colgantes con flores.

—Bonita casa.

—Mucho más bonita que la de Holly y Owen, desde luego —señaló Matt.

A Bree le sonó el teléfono. Miró la pantalla. Era Todd.

—Estás en altavoz, Todd. Matt también está aquí. ¿Qué has averiguado?

La voz de Todd resonó en el todoterreno.

—He hablado con la secretaria de Construcciones Beckett. Holly Thorpe trabajó toda la jornada del viernes. Se fue a las cinco. Paul Beckett, el dueño de la empresa, no estaba y no he podido hablar con él.

—¿Tienes su número? —le preguntó Bree.

—Te lo enviaré en un mensaje de texto —dijo Todd—. Ahora estoy con la solicitud de la orden de registro. La presentaré telemáticamente, así que no debería tardar mucho.

Bree apagó el motor.

—Si Holly estuvo todo el viernes en el trabajo, podemos acotar la franja de la posible hora de la muerte desde las cinco de la tarde del viernes al mediodía del sábado. Gracias, Todd. Volveré a la comisaría dentro de un par de horas.

Colgó el teléfono. El mensaje de Todd contenía el número de Paul Beckett. Bree lo llamó, pero le saltó el buzón de voz. Después de dejar un mensaje pidiéndole que le devolviera la llamada, bajó del todoterreno y se reunió con Matt en la entrada. Subieron los escalones hasta el porche y Bree llamó a la puerta de color rojo oscuro. En el interior, se oyeron los ladridos de un perro.

Unos pasos resonaron en el interior, aproximándose. La puerta se abrió y apareció una mujer menuda con una melena corta de pelo rizado y rubio. Sujetaba en brazos un perrito lanudo. El animal tenía una dentadura enorme, y los dientes inferiores le sobresalían de la boca como si fueran los de una piraña.

—¿En qué puedo ayudarles? —dijo, con un suspiro lloroso.

El parecido familiar entre las hermanas era innegable. Comparada con la foto del carnet de conducir de Holly, Shannon pesaba tres o cuatro kilos más, que suavizaban los rasgos de su rostro, más anguloso y delgado en el caso de su hermana. Shannon se llevó un pañuelo de papel arrugado a los ojos, que estaban enrojecidos y lucían una expresión de dolor. Tenía la cara hinchada de llorar.

—¿Es usted Shannon Phelps? —le preguntó Bree.

Shannon alternó la mirada de Bree a Matt, en quien la detuvo un segundo más. Bree no podía culparla. Se presentó a sí misma y a Matt.

Entonces Shannon abrió los ojos como platos y al fin reparó en el uniforme de Bree.

—Dios mío… Están aquí por Holly. —Contrajo el rostro y empezaron a rodarle más lágrimas por las mejillas.

—¿Podemos entrar? —preguntó Bree.

Shannon asintió con la cara tensa, como si no pudiera hablar. Se volvió y les indicó que la siguieran. Caminaron por un pasillo con el suelo de madera hasta llegar a una luminosa y moderna cocina decorada en tonos grises y blancos. Shannon dejó al perro en el suelo y se quedó en mitad de la cocina, como si no supiera qué hacer. Encima de la isla, el hilo de una bolsa de té colgaba de una taza vacía.

—Nuestro más sentido pésame —dijo Bree.

Shannon asintió con la cabeza con un movimiento brusco.

—Nos gustaría hacerle algunas preguntas —continuó la sheriff.

A los pies de Shannon el perro lanzó un gruñido, clavando los ojillos negros y brillantes en Bree.

La sheriff tenía una fobia muy severa a los perros, pero aquel no podía pesar ni cinco kilos. Ignorándolo, se dirigió a Shannon.

—Lo siento. —Shannon se sentó en un taburete en la isla—. No le gustan los desconocidos y ladra mucho, pero no muerde.

El perro se volvió y echó a andar, con las patas rígidas, hacia Matt. Lo olfateó y luego, por alguna razón inexplicable, relajó la postura. La cola lanuda se estremeció, como si estuviera planteándose agitarla.

Matt se agachó y extendió una mano.

—¿Quién es este chico tan bueno?

Como de costumbre, no se cortó lo más mínimo y puso su voz aguda de niño pequeño para hablar con el perro. También, como de costumbre, el animal cayó en la trampa y se acercó para que lo acariciara.

—Vaya. Normalmente no le cae bien la gente. —Shannon miró a Matt con renovada admiración.

—Sabe que me gustan los perros.

Matt le rascó las orejas al perrito y luego se irguió.

Bree señaló el taburete situado en el extremo de la isla, en diagonal a Shannon. Él asintió, comprendiendo que ella quería que él tomara la iniciativa para interrogarla. Era evidente que Matt había conectado con Shannon a través del perro. La mujer estaría más dispuesta a abrirse con él.

Bree recorrió la habitación con la mirada. Se detuvo en una hilera de fotos enmarcadas en una estantería. La mayoría eran del perro, pero sus ojos se pararon en una foto de Shannon y Holly de pequeñas. Supuso que tendrían ocho y diez años. Estaban juntas de pie, hombro con hombro, como reflejos idénticos en un espejo, con unas pelotas de *softball* en las manos casi juntas y.bates sobre los hombros opuestos.

Shannon rodeó su taza de té con los dedos antes de hablar:

—Cuando Owen llamó anoche, no le creí —dijo dirigiéndose a Matt—. Dijo que Holly se había suicidado, que se había tirado del puente.

—¿Estaba Holly deprimida? —preguntó Matt—. ¿Tiene alguna razón para creer que se suicidó?

—A ambas nos ha afectado mucho la situación de nuestra madre. Tiene un cáncer muy avanzado, en fase cuatro. Además… —Shannon exhaló un suspiro tembloroso y se interrumpió para serenarse. Extendió una mano sobre el pecho—. Ese es el mismo sitio donde murió nuestro padre.

Aquello hizo que a Bree le saltaran todas las alarmas. Eso no podía ser una coincidencia.

—¿Cuándo pasó eso? —preguntó Matt.

Shannon asintió y su voz se suavizó.

—Fue un accidente de coche. Holly y yo íbamos aún al instituto. Todavía me acuerdo de cuando el ayudante del sheriff apareció en la puerta para informar a mi madre. Su coche cayó por la colina y se deslizó por el terraplén justo antes del guardarraíl. Mamá nunca volvió a ser la misma después de aquello.

—Lo siento mucho —dijo Matt.

—Gracias.

Shannon lo miró parpadeando con los ojos llenos de lágrimas.

—Lamento lo ocurrido. —Bree exhaló y maldijo para sus adentros al ayudante Oscar por haberle dicho a Owen que su mujer se había suicidado. Owen le había comunicado esa información errónea a Shannon, y ahora Bree iba a tener que corregirla—. Tengo noticias. La muerte de su hermana no fue un suicidio.

Shannon abrió los ojos con expresión de sorpresa.

—¿Qué quiere decir?

Bree sabía que no había forma de suavizar el golpe.

—Fue asesinada.

Shannon se quedó paralizada.

—¿Qué? ¿Cómo?

—Estamos intentado establecer la cronología de los hechos —explicó Bree—. Esperamos que pueda ayudarnos.

—Pero Owen dijo… —Shannon parecía confundida.

Bree asintió.

—Anoche parecía que el suicidio era una posibilidad, pero la forense ha hecho pública la causa de la muerte esta tarde.

—No me lo puedo creer.

Shannon se mordisqueó la uña del pulgar, ensimismada en sus pensamientos.

Bree continuó.

—Owen nos dijo que creía que Holly había pasado el fin de semana aquí con usted.

Shannon abrió la boca con un rictus amargo.

—Siempre venía aquí cuando se peleaban a lo bestia. Yo le decía que no volviera con él, pero no me hacía caso.

—¿Por qué volvía con él? —le preguntó Bree.

—Decía que le quería. —Shannon suspiró—. Tienen… tenían una relación muy temperamental, con muchos altibajos. O estaban muy enamorados o no se hablaban. Con ellos no había término medio—. Apartó la mirada—. Anoche estaba tan hundida que no pensaba con claridad, pero llevo todo el día con la sensación de que no podía ser, que tenía que ser mentira. Ahora no dejo de oír la voz de Owen en mi cabeza. Anoche estaba demasiado tranquilo.

Bree le dio unos segundos para que siguiera hablando, pero no lo hizo.

—¿Qué cree que significa eso?

Shannon levantó la mirada. Un brillo de ira relumbraba en sus ojos húmedos.

—Que tal vez la haya matado.

—¿Tiene alguna razón para pensar que ha sido él? —le preguntó Bree.

Shannon encogió un hombro.

—No creo que fuera a propósito, pero tal vez sí por accidente. Cuando se peleaban, se peleaban. No tenían discusiones tranquilas y razonables, no, lo suyo eran disputas a tortazo limpio. —Entrecerró los ojos—. Y una vez oí a Owen decir que nunca permitiría que ella lo abandonara. No digo que sea un asesino a sangre fría ni nada por el estilo, solo que tiene mal carácter. Aunque la verdad es que Holly también.

Matt se apoyó en los codos.

—¿Sabe si Owen ejerció algún tipo de maltrato con su hermana alguna vez?

Shannon apretó los labios con gesto pensativo.

—No lo sé, pero no me habría sorprendido, sobre todo… —De repente, se calló.

—Sobre todo ¿qué? —preguntó Bree.

—Nada.

Shannon bajó la mirada.

¿Se estaba callando algo importante?

—¿No sabe de ningún incidente concreto? —preguntó Bree—. ¿Su hermana nunca le dijo que su marido le pegaba?

—No. —Shannon negó con la cabeza.

Frustrada, Bree cambió de táctica.

—¿Cuándo fue la última vez que habló con Holly?

—Vino aquí el jueves por la noche —dijo Shannon.

—¿De qué hablaron? —preguntó Bree.

—Tuvimos una discusión sobre cómo cuidar a nuestra madre.

Shannon cerró los ojos.

—¿Estaba especialmente alterada? —Bree cambió de posición en el taburete.

El perro le gruñó y Shannon le acarició las orejas.

—Las dos nos alteramos mucho cada vez que hablamos de mamá.

—¿Quién ganó esa discusión? —preguntó Matt.

—Ninguna de las dos; en ese tema no hay ganadores. Cuando se fue, Holly todavía estaba enfadada conmigo. Ella quiere llevar a mamá a un hospital para enfermos terminales, y yo no. —Shannon se sonrojó—. Mamá no está preparada para morir. —Pese a la contundencia de sus palabras, no parecía convencida.

—¿Y su madre qué quiere hacer? —le preguntó Bree.

—Mamá ha luchado mucho. Si se somete a más tratamientos podría vivir otros seis meses, tal vez más. —En realidad Shannon no respondió a la pregunta—. Necesita cuidados en casa. Ya ha gastado todos los días que le cubría su seguro. Además, hay copagos, material médico y medicamentos que no están cubiertos. Holly y yo nos repartimos las facturas. El mes pasado, el total fue de algo más de cinco mil dólares.

—¿Y Holly pagó la mitad de eso?

Bree recordaba que Owen había hablado de mil dólares.

—Sí, pero no sin antes protestar sin parar. —Shannon dio un golpe en la encimera con una mano y el ruido repentino sobresaltó al perro—. Lo siento, Miedoso.

Besó al perro en la cabeza y lo depositó en el suelo. El animal salió corriendo hacia una camita que había en la esquina. Una vez tumbado, apoyó la cabeza en el cojín y miró a Bree como si estuviera planeando su muerte.

Shannon siguió hablando.

—La culpa de la última pelea entre Holly y Owen fue toda de él, estoy segura. Se ha estado quejando todo este tiempo de lo mucho que tiene que pagar, como si el dinero fuera más importante que la vida de nuestra madre. Aunque supongo que ya tiene lo que quiere: ya se ha librado de los gastos. Ahora que Holly ya no está, no va a pagar nada.

Shannon suspiró y un rictus de amargura le contrajo el rostro.

—¿Dónde estuvo usted el viernes por la tarde?

Bree examinó la cocina. La enorme casa de Shannon era mucho más bonita que el apartamento de Holly y Owen. Bree volvió a mirar a Shannon.

—Estuve aquí en casa, trabajando hasta tarde. —Shannon se levantó y llenó su taza de agua del grifo—. Normalmente voy a ver a mi madre por la tarde, pero me he resfriado. Hace un par de días que no la veo. Tiene el sistema inmunológico muy débil, no puedo arriesgarme a transmitirle algún virus. Incluso un resfriado leve podría matarla. Por lo general, cuando yo no puedo ir a visitarla, va Holly. Va a ser muy difícil ocuparme de mamá yo sola.

—¿A qué se dedica? —preguntó Bree.

Shannon metió la taza en el microondas y pulsó un botón.

—Dirijo campañas de marketing *online*. ¿Quieren un té? —preguntó automáticamente.

—No, gracias. —Matt negó con la cabeza—. ¿Hay algo que demuestre que estuvo trabajando el viernes por la noche?

—No lo sé. —Shannon torció el gesto y miró hacia el techo—.

Saludé a mi vecina cuando salí a buscar el correo y a sacar el cubo de la basura sobre las seis o así, y luego me pasé casi toda la tarde encargándome de las tareas administrativas. Estuve enviándome mensajes con un cliente. —Frunció los labios—. Tengo un sistema de seguridad que hace un seguimiento de cuándo lo activo y cuándo lo apago.

—¿A qué vecina saludó? —Bree abrió una nota en su teléfono.

—A la de enfrente. —Shannon señaló hacia la parte delantera de la casa. Suspiró—. Francamente, no salgo mucho. No tengo muchos amigos. Prefiero estar sola.

Bree anotó la ubicación de la casa de la vecina.

—¿Trabaja para alguna empresa?

—No. —El microondas emitió un pitido y Shannon sacó su taza—. Soy autónoma. Tengo mi oficina en casa.

—Necesitaré la información de contacto del cliente —dijo Bree.

Shannon parecía alarmada.

—Preferiría no involucrar a mi cliente. Ahora mismo no puedo permitirme perder volumen de negocio. Sin Holly, tendré que pagar yo sola todas las facturas de mamá.

—De acuerdo.

Bree decidió olvidarlo por el momento: si descubría algo que implicara a Shannon de algún modo, ya comprobaría la información sobre el cliente más adelante. Hasta entonces, no podía obligar a la mujer a que le facilitara los datos.

Matt señaló la cocina.

—Es una casa muy bonita. Deben de irle las cosas bien con su empresa.

—No me va mal. —Shannon metió una bolsa de té en su taza—. Pero tan importante como eso es que tengo buena mano con el dinero: ahorro, invierto y soy una persona austera. —Levantó la barbilla con gesto de obstinación—. Están insinuando que tengo más dinero que mi hermana, y que debería haber pagado más por los cuidados de mi madre.

Bree no dijo nada, pero eso era exactamente lo que estaba pensando. Dejó que el silencio se prolongara durante unos segundos incómodos, consciente de que lo más probable era que Shannon quisiera llenarlo.

La mujer lanzó un resoplido.

—¿Por qué tengo que pagar yo las facturas cuando mi hermana y su marido se gastan todo el dinero? Tienen dos sueldos y no consiguen ahorrar ni un céntimo. —Tomó un sorbo de té, con expresión tensa—. En diciembre se fueron de crucero. Seis meses antes de eso, volaron a Las Vegas y luego se pelearon por el dinero que Owen había perdido jugando al blackjack. Holly estuvo durmiendo tres noches en mi cuarto de invitados después de esa pelea. —Dejó su taza—. Durante toda nuestra vida, yo he sido la responsable. Como recompensa, siempre he tenido que asumir más cargas. Eso no es justo.

—No —convino Bree—. ¿Estaba enfadada con ella?

Shannon no respondió, pero le brillaban los ojos. ¿Estaba autojustificándose?

—Si mi hermana se gastara todo el dinero divirtiéndose y luego quisiera dejar de pagar por los cuidados de mi madre, eso me cabrearía mucho —dijo Matt.

La mirada amarga de Shannon transmitía que estaba de acuerdo.

—¿Cómo fue su pelea con ella? —preguntó Bree.

—Todas las hermanas discuten —contestó Shannon, pero su tono era sombrío—, especialmente en nuestras circunstancias. —Se estremeció—. Pero ahora ya no hay manera de retirar todo lo malo que le dije. Está muerta, y yo voy a tener que vivir el resto de mis días con el hecho de que lo último que escuchó de mis labios fue lo egoísta, cruel e irresponsable que me parecía.

—Por favor, llámeme si recuerda algo más que pueda ser útil para nuestra investigación.

Bree dejó una tarjeta de visita encima de la mesa. El perro empezó a ladrar de nuevo mientras ella y Matt se dirigían a la puerta principal. Cuando salieron, Shannon permaneció observándolos desde la ventana, con el rostro compungido en una máscara reflexiva de dolor.

Cruzaron la calle y llamaron a la puerta de la vecina de enfrente, quien les corroboró que, efectivamente, cuando había vuelto a casa del trabajo el viernes por la tarde, sobre las seis, había visto a Shannon en la calle. Bree y Matt volvieron al todoterreno. Matt se subió al asiento del acompañante y cerró la puerta.

—Lo de Owen cada vez pinta más claro.

—La mayoría de las mujeres asesinadas mueren a manos de sus parejas. —Bree arrancó el motor, dio la vuelta con el vehículo y se alejó de la casa—. Pero Shannon también tenía un móvil: Holly quería dejar morir a su madre. No me imagino un tema más emotivo para una discusión.

—Entonces, ¿ha sido un arrebato? ¿Un crimen provocado por un momento de ira?

Bree golpeó con el pulgar sobre el volante.

—Un traumatismo por un objeto contundente puede ser el resultado de un arrebato. Estrangular a alguien puede ser el resultado de un arrebato, e incluso un disparo o una agresión con arma blanca pueden estar motivados por las emociones. Pero matar a alguien con una llave de estrangulamiento parece algo más...

—¿Premeditado?

—Sí —dijo Bree—. Incluso mal ejecutada, para hacer una llave de estrangulamiento se requieren conocimientos y técnica. Si la forense está en lo cierto, entonces el asesino se encontraba situado detrás de ella, rodeándole el cuello con el brazo. Una verdadera confrontación tendría que ser cara a cara. Esto parece un ataque a traición.

—La doctora Jones dijo que la técnica no era buena —dijo Matt—, pero me pregunto si nuestro asesino habrá estudiado artes marciales.

—Es una posibilidad.

—Económicamente, Shannon sale muy perjudicada de la muerte de su hermana —señaló Matt.

—Sí, eso es verdad. —Bree maniobró con la palanca de cambios del coche—. Pero me ha dado la sensación de que nos ocultaba algo.

—Sí, a mí también me lo ha parecido. Algo relacionado con las peleas de Owen y Holly.

Bree comprobó su teléfono.

—Acaba de llegar la orden de registro del domicilio de Holly.

—Vamos a ver a Owen —dijo Matt—. Me parece curioso que no nos mencionara que el padre de Holly murió en el mismo puente.

—Sí, a mí también.

Bree llamó a Todd y le pidió que enviara a un ayudante a la dirección de Owen con una copia de la orden de registro en una media hora.

—De camino pararemos en el bar; antes de interrogarle de nuevo quiero ver si su coartada es sólida.

Bree condujo hacia el Grey Fox, el bar situado a pocas manzanas del apartamento de Holly y Owen. Era un bar de mala muerte, tanto por dentro como por fuera. Había varios hombres acodados en la barra, bebiendo cerveza y viendo deportes en tres televisores colgados del techo. El camarero era un hombre joven, de unos treinta años, y medía un metro ochenta. En el cráneo rapado al cero y oscuro se le veía un tatuaje con una calavera. Estaba secando una copa de vino con un trapo sospechosamente sucio. Bree tachó el Grey Fox de su lista de posibles locales para ir a tomar una copa.

El camarero vio el uniforme de Bree y se quedó paralizado en el acto.

La sheriff se acercó a la barra.

—Estoy buscando a Billy.

—Soy yo —declaró, aunque parecía que habría preferido ser cualquier otra persona.

Bree se presentó a sí misma y a Matt.

—¿Cuál es su nombre completo?

—Billy Zinke. —Continuó secando el vaso.

—Nos gustaría hacerle algunas preguntas sobre Owen Thorpe.

Billy la miró con desconfianza.

—¿Qué quieren saber?

Bree apoyó los antebrazos en la barra.

—¿Cuándo lo vio por última vez?

—Estuvo aquí casi todo el fin de semana. —Billy deslizó el tallo de la copa seca por un soporte alto y cogió otra—. Apareció el viernes por la noche, después de una bronca con su mujer. Nada nuevo.

—¿Y a qué hora se fue? —preguntó Matt.

Billy resopló.

—No se fue. Tuve que arrancarlo del taburete a la hora de cerrar y llevarlo a rastras a mi casa conmigo. Si lo hubiese dejado irse solo, habría acabado en alguna zanja perdida por ahí. Estaba borracho como una cuba.

—¿Cuál es la hora de cierre? —preguntó Bree.

—A las cuatro de la mañana. —Billy se echó el trapo al hombro.

—¿Por qué lo llevó a su casa? —preguntó la sheriff.

—Como estaba tan borracho, tenía miedo de que se cayera y se rompiera algo, como la cabeza. —Billy se cruzó de brazos—. Owen es un cliente habitual, desde hace años. Aunque parezca increíble, este sitio no siempre está lleno. Ha habido muchas noches en las que solo estamos yo y un par de clientes viendo el partido. —Señaló el televisor de arriba con la cabeza—. He pasado muchas noches con Owen.

—¿A qué hora se fue de su casa el sábado? —preguntó Bree.

Billy negó con la cabeza.

—No me acuerdo con exactitud, pero ninguno de los dos se despertó antes del mediodía.

Bree miró hacia una cámara de vigilancia que había encima de la barra.

—¿Hay alguna grabación que lo corrobore?

Billy siguió su mirada.

—Tenemos cámaras de seguridad en la puerta delantera y trasera. Eso es todo.

—¿Y esa de ahí? —Señaló con la cabeza la cámara de la esquina.

Billy bajó la voz.

—Hace años que no funciona.

—¿Vive usted con alguien?

A Bree le habría gustado tener una confirmación adicional de la coartada de Owen.

—No. —Billy negó con la cabeza—. Vivo solo.

—Entonces me gustaría ver las imágenes de las cámaras de las puertas, por favor —le pidió Bree—. Además, necesitaré que venga a la comisaría y firme una declaración.

—Claro. —Billy desapareció por una puerta y volvió al cabo de unos minutos con una memoria USB—. Tenga.

—Gracias.

Bree cogió el lápiz de memoria.

Si Owen tenía una coartada, entonces la investigación acababa de hacerse más difícil. ¿Quién más había querido asesinar a su esposa?

Capítulo 8

Protegiéndose los ojos del sol de la tarde, Cady empujó la carretilla por el aparcamiento y entró en la tienda de animales. Había pasado la mañana de rodillas, intentando sacar a un pitbull y a sus tres cachorros del sótano de una casa abandonada. Tenía las zapatillas de deporte llenas de barro y la camiseta con el lema ADOPTA, NO COMPRES manchada de sudor, así como los vaqueros... o al menos eso esperaba, que fueran manchas de sudor. Necesitaba desesperadamente una ducha, pero también necesitaba doscientos kilos de comida para perros.

—¡Hola, Cady! —la saludó Russell desde la caja registradora mientras escaneaba una correa para una mujer mayor. Un bulldog francés negro estaba dentro de su carrito de la compra. Por sus ojos empañados y el hocico blanco, Cady supuso que el perro también era de la tercera edad.

—Hola, Russell —le respondió Cady de camino hacia la gran caja de cartón en la parte delantera de la tienda.

Russell le dio a la anciana su cambio y cerró la caja registradora.

—La caja está llena esta semana.

—Qué bien, cuánto me alegro. La verdad es que agradecemos mucho las donaciones. —Cady llevó la carretilla hasta la esquina delantera de la tienda. Dentro, encontró toallas viejas, juguetes y comida para perros—. Cuántas cosas.

—Deja que te eche una mano. —Russell corrió a su lado. Con su ayuda, Cady colocó la carretilla bajo el borde de la caja y la inclinó hacia atrás. A continuación la llevó hacia la puerta, que Russell le sujetó para que pasara. Después de cargar el botín de la semana en la parte trasera de su furgoneta, hizo un rápido inventario mental. Necesitaba más comida para perros y algunos huesos masticables. Subió la carretilla a la furgoneta y volvió a entrar en la tienda.

Cogió un carrito y enfiló el pasillo de los piensos. Cogió una bolsa de quince kilos para sus cuatro perros y luego más bolsas para los animales de Furever Friends que se alojaban en la perrera de Matt. Cady añadió una caja de latas en el carrito. Este, lleno hasta los topes, pesaba tanto que tenía que apoyarse en él para moverlo, así que lo dejó al final de la cola para ir a buscar las golosinas y los mordedores para perros. Al llegar al final del pasillo, se topó con una voluminosa figura masculina.

Se tambaleó hacia atrás.

—Disculpe.

Al recuperar el equilibrio, levantó la vista.

«Mierda».

Era Greg.

Su exmarido la miró fijamente.

—Cady.

Estaba pálido y tenía los pómulos más marcados que de costumbre, pero seguía siendo el hombre más guapo que Cady había visto en su vida. Tenía el pelo negro azabache y ondulado, y los ojos más azules que un cielo despejado en invierno. Llevaba una camiseta negra y unos vaqueros que ponían en evidencia la cantidad de horas que pasaba en el gimnasio. Ella sabía que tenía los abdominales tan esculpidos como los pómulos. Había sido modelo de ropa interior, entre otras cosas. Ese hombre estaba hecho a imagen y semejanza de una estatua griega.

Y de entre todos los días del calendario, tenía que ser justo ese cuando se lo encontrase, naturalmente, cuando él tenía ese aspecto y ella parecía… ¿Por qué no podía habérselo encontrado la semana anterior, ese día que tan bien le había quedado el pelo? Aunque debía reconocer que, durante todo el tiempo que habían estado juntos, en realidad ella siempre se había sentido inferior a él.

Su físico era la razón por la que se había enamorado de él, pero había aprendido la lección. Había pagado un alto precio por ser superficial, y nunca más se dejaría engañar por una cara bonita. La belleza absoluta de Greg, de la cabeza a los pies, encubría una personalidad terriblemente desagradable.

Los recuerdos inundaron su cerebro y se le empañaron los ojos. Sus lágrimas no tenían nada que ver con Greg.

Este tosió con fuerza, con un ruido tan profundo y áspero como el ladrido de una foca.

A pesar de que no lo había visto en seis años y de que parecía enfermo, no le preguntó cómo estaba, sino que recordó todo lo mal que se lo había hecho pasar y se dio media vuelta para alejarse de él y largarse de allí cuanto antes.

Greg se cambió de brazo para sujetar la bolsa de comida para perros que llevaba encima.

—No tienes que salir huyendo.

—No voy a salir huyendo, es que no tengo nada que decirte.

Agarró su carrito y lo hizo girar para dirigirse a la parte delantera de la tienda, pero casi estuvo a punto de volcarse por el peso y acabó estrellándose contra un expositor de galletas para perros. Las cajas cayeron desperdigadas por todo el suelo.

«Maldita sea».

Se le llenaron los ojos de lágrimas al recordarlo todo: el dolor del parto prematuro, el bebé del tamaño de una muñeca envuelto en un arrullo de hospital, el momento en que salió del hospital con los brazos vacíos… Siempre llevaría ese terrible dolor en su corazón.

Melinda Leigh

Y ahora estaba llorando en una tienda de artículos para mascotas. Delante de Greg.

Oyó que Greg murmuraba en voz baja a sus espaldas:

—Maldita zorra estúpida. —Más alto, añadió—: Sigues estando como una cabra. Me alegro de que nos separáramos.

Una oleada de ira fue acumulándose en el vientre de Cady, como una bola de fuego. Greg no tenía ni una pizca de empatía en un solo centímetro de su cuerpo perfecto. Era un ser egoísta que solo pensaba en sí mismo.

Se volvió para mirarlo.

—Eres un gilipollas.

El hombre se puso rojo y se acercó a ella.

—No me hables así.

—¿O qué?

La fulminó con la mirada, pero no respondió.

Seis años antes, Greg había podido intimidarla. No físicamente, ella nunca le había tenido miedo en ese sentido. Su intimidación había sido psicológica. La había atormentado con la culpa. En aquel entonces ella estaba hundida emocional y físicamente. Ahora ya no era así. Cady irguió el cuerpo y levantó la barbilla. Ella y Greg eran de la misma altura. No podía creer que hubiese llegado a llevar zapatos planos solo para proteger el frágil ego de él. Había sido una estúpida al casarse con ese hombre simplemente porque su breve relación había dado lugar a un embarazo sorpresa, pero enterrada bajo todo su dolor aún conservaba la alegría que la había invadido cuando leyó el resultado del test: se había sentido como una persona totalmente diferente. Al principio, parecía que él también había cambiado.

Pero en realidad no había cambiado, no.

Se acercó un paso más y le apuntó con un dedo a la cara.

—Aléjate de mí, Greg. Esta vez no estoy llorando la pérdida de mi hijo.

—Querrás decir «nuestro» hijo, ¿no? ¿El que mataste por tu irresponsabilidad?

Las palabras de Greg le traspasaron el alma.

Ella sabía que eso no era cierto, pero el sentimiento de culpabilidad se le clavó en el corazón de todos modos. Estaba en el quinto mes de un embarazo muy saludable, y el ginecólogo le había dicho que podía seguir haciendo el ejercicio con el que se sintiera cómoda hasta el último trimestre. Llevaba practicando remo desde el instituto, pero Greg había querido que lo dejara, ya que el hecho de que ella fuera más rápida que él siempre le había provocado inseguridad. En el momento en que empezó a sufrir pérdidas, estaba en el río. Tendría que cargar con ese momento —y con la pesadilla que le siguió— durante el resto de su vida, como si fuera una cicatriz que llevara en el alma.

Más tarde, descubrieron que el feto tenía una anomalía cardíaca, que había muerto antes incluso de que ella saliera a remar aquel día y que, aunque hubiera nacido, no habría sobrevivido. Pero justo después de su muerte, Cady no sabía nada de eso, de modo que se había echado la culpa a sí misma.

Y Greg también la había culpado.

En lugar de apoyarla en el peor momento de su vida, se había ensañado con ella.

Pero no pensaba discutir con Greg sobre la causa de la muerte de su hijo. Cady no le debía nada.

—Déjame en paz.

Cady le dio la espalda y empujó su carrito hacia la caja registradora. No iba a permitir que la echara de la tienda. Esta vez no se dejaría intimidar por su actitud de mierda.

—Venga, sal corriendo —le dijo Greg a su espalda—. Es lo que único que sabes hacer.

La mujer enroscó los dedos de una mano alrededor de la barra del carro de la compra. Con la otra, le enseñó el dedo por encima del hombro.

Russell apareció al principio del pasillo. Alternó la mirada entre Cady y Greg.

—¿Algún problema?

Ella esbozó una sonrisa forzada. Tenía los músculos de la cara agarrotados, como si fueran a romperse en cualquier momento.

—No, no pasa nada. Siento el estropicio.

Russell levantó una mano.

—No te preocupes.

Volvió a fruncir el ceño hacia Greg, que seguía de pie en el mismo sitio, con el rostro contraído en una mueca de enfado.

Cady salió y empujó el carrito hasta la furgoneta. Vio que, al otro lado del aparcamiento, Greg se subía a un pequeño todoterreno gris oscuro y emprendía la marcha. Maldiciéndolo entre dientes, metió las pesadas bolsas en el maletero. El esfuerzo físico disipó parte de su ira.

Entonces se sentó al volante y rompió a llorar.

Capítulo 9

El martes por la tarde, Matt estaba delante de los escalones de entrada al apartamento de los Thorpe. Se apartó de Owen y del olor a alcohol. Los vapores de whisky que emanaban del cuerpo de aquel hombre eran asfixiantes, como si lo hubieran marinado en alcohol. Si alguien encendía una cerilla a menos de dos metros de él, prendería como una antorcha.

—¿Qué pasa? —Owen se balanceaba sobre los pies.

—Tenemos noticias sobre la muerte de su esposa —dijo Bree.

Owen se la quedó mirando con los ojos vidriosos.

—Vale.

Y con un gesto de indiferencia con la mano, se dio media vuelta y avanzó tambaleándose por el pasillo. Estaba claro que hacía bastante tiempo que no se duchaba.

Matt y Bree lo siguieron hasta la cocina. Además del hedor corporal, Matt percibió un leve olor a vómito. Alguien —probablemente Owen— había arrojado el contenido de su estómago por allí. En la encimera había una botella de whisky casi vacía y había otra abierta, lista para ser consumida. Un vaso sobre la mesa contenía dos dedos de un líquido de color ámbar. ¿Intentaba Owen suicidarse por intoxicación alcohólica?

—¿No iba a venir su hermano anoche? —le preguntó Matt.

—Y vino. —Owen señaló el hueco de la escalera—. Steve está arriba, durmiendo.

«Habrá sido él quien ha vomitado».

—¿Quién creen que me ha traído más whisky? —añadió Owen.

«Pues no ha sido de gran ayuda».

Owen se sentó a la mesa y cogió el vaso con un movimiento seguro y fluido, con la maestría que otorga la práctica.

Bree se sentó al otro lado de la mesa y Matt se colocó detrás de ella.

—¿No ha ido a trabajar? —le preguntó la sheriff. Su voz no era acusadora, solo inquisitiva.

—He llamado para decir que estaba enfermo. —Owen tomó un sorbo—. Mi jefe me ha dado permiso para que me tome el resto de la semana libre. Es la primera vez que no se comporta como un capullo. Supongo que hace falta que se muera tu mujer para que te conviertas en un ser humano de pleno derecho para un banco.

A Matt le dieron ganas de tirar el resto del whisky de Owen por el desagüe del fregadero y meter al tipo en la ducha. Estaba entrando en una espiral de autodestrucción, pero ¿qué haría Matt si el amor de su vida hubiera muerto? Miró a Bree. El hecho de que hubiese dirigido sus pensamientos automáticamente a ella lo turbó. No era una mala sensación, simplemente le resultaba extraña. ¿Sus sentimientos por Bree eran más intensos de lo que creía?

«¿Y qué pasa si así es?».

Aquella mujer lo tenía todo: era inteligente, noble, sexy, tenía un gran sentido del humor… Joder, era una heroína, literalmente. Sí, no le importaba lo más mínimo ir en serio con ella. Lo único que le preocupaba era que ella tal vez no sintiera lo mismo. Pero la vida estaba llena de riesgos, ¿no?

—Señor Thorpe… —empezó a decir Bree.

—Owen —la interrumpió—. Y háblame de tú. Lo de señor Thorpe hace que me sienta viejo.

Bree asintió con la cabeza y continuó hablando.

—Owen, la forense ha dictaminado la causa de la muerte de tu esposa.

El hombre se quedó paralizado, con el vaso a punto de tocar sus labios.

—Holly fue asesinada —dijo Bree.

Owen parpadeó varias veces seguidas, en rápida sucesión, como si no comprendiese el significado de aquellas palabras.

—¿Qué?

—Tu esposa no se suicidó —le explicó Bree con tono paciente.

Una expresión de shock congeló el rostro de Owen durante unos segundos.

—No lo entiendo.

Bree se esforzó por tratar de encontrar las palabras adecuadas, pero Owen estaba demasiado borracho para andarse con sutilezas: solo la verdad pura y dura podía penetrar el espesor de la neblina etílica que lo rodeaba.

—Alguien asesinó a tu esposa. La estrangularon —dijo Matt.

Aquellas palabras fueron la bofetada tácita que Owen necesitaba. Un estremecimiento le recorrió el cuerpo. Se llevó una mano al cuello y su rostro cobró un color ceniciento. Por sus rasgos faciales se desplegó un abanico de emociones, desde la tristeza hasta el horror y la confusión. Dejó el vaso sobre la mesa.

—¿Quién podría hacer una cosa así?

—Esperábamos que tuvieras alguna información que nos ayudara a encontrar a la persona responsable. —Bree se inclinó hacia delante—. ¿Sabes de alguien que tuviese algo en contra de tu mujer o estuviera enfadado con ella?

—Tal vez su hermana. —Owen encogió un hombro—. Tuvieron una discusión el jueves por la noche. Pero no veo a Shannon matando a Holly. Se pelean, sí, pero son hermanas.

—¿Holly te habló de su pelea?

Bree sacó su libreta y anotó algo.

—Sí. —Owen cogió el vaso de whisky con un suspiro y le dio un sorbo—. Llegó a casa llorando.

Bree desplazó el peso de su cuerpo hacia atrás. Arrugó la nariz, como si tratara de ignorar el olor.

—¿Sabes por qué se pelearon?

—Por dinero. —Owen apuró su bebida—. Shannon quiere desangrarnos. A ella le sale el dinero por las orejas, con su casa de lujo y su coche de alta gama. Pero dependía de Holly para el dinero de las facturas de su madre.

—Según Shannon, simplemente se le da mejor ahorrar —dijo Bree.

—Shannon es una gilipollas. —Owen puso los ojos en blanco—. Es más fácil ahorrar cuando ganas más dinero.

—Vosotros os fuisteis de crucero hace unos meses —señaló Matt.

—¿Y? Pagamos ese viaje hace mucho tiempo, antes de que la madre de Holly se pusiera enferma. Seguramente no podíamos permitírnoslo, pero fueron nuestras primeras vacaciones desde la luna de miel, hace cinco años. —Empujó la silla hacia atrás y se puso de pie—. Shannon tiene razón: Holly era una manirrota, y a mí tampoco se me daba bien ahorrar, pero ¿acaso no teníamos derecho a algún placer en la vida? —Llevó su vaso a la encimera y lo rellenó—. Me alegro de que hiciéramos ese viaje. —Cuando se volvió, las lágrimas le brillaban en los ojos—. Al menos tendré los recuerdos.

—¿Y la excursión a Las Vegas? —preguntó Matt.

—¿Shannon también os ha hablado de eso? —Owen apretó los dientes y volvió a sentarse en su silla—. Eso fue un viaje de negocios. Un congreso para directivos de cajas de ahorros. El banco nos pagó el hotel, nosotros solo tuvimos que hacernos cargo del billete de avión de Holly, que aprovechó una oferta de una de las aerolíneas *low-cost*. Nos costó menos de cien dólares.

Bree esperó a que Owen se acomodara en su asiento.

—¿Y jugaste mientras estabas allí?

—Un poco —admitió—. Perdí unos cientos de dólares. Holly se cabreó mucho. Fue una estupidez. Nos quedamos sin dinero el segundo día. El banco solo cubría mis dietas, así que la segunda parte del viaje tuvimos que compartir la comida. —Empezó a juguetear con su vaso—. Oye, que Shannon sea feliz estando encerrada en su casa sola todo el día no significa que los demás puedan soportarlo. Algunos necesitamos interacción social.

—Cuando hablamos contigo anoche, no mencionaste que el padre de Holly murió en el mismo puente —señaló Matt.

Owen se encogió de hombros.

—Lo había olvidado. Murió mucho antes de que conociera a Holly.

—¿Y el trabajo de tu mujer? —Bree cambió de tema—. ¿Se llevaba bien con su jefe y sus compañeros de trabajo?

—Casi siempre, sí —dijo Owen—. No hablaba mucho de su jefe, y la oficina es pequeña. Aparte de Holly, tiene una secretaria y algunos empleados a tiempo parcial.

Bree siguió insistiendo.

—¿Y Holly nunca se quejaba de nadie en el trabajo?

—Todo el mundo se queja del trabajo —respondió Owen—. Y nadie se lleva siempre bien con sus compañeros de trabajo, pero ahora mismo no recuerdo nada grave. La secretaria es una capulla a la que Holly no le caía bien. Siempre estaba criticándola a sus espaldas, pero parecía que trataba así a todo el mundo en la oficina. Holly a veces salía a tomar algo después de la jornada con una de las colegas a tiempo parcial. De hecho, salieron la semana pasada. Se llama Deb.

—¿Qué día fue eso? —preguntó Bree.

—El martes —contestó Owen.

—¿Y su jefe? —preguntó Matt—. ¿Algún problema con él?

—No, creo que no. Paul no pasa mucho tiempo en la oficina. Siempre está sobre el terreno, casi siempre en las obras. —Owen se llevó el whisky a los labios y luego soltó el vaso con un suspiro—. Supongo que no puedo estar siempre borracho.

—¿Conoces personalmente a su jefe? —le insistió Bree.

Owen asintió.

—Lo he visto varias veces, cuando he tenido que pasar por su despacho por alguna razón. No es el tipo de persona que organiza fiestas de Navidad en la oficina ni nada de eso.

Bree se puso en pie, aparentemente satisfecha.

—Si se te ocurre algo más que quieras contarnos, llámame, por favor. —Dejó una tarjeta de visita encima de la mesa—. Voy a necesitar que pongas por escrito lo que me contaste sobre tu discusión con Holly, la última vez que la viste y dónde estuviste entre el viernes a las cinco de la tarde y el mediodía del sábado.

—Pero si ya os lo he dicho todo —dijo Owen.

—Lo sé —concedió Bree—, pero me gustaría tenerlo por escrito en tus propias palabras, para mis archivos oficiales. No quisiera equivocarme en ningún detalle.

Además, así compararían la declaración escrita de Owen con su declaración verbal para tratar de buscar discrepancias.

—De acuerdo. Lo haré —Owen se levantó, tiró su whisky y llenó el vaso con agua del grifo—. Todavía me parece increíble. Sigo esperando que Holly entre por la puerta. —Se quedó mirando el vaso de agua—. ¿Puedo verla?

—¿Te refieres a si puedes ver su cuerpo? —Bree se enderezó.

Owen asintió.

Bree frunció el ceño.

—Tan pronto como lleguen las pruebas de ADN, la forense te hará entrega del cuerpo de tu esposa.

—¿Y cuánto tiempo tardará eso?

Owen volvió la cabeza hacia Bree.

—El laboratorio dice que tendrá los resultados en una semana —le contestó la sheriff.

Se pasó una mano por pelo.

—¿Tanto tiempo?

—También vas a tener que pensar en los detalles para el entierro —añadió Matt—. Cuando la identificación de Holly sea oficial, la forense te llamará para preguntarte qué funeraria vas a utilizar.

—Oh.

Owen se dejó caer de nuevo en la silla, como si el choque con la realidad de tener que elegir una funeraria arrojara claridad a la situación.

Alguien llamó a la puerta. Owen cruzó la habitación y la abrió. Un ayudante de la sheriff apareció en la entrada.

—Viene conmigo. —Bree soltó la bomba—: Trae una orden de registro. Tenemos que examinar la casa.

—¿Qué? —Owen alzó la voz con incredulidad.

—Tu esposa es una víctima de asesinato —le explicó Bree—. Hemos de registrar su residencia.

El ayudante de la sheriff le entregó la orden a Owen. Él la cogió, sin molestarse en leerla.

—Lleva al señor Thorpe fuera y espera con él —indicó Bree al ayudante. Luego le hizo una señal con la mano a Matt—. Empecemos por arriba.

Owen miró con desprecio al ayudante, pero salió por la puerta principal sin oponer resistencia.

Matt siguió a Bree. Se pusieron los guantes mientras subían los escalones. Ella sacó una pequeña cámara digital del bolsillo. En el lado izquierdo del descansillo había un baño completo y un pequeño dormitorio que hacía las veces de habitación de invitados y oficina en casa. El dormitorio principal estaba a la derecha.

Entraron en el cuarto de invitados. Había un hombre tumbado, roncando, en un sofá cama. Olía a vómito. Matt le dio un golpecito en la pierna mientras Bree empezaba a fotografiarlo todo.

—Eh, amigo. Despierte.

El hombre se despertó con un fuerte resoplido.

—¿Qué coño…?

—Oficina del sheriff —dijo Matt—. ¿Podría salir de la habitación?

El hombre eructó y se puso en pie tambaleándose.

—Lo acompañaré.

Matt no quería que se cayera por las escaleras. Bajó al borracho por las escaleras, lo acompañó a la puerta principal y luego lo dejó con Owen y el ayudante del sheriff.

Una vez de vuelta en el cuarto de invitados, Matt pasó por delante de una maleta abierta mientras se dirigía al armario ropero, donde había tres polos colgados en fila.

La cámara de Bree emitía una sucesión de clics mientras fotografiaba cada cajón y superficie.

—Nos llevaremos el portátil y el correo.

—Dentro del armario solo hay un par de cosas. —Matt señaló con el pulgar por encima de su hombro—. Probablemente la ropa del hermano borracho.

Miró debajo de la cama. Nada. Se volvió hacia el escritorio, mirando por encima del hombro de Bree, que estaba abriendo todos los cajones.

—Facturas antiguas, declaraciones de impuestos, manuales de usuario para electrodomésticos…

Cerró el último cajón.

—Vamos a registrar el dormitorio principal. Fíjate a ver si hay uñas rotas en el suelo.

No tenían ninguna pista sobre el lugar donde habían matado a Holly.

De camino al dormitorio, Matt entró en el baño del pasillo. Encendió la luz. Había un kit de aseo abierto en el tocador. El asiento del inodoro estaba salpicado de vómito y la habitación apestaba. Matt contuvo la respiración mientras abría el armario auxiliar, que estaba repleto de toallas y papel higiénico.

—Parece que es para los invitados.

Apagó la luz.

El dormitorio principal disponía de gran espacio para los muebles. Unos armarios empotrados flanqueaban un corto pasillo que conducía al baño integrado en la habitación.

Bree entró directamente en el baño. Matt abrió el primer armario, a todas luces el de Owen. Los vaqueros, las sudaderas y los jerséis estaban apilados en las estanterías, mientras que los pantalones y las camisas de vestir colgaban de la barra del perchero. Había seis pares de zapatos debajo de la ropa colgada. Matt miró entre las prendas y examinó los bolsillos de las chaquetas de Owen y el interior de sus zapatos. Las cajas del estante superior contenían la ropa de las otras estaciones. Matt levantó la tapa de la última caja. Cromos de béisbol. Por desgracia, estaban arrugados, manchados y maltrechos, así que no era muy probable que tuvieran algo de valor.

Acabó cuando Bree salía del baño.

—¿Has encontrado algo? —Se apartó un mechón de pelo de la cara de un soplo.

—No.

—Yo tampoco. —Se detuvo delante de la puerta del armario de Holly—. Caramba…

Matt echó un vistazo. A diferencia del ordenado espacio de Owen, el de Holly parecía el interior de unos grandes almacenes tras sufrir una explosión. Contó hasta cuarenta bolsos.

—Yo empezaré por la parte de arriba. —Matt sacó una caja de plástico para guardar zapatos y la abrió. Zapatos de tacón plateados. Abrió otra. Más zapatos de tacón, estos de color rojo brillante—. ¿Cuántos pares de zapatos puede llegar a llevar una mujer?

—A mí no me mires. Odio ir de compras. —Bree se agachó para abrir una bolsa de gran tamaño que estaba en el suelo. Sacó un bolso rojo cuadrado—. Este todavía tiene la etiqueta. —Lo apartó a un lado y sacó dos cajas de zapatos. Extrajo otro par y lanzó un silbido de admiración—. Vale. Tengo que reconocerlo: estos son preciosos.

Matt bajó la mirada. Los zapatos eran de ante azul brillante. Tenían un tacón fino y la suela roja. Pensó que Bree estaba estupenda con su uniforme o con unos simples vaqueros y unas botas. Era más bien una mujer sencilla. Pese a todo, no pudo evitar imaginársela con aquellos tacones vertiginosos.

«Contrólate, Matt».

—Son unos Louboutin. —Bree los devolvió con cuidado a la caja.

A Matt, aquella marca le resultaba vagamente familiar.

—Zapatos caros, ¿verdad?

—Sí. —Bree metió la mano en el bolso y sacó un recibo—. Estos dos pares de zapatos y el bolso suman mil ochocientos dólares.

—¿En serio? ¿Cuándo los compró?

—La semana pasada. —Bree se apoyó en sus talones—. Pagó en efectivo.

—¿De dónde sacaba Holly todo ese dinero?

Bree hizo fotos y luego dejó la bolsa a un lado.

—Nos los llevaremos.

—¿Son de tu número? —bromeó Matt.

Bree lo miró con gesto inexpresivo.

—Como prueba.

Él le sonrió y ella no pudo mantener la compostura. Soltando una carcajada, pasó a registrar el resto de las bolsas y las cajas de Holly, abriendo la cremallera de cada compartimento.

—Esos son los únicos artículos acompañados de un recibo.

—Algunos de estos otros zapatos parecen nuevos.

Matt cogió un botín y le dio la vuelta. La suela estaba completamente limpia y lisa.

—Pero sin recibo, no podemos probar cuándo los compró.

Bree enderezó el cuerpo.

Matt abrió su teléfono y grabó un vídeo de todo el armario.

Terminaron de registrar el armario de Holly sin encontrar nada más destacable. Las mesitas de noche exhibían los típicos libros, pañuelos de papel, bolígrafos y otros cachivaches. Miraron bajo el colchón y detrás del cabecero.

Bree abrió un joyero de la cómoda.

—Joder...

Matt miró dentro. Había multitud de objetos brillantes.

—Algunas de estas cosas parecen valiosas.

Hizo fotos.

—Vamos a preguntarle a Owen por todo esto.

Matt llevó una bolsa con las prendas de vestir y el ordenador portátil a la planta baja. No tardaron mucho en registrar la cocina y la sala de estar. Cuando terminaron, Bree abrió la puerta principal.

—Owen, ya puedes volver a entrar.

El hombre se dirigió a la cocina y su hermano hacia a las escaleras. Parecía un zombi y Matt supuso que iba a volver a la cama.

Owen se detuvo en mitad de la cocina, con gesto serio y frunciendo el ceño.

—¿Qué os vais a llevar?

—Te daremos un comprobante de todo lo que requisemos como prueba. —Bree puso la bolsa sobre la mesa. Sacó el recibo—. ¿De dónde sacó Holly el dinero para comprar esto?

Owen se encogió de hombros con un movimiento brusco.

—No lo sé.

—Los compró la semana pasada. —Bree leyó el total que constaba en el recibo—. Con dinero en efectivo.

Owen se puso muy pálido.

—No lo sé. —Esta vez respondió con aire menos arrogante y seguro.

—¿Y sus joyas? ¿Sabes de dónde han salido?

—No. —Se encogió de hombros—. No me fijo en los pendientes que se pone mi mujer. —Owen vio el ordenador en las manos de Matt—. ¡Eh, no podéis llevaros mi ordenador! —protestó.

—Sí que podemos. —Bree señaló el papel de la orden judicial, doblado sobre la mesa—. Está incluido en la lista de la orden.

—Mierda. —Owen se frotó la cara con la mano—. ¿Y cómo narices voy a trabajar yo ahora?

—Te lo devolveremos lo antes posible —dijo Bree—. Ya casi hemos terminado.

Bree y Matt registraron el sótano rápidamente. Dejó constancia en un comprobante de cada uno de los artículos que se iban a llevar y se lo entregó a Owen.

Él se lo arrancó de las manos de malas maneras.

—Voy a buscarme un abogado. Tengo una coartada.

Bree le dedicó una sonrisa cortés al salir.

Matt se dirigió a la puerta.

—Gracias por tu colaboración.

Owen estaba tan furioso que parecía a punto de explotar.

Capítulo 10

Una vez fuera de la casa, el aire fresco eliminó cualquier rastro de olor a alcohol de las fosas nasales de Matt. Siguió a Bree hasta el todoterreno y se dirigió hacia el lado del pasajero.

Ella lo miró por encima del capó.

—Tal vez si seguimos el rastro del origen del dinero de Holly encontraremos al asesino.

—El dinero siempre es un buen motivo para matar a alguien —convino él.

Bree vaciló un instante, con la mano en el tirador de la puerta del coche.

—Vamos a hablar con los vecinos.

Se dirigieron a la casa contigua, pero nadie respondió al timbre. Tuvieron más suerte en la vivienda del otro lado.

Un hombre de pelo blanco de unos sesenta años abrió la puerta y miró fijamente a Bree.

—Están aquí por la mujer de la casa de al lado, ¿verdad? ¿Cómo murió?

—Eso es lo que estamos tratando de averiguar. —Bree se presentó a sí misma y a Matt—. ¿Conoce bien a los Thorpe?

—Lo bastante como para saludarlos. Pero sé algo sobre ellos. —Se subió la cremallera de la chaqueta—. Se pelean constantemente.

A voces. Estas paredes son finas. No quiere saber la de veces que me he ido a la cama con los auriculares antirruido. —Sacudió la cabeza.

—¿Los oyó pelearse el viernes pasado? —preguntó Matt.

—Sí. Estuvieron gritándose unos veinte minutos y luego ella salió de la casa hecha una furia y con una maleta. —El hombre puso los ojos en blanco—. También lo vi a él borracho como una cuba a la mañana siguiente. Esperaba que esta vez se divorciaran para poder dormir un poco.

Bree sacó su pequeña libreta.

—¿Sabe si Holly era amiga de alguno de los otros vecinos?

—No —dijo—. Apenas los veía, ni a ella ni a su marido. Solo cuando salían o volvían a casa.

Bree anotó la información de contacto del vecino. Ella y Matt probaron en varias puertas más del mismo edificio. Otros dos residentes respondieron y confirmaron el relato del primer vecino: Owen y Holly eran muy reservados y se peleaban a todas horas.

Bree y Matt volvieron a su todoterreno.

—¿Y ahora qué? —preguntó Matt desde el asiento del copiloto.

Bree exhaló un fuerte suspiro.

—Lo que sigue es aún peor que tener una entrevista con el marido y la hermana de la víctima: hemos de hablar con la madre de Holly.

Llamó a Todd, quien le dio la dirección de Penelope Phelps.

La señora Phelps vivía en una comunidad de viviendas para personas mayores formada por casas diminutas y casi idénticas, de una sola planta. Se acercaron a la puerta y llamaron. No ocurrió nada. Matt pulsó el timbre. El sonido reverberó en la puerta. Al cabo de un minuto, se oyó movimiento en el interior de la casa y el ruido de unos pasos lentos y vacilantes. Tuvieron que pasar varios minutos antes de que la puerta se abriera por fin.

La mujer de la entrada tendría probablemente unos sesenta años, pero parecía décadas mayor. Frágil y delgada, se apoyaba con fuerza en un andador, cuyas patas sin ruedas estaban protegidas por unas pelotas de tenis. Menuda como sus hijas, era evidente que la señora Phelps había encogido físicamente. Entrecerró los ojos con fuerza y los miró a través de unas gafas lo bastante gruesas como para distorsionar el tamaño de sus ojos.

Bree se presentó, mostrándole su placa.

—Está aquí por Holly.

—Sí, señora.

Bree cruzó las manos por delante del cuerpo.

Matt inclinó la cabeza.

La señora Phelps dio un paso atrás, con la respiración entrecortada.

—Por favor, pasen. Tengo unas preguntas para ustedes.

La puerta daba a la sala de estar, donde la señora Phelps se sentó en un sillón. Se acomodó en él, buscó una cánula de oxígeno y se colocó el tubo. Sin dejar de jadear, señaló un sofá azul.

Matt y Bree se sentaron uno al lado del otro. Matt apoyó los codos en las rodillas y dejó las manos entrelazadas colgando entre ellas.

Bree se sentó en el borde del sofá.

—La acompañamos en el sentimiento.

—Nunca pensé que sobreviviría a una de mis hijas. —Los miró a los ojos, con una mirada velada y desenfocada—. Últimamente no hay nada que me importe demasiado, nada excepto mis hijas. Da igual la edad que tengan, tus niñas siempre son tus niñas. Si la vida quería darme una última patada en la boca, esta era la única manera de hacerlo.

Matt sintió una inmensa empatía por ella; no podía imaginar estar enfrentándose a su propia muerte y sufrir la pérdida de un hijo.

La señora Phelps alargó una mano temblorosa hacia una estantería situada a su espalda. Escogió una foto enmarcada de entre una docena y se la acercó a la cara.

—Para mí todavía son mis pequeñas.

Le dio la foto a Bree, que la inclinó para que Matt pudiera verla. Había dos niñas sentadas frente a frente a una mesa, dibujando. Sus posturas eran simétricas. Una era un poco más alta, con el pelo liso, mientras que la más pequeña tenía todo el pelo rizado. Matt echó un vistazo a la cocina contigua y comprobó que se trataba de la misma mesa.

—Las niñas se criaron aquí, en Grey's Hollow —les explicó la señora Phelps—. Entonces teníamos una casa más grande.

A Matt se le encogió el corazón ante la tierna imagen.

—¿Qué edad tenían en esta foto?

La señora Phelps tocó la cara de la niña más alta.

—Holly tenía doce años. Shannon es dos años menor. —Tanteó con los dedos trémulos para abrir el marco y sacar la foto. Se la dio a Bree—. Tenga, llévensela.

—Oh, no, no puedo hacer eso —protestó Bree.

—Quiero que la tengan como un recordatorio de que Holly era una mujer de carne y hueso, no un número de caso o una estadística. Había personas que la querían de verdad. —La señora Phelps se puso a llorar, luego se limpió la cara con las yemas de los dedos—. Además, veo muy poco, así que de todos modos apenas puedo distinguirla.

Bree aceptó la foto.

—Gracias.

La señora Phelps respiró profundamente y pareció calmarse.

—He soportado bien todos los ciclos de quimioterapia hasta este último, que ha sido muy duro. Y lo que es peor, ni siquiera ha frenado el avance del cáncer. —Se recostó en el sillón y respiró—. No tengo fuerzas ni apetito para comer. Shannon quiere que me pongan una sonda para alimentarme. Dice que es cirugía menor. —Se llevó una mano protectora hacia el vientre y bajó la barbilla con gesto de derrota—. Shannon quiere que siga luchando, pero mi cuerpo está agotado. Estoy agotada. No puedo aguantar mucho más. No quiero hacerlo. Y mucho menos después de esto. Perder a una hija es demasiado. Es demasiado. He decidido ingresar en la residencia para enfermos terminales.

—¿Se lo ha comunicado a Shannon? —preguntó Bree.

La señora Phelps negó con la cabeza.

—No sería justo hacerlo por teléfono. Esperaré hasta poder decírselo en persona.

Bree carraspeó.

—¿Cuándo fue la última vez que habló con ella?

—Me llamó anoche, tarde. Estaba durmiendo cuando sonó el teléfono. Al principio, pensé que era una pesadilla.

Se pasó la lengua por los labios resecos. Se tapó la boca y tosió con un sonido seco.

—¿Puedo traerle algo, señora? —preguntó Matt—. ¿Un vaso de agua?

Ella asintió con la cabeza y señaló hacia una puerta. Matt entró en la cocina diminuta, encontró un vaso en el armario y lo llenó con agua del grifo. Le llevó el vaso y se lo ofreció. La mujer lo cogió con las dos manos.

—No pretendo faltarle al respeto, señora, pero ¿puede estar aquí usted sola? —preguntó Bree.

—La enfermera no tardará en llegar —dijo la señora Phelps—. Normalmente Shannon o Holly vienen por la tarde.

—¿Cuándo vio a Holly por última vez? —le preguntó Bree.

—Creo que fue el miércoles o el jueves pasado. Me cuesta llevar la cuenta de a qué día estamos. —La señora Phelps hizo una pausa para recuperar el aliento—. No puedo creer que Holly se haya suicidado.

Intentó levantar su vaso para dejarlo sobre la mesa, pero le fallaron las fuerzas. Matt lo cogió y lo puso delante de ella.

—Holly no se suicidó —dijo Bree con delicadeza—. Fue asesinada.

—Sabía que era imposible. Lo sabía…

Se le quebró la voz y fue como si le hubiesen abandonado todas las fuerzas. Bajó la mirada y cerró los ojos. Su respiración se volvió más jadeante aún. Alarmado, Matt la observó durante unos segundos, y sintió alivio al ver el movimiento de su pecho.

Se acercó a Bree.

—¿Está dormida? —le susurró.

Esperaba que no se estuviera muriendo, aunque lo cierto es que, dado su deterioro físico, tal vez morir sería lo mejor para ella. Él y Bree salieron sigilosamente de la habitación.

En el coche, Matt miró hacia la casa.

—Joder, no quiero morir así.

—Ella no puede optar por no tener cáncer.

—No es eso lo que quiero decir. —Le costó encontrar las palabras—. Quizá Shannon está siendo egoísta al querer alargar la muerte de su madre. Se podría argumentar que pedirle que siga luchando es cruel. Tener que someterte a una intervención quirúrgica para colocarte un tubo en el estómago no suena agradable.

—Dijo que se consideraba cirugía menor.

Matt resopló.

—Mi definición de «cirugía menor» es la que le realizan a otra persona.

Después de resultar herido en la mano a consecuencia de un disparo de bala, Matt ya se había sometido suficientes operaciones de cirugía menor como para saberlo.

—O tal vez Shannon solo quiere mantener a su madre con vida el mayor tiempo posible. —Bree buscó la llave y luego se detuvo y se recostó en el asiento del coche—. Sé lo duro que es perder a una madre. Si yo fuera Shannon, también estaría luchando por cada segundo que pudiera pasar con ella.

—Lo siento. No había pensado… —Matt sintió que lo invadía un intenso sentimiento de culpa—. Yo no he sufrido la clase de pérdidas que has sufrido tú.

—Igualmente tienes derecho a opinar. —Bree cogió la llave y arrancó el motor—. Pero después de la muerte de Holly parece que la señora Phelps se está quedando sin fuerzas para luchar.

—El cáncer es una putada.

—En eso estamos de acuerdo —dijo Bree—. Pero ¿crees que la discusión entre Holly y Shannon es móvil suficiente para que esta haya matado a su hermana?

En cierta ocasión Matt había respondido a un aviso de los servicios de emergencias en el que un hombre había disparado a su hermano por beberse la última lata de su cerveza favorita.

—La gente encuentra todo tipo de razones para matar a otros.

Capítulo 11

Bree condujo de vuelta a la comisaría, con un dolor de cabeza pulsátil en la parte posterior del cráneo. No debería haberse saltado el almuerzo, pero el depósito de cadáveres no era un buen sitio al que ir de visita con el estómago lleno. No había tenido tiempo de comer desde entonces. Consultó sus mensajes de texto.

—Paul Beckett me ha vuelto a llamar —dijo—. Estará disponible en su oficina mañana a las ocho de la mañana si queremos hablar con él.

—Qué generosidad la suya —comentó Matt con sarcasmo—. Dios me libre de interrumpir el buen funcionamiento de sus negocios para hablar de la muerte de su empleada.

Bree se rascó la frente.

—Tendremos que emitir una nota de prensa identificando a Holly como víctima de asesinato. Proporcionar una información controlada es mejor que dar vía libre a toda clase de especulaciones.

—¿Qué hacemos ahora? —preguntó Matt, alcanzando el tirador de la puerta.

—Hablaremos con Todd para ver si ya tenemos las órdenes de registro. Me gustaría pasar por casa antes de que los niños se vayan a la cama, aunque tenga que volver luego.

Bree se bajó del vehículo. Lo más probable era que no pudiera cenar con ellos, pero llegaría a casa a tiempo para leerle un cuento a Kayla antes de que se fuera a dormir. Iban por el tercer libro de Harry Potter. Ver a Bree llegar a casa al final de cada día ayudaba a mitigar los miedos de la niña, al igual que seguir una rutina.

Bree entró en la comisaría por la puerta trasera. Todd estaba en su escritorio, pero en cuanto los vio, se levantó y corrió hacia ellos.

—¿Has recopilado toda la información? —le preguntó Bree.

—Sí —contestó.

—En mi despacho. Dentro de cinco minutos —dijo.

Ella y Matt se detuvieron en la sala de descanso. Matt preparó una taza de café y Bree sacó una botella de agua y un paquete de M&M de cacahuete de la máquina expendedora.

Una vez en su despacho, se sentó a su escritorio y escribió una breve declaración para la prensa, que le dio a Marge para que se la transmitiera a sus contactos en los medios. Cuando terminó, Matt y Todd se reunieron con ella.

Todd se sentó en una silla y depositó una carpeta marrón, un clasificador de anillas y su ordenador portátil en la parte delantera del escritorio de Bree. Dio unos golpecitos en la portada de la carpeta.

—Ya he organizado la documentación del caso.

Esta consistía en una copia de todos los informes, interrogatorios, declaraciones y fotografías que se habían recopilado. Cualquiera que trabajara en la investigación tendría fácil acceso a toda la información.

Bree se sentó en su silla y abrió la bolsa de M&M. Matt empezó a pasearse arriba y abajo por el estrecho espacio detrás de Todd.

—Empecemos con Holly. —Todd abrió la carpeta y sacó una foto de la mujer—. No tiene antecedentes penales. Llevaba cinco años casada con Owen y siete trabajando como contable en Construcciones Beckett. He confirmado la historia de su padre. Walden Phelps murió hace dieciséis años en un accidente de tráfico en el que hubo un solo vehículo involucrado, en Dead Horse Road.

Deslizó un informe policial por la mesa hacia Bree. La sheriff lo hojeó.

—¿No hay ninguna duda de que fuera realmente un accidente?

—No, no hay dudas —dijo Todd—. Según el informe, estaba bajando por la colina con exceso de velocidad y perdió el control del vehículo por culpa del hielo. El examen toxicológico determinó que su nivel de alcohol en sangre era elevado, de 0,11.

—Perjudicado, pero todavía podía caminar —dijo Matt.

—Sí —convino Todd.

Bree dejó a un lado el informe.

—¿Qué hay de su situación económica?

Todd rebuscó entre los papeles.

—El matrimonio está en la ruina. No tienen ahorros en el banco y van atrasados en los pagos de todas las facturas, incluida la hipoteca. La deuda de las tarjetas de crédito no ha dejado de aumentar. Solo hacen las liquidaciones mínimas.

—¿Y qué hay de los pagos de un servicio de asistencia sanitaria a domicilio?

Bree estiró el cuello para ver el interior de la carpeta.

Todd rebuscó de nuevo entre sus papeles.

—Veo que unos mil dólares al mes van destinados a empresas de servicios sanitarios, parte de los cuales los han estado cargando a sus tarjetas de crédito. Parece que cuando se acercan al máximo de una tarjeta, abren una nueva.

—¿Y los pagos a Shannon Phelps?

Todd negó con la cabeza.

—En los extractos no veo ningún cheque para Shannon ni ninguna retirada de efectivo significativa.

—Shannon dijo que Holly pagaba un par de miles de dólares al mes, mientras que Owen dijo mil, cosa que concuerda con sus cuentas. ¿De dónde salía el resto del dinero? —La pregunta de Bree era retórica—. Pasemos a los registros telefónicos.

Todd continuó.

—He revisado sus llamadas de la semana anterior a su muerte, pero no he visto nada destacable. La mayoría de las llamadas y de los mensajes de texto se hicieron a Owen, a su hermana y a su madre. Hubo varias llamadas a Construcciones Beckett y a su jefe, Paul Beckett, incluida una el jueves. Hizo una llamada muy breve a su hermana a las 5:05 de la tarde del jueves. La última vez que usó el teléfono fue en una cadena de mensajes de texto con Owen a última hora de la tarde del viernes, para hablar de lo que iban a cenar. El teléfono no muestra ningún uso después de ese momento.

—Tiene sentido. Murió entre las cinco de la tarde del viernes y el mediodía del sábado —señaló Bree.

Todd asintió.

—Pasemos a Owen. Trabaja para la Caja de Ahorros de Randolph. No usa el teléfono tanto como su esposa. El intercambio de mensajes es sobre todo con Holly y tres números adicionales. Uno de esos números pertenece a Steve Thorpe.

—El hermano de Owen —dijo Bree.

Todd asintió.

—Las pocas llamadas restantes son a empresas: una compañía de seguros, un taller de coches, una farmacia, etcétera.

—Que un ayudante llame a Owen y le pida que identifique esos tres números adicionales, incluido el de su hermano —dijo Bree—. Luego verifica la información que te dé.

Todd tomó nota.

—Pasemos a Shannon Phelps. No se ha casado nunca, abrió su empresa de marketing hace seis años. Parece tener un éxito moderado. No es rica, pero paga sus facturas religiosamente y tiene algunos ahorros.

Bree puso al día a su jefe adjunto sobre los interrogatorios que habían llevado a cabo ella y Matt.

—El camarero del Grey Fox ha proporcionado a Owen una coartada para la noche del viernes. Vamos a investigar sus antecedentes. Se llama Billy Zinke.

Todd tomó nota en un papel.

Bree le entregó el lápiz de memoria que había recogido del Grey Fox.

—Aquí están las imágenes de la cámara de vigilancia de la entrada principal del bar en el que Owen declaró haber pasado toda la noche. Haz que las examine un ayudante y que nos confirme si aparece Owen o no.

Matt se pasó una mano por la cara.

—¿Cuál es el plan para esta tarde?

Bree consultó su reloj.

—Daremos el día por terminado y empezaremos de nuevo mañana por la mañana con una visita a Construcciones Beckett. Con suerte, tendremos más información entonces.

—De acuerdo.

Matt se levantó y salió de la habitación.

Todd se puso de pie.

Bree lo detuvo con un gesto.

—¿Ha llegado ya el ayudante Oscar?

Todd asintió.

—Hace un momento.

—Dile que venga a mi despacho cuando salgas, por favor —dijo Bree.

—Sí, jefa.

Todd salió por la puerta.

Oscar apareció al cabo de un minuto. Se ajustó el cinturón y entró en el despacho de la sheriff.

—Cierra la puerta, por favor.

Bree cruzó las manos sobre su escritorio y esperó a que él cerrara la puerta y se sentara.

Su boca era una línea recta y tenía una expresión sombría en los ojos.

—Si esto es por lo de la otra noche...

Bree respondió arqueando ambas cejas.

—Lo es.

El agente se removió en su asiento y cerró los puños sobre los muslos.

—No es la primera vez que tengo que darte una reprimenda por no seguir los protocolos. Tenemos procedimientos por una razón.

Oscar bajó la mirada para estudiarse las manos.

Bree continuó hablando.

—En este caso, le dijiste a un hombre que su esposa se había suicidado. La forense no solo no había identificado todavía sus restos, sino que, además, tampoco había dictaminado que el suicidio fuese la causa de la muerte.

Oscar levantó la barbilla.

—¿Qué?

—La mujer fue asesinada.

—Pero si se tiró del puente... —Oscar parpadeó.

—¿Por qué piensas eso? —preguntó Bree.

Oscar se quedó en silencio un momento.

—Es lo que he oído.

—¿De quién?

Él tensó la mandíbula y volvió a apartar la mirada.

Con los codos apoyados en la mesa, Bree se masajeó las sienes durante unos segundos. No quería presionar a Oscar para que revelara quién le había dicho eso: los policías se cubrían las espaldas mutuamente, solo accedían a delatarse unos a otros en una situación de absoluta emergencia o cuando se trataba de un asunto muy importante. Oscar había estado con Owen Thorpe. Debía de haber obtenido la información de alguno de los ayudantes presentes en el lugar de los hechos. Bree decidió que no importaba quién hubiese sido; que los agentes hablaran entre ellos no era el problema. El auténtico problema era hacer especulaciones y transmitir esas suposiciones a las familias de las víctimas.

Bree levantó la cabeza.

—La víctima ya estaba muerta cuando entró en contacto con el agua.

El ayudante parecía confuso.

—Hoy he tenido que decirle al señor Thorpe que la muerte de su esposa no fue resultado de un suicidio, sino que había sido asesinada. Como podrás imaginar, eso ha sido un golpe muy duro para él, después de tu revelación.

»La última vez que no seguiste el protocolo, perdiste el control sobre un sospechoso violento. Aquella vez lo dejé pasar, a pesar de que tu torpeza puso en peligro a todos los que estaban en la comisaría. —Dejó unos segundos para que sus palabras hicieran mella en él—. Tuvimos suerte de que nadie resultara gravemente herido.

Oscar tragó saliva. Unos meses antes, de forma totalmente involuntaria, había dejado que un peligroso detenido se quitara las esposas.

—Esta vez incluiré una amonestación por escrito en tu expediente personal.

—¡Eso no es justo! —Oscar se puso en pie de un salto.

Bree lo miró fijamente.

—Los protocolos están ahí para cumplirlos. Espero que a partir de ahora los sigas. No se te ocurra saltártelos una tercera vez.

—¿Eso es todo?

Oscar tenía el rostro completamente rojo.

Bree esperó tres segundos antes de responder.

—Sí.

—¿Puedo salir a patrullar?

Bree asintió y él se marchó de su despacho hecho una furia.

Su dolor de cabeza iba a peor. Miró su reloj, recogió el maletín y cerró el despacho. Todd seguía trabajando en el ordenador. Se detuvo frente a su escritorio.

—No te quedes hasta muy tarde. Tú también necesitas dormir.

—Sí, jefa. —Desvió la mirada hacia la puerta por la que Oscar acababa de salir.

Bree negó con la cabeza. No quería hablar de Oscar. Quería ducharse, comer y leerle el libro a Kayla. ¿Desde cuándo tenía unos deseos tan simples?

Todd bajó la voz.

—Con el debido respeto, jefa, ándate con cuidado.

***

Bree se despertó de golpe al notar la vibración del móvil en la cadera. Estaba sentada en la cama de Kayla, con el libro que habían estado leyendo abierto sobre el regazo. La niña tenía la cabeza apoyada en el hombro de su tía y respiraba profunda y regularmente, con los ojos cerrados. A Bree se le había dormido el pie. Ladybug estaba tumbada, con la cabeza sobre el tobillo de su dueña, cortándole la circulación. Bree movió el pie y flexionó el tobillo. Sintió una oleada de pinchazos en los dedos del pie.

Después de cerrar el libro y dejarlo en la mesita de noche, Bree se zafó de debajo de la niña y le apoyó la cabeza en la almohada con suavidad. Kayla se acurrucó bajo la manta y suspiró. Los ojos de la perra siguieron a Bree hasta la puerta.

El teléfono volvió a vibrar. Salió al pasillo apresuradamente, sin cerrar la puerta de Kayla del todo. Cerrando la puerta de su propia habitación tras ella, Bree contestó a la llamada.

—Aquí la sheriff Taggert.

—Soy Shannon Phelps. Creo que hay alguien en mi casa, fuera —susurró la voz al otro lado de la línea.

—¿Ha echado los cerrojos de las puertas?

Bree miró la hora. Eran las once y media de la noche.

—Sí —dijo Shannon en voz baja—. Y tengo la alarma activada.

—No se mueva. Ahora mismo voy para allá, y enviaré a un coche patrulla. Pero, sobre todo, no salga a la calle.

—De acuerdo. ¡Oh, no! —Shannon bajó la voz y empezó a hablar en susurros—. He oído un ruido abajo. No quiero que sepan que estoy hablando por teléfono...

Y acto seguido, se cortó la comunicación.

Bree llamó a la central y pidió que enviaran un coche patrulla a la dirección de Shannon. Mientras hablaba, sacó su pistola de la caja de seguridad. Tras ajustarse la funda de la cadera al cinturón, cogió también la pistola de repuesto y la funda del tobillo. Sin molestarse en cambiarse de ropa, bajó las escaleras a todo correr.

Dana se había quedado dormida en el sofá del salón con un libro en el regazo. Se despertó pestañeando y levantó la vista cuando Bree llegó al descansillo.

—¿Pasa algo?

—Shannon Phelps, la hermana de la víctima, cree que alguien ha entrado en su casa.

Bree fue a la cocina. Al llegar a la puerta de atrás, metió los pies en sus zapatillas deportivas negras y se tiró del dobladillo de los vaqueros para tapar la Glock de tamaño reducido que llevaba en el tobillo.

Dana la siguió.

—Ten cuidado.

—Lo haré. No me esperes levantada. —Bree cogió una chaqueta en cuya espalda se leía la palabra SHERIFF y abrió la puerta—. Ya te enviaré un mensaje.

Corrió hasta su todoterreno, se sentó al volante y condujo hasta la carretera principal. Pisó el acelerador y llamó a Matt. Cuando este le contestó, lo puso al corriente de lo que pasaba.

—Nos vemos allí —dijo él.

Bree condujo hasta la dirección de Shannon y aparcó el coche. Avisó por radio a la central de su llegada.

—¿Cuál es el tiempo estimado de llegada de las unidades de respuesta?

—Cuatro minutos —respondió la central—. No había ninguna unidad cerca.

El condado de Randolph abarcaba una enorme extensión, mayoritariamente rural, que incluía varias localidades sin administración propia y sin ningún departamento de policía. La figura del sheriff era la responsable de toda la actividad policial en esas jurisdicciones. Era imposible que el pequeño cuerpo de policía de Bree pudiera cubrir la zona de manera adecuada, así que disponer de una unidad cerca cuando se necesitaba era, en gran medida, una cuestión de suerte.

—Entendido. —Bree no esperó; podían pasar demasiadas cosas en cuatro minutos—. A todas las unidades: la sheriff Taggert ha llegado al lugar de los hechos, vestida de paisano.

Lo que estaba implícito era «No me disparéis cuando lleguéis».

Cogió su chaleco de kevlar, se lo puso y se abrochó las correas de velcro. Luego desenfundó su arma, sacó una linterna de la guantera y se bajó del todoterreno.

El barrio estaba tranquilo y sumido en la oscuridad. Bree oyó el ladrido distante de un perro. Se acercó a la casa de color gris. No había luces en las ventanas. Incluso la luz del porche estaba apagada. Bree enfiló el camino de entrada, sin hacer apenas ruido con las zapatillas de deporte. Atravesó el césped, manteniéndose bajo la sombra de un enorme roble en el centro del jardín delantero.

En lo alto, el viento silbaba a través de las ramas del gigantesco roble. Bree apoyó un hombro en el árbol y se asomó. No vio a nadie. Subió corriendo al porche, se colocó a un lado de la puerta y llamó. Situándose de espaldas al revestimiento de madera de la fachada, Bree observó el césped.

113

Shannon no abrió la puerta. No hubo ningún movimiento. La casa permanecía en un inquietante silencio. Bree salió del porche y empezó a rodear el lateral del edificio. Se asomó a la esquina. La zona lateral del jardín estaba vacía. El sudor le resbalaba entre los omóplatos y el corazón le latía con fuerza en el pecho.

Se oyó el sonido de una sirena aproximándose a lo lejos. Bree lanzó un suspiro. Los refuerzos venían de camino, pero parecía que aún estaban a varios minutos de allí.

Se oyeron unos ladridos en el interior de la casa. Bree volvió a correr hacia el porche. Subió de un salto los escalones de la entrada e intentó abrir la puerta, pero estaba cerrada por dentro. Con la culata de su pistola, rompió una ventana estrecha junto a la puerta, metió la mano y giró el cerrojo. Se colocó a un lado y abrió la puerta de un empujón.

Bree sujetó el arma frente a ella y cruzó el umbral. En el sombrío pasillo, se detuvo a aguzar el oído, pero el estruendo de sus propios latidos amortiguaba cualquier otro ruido. La adrenalina circulaba libremente por el torrente sanguíneo. Respiró profundamente y contuvo el aliento durante unos segundos para controlar su ritmo cardíaco y su presión arterial. A continuación, se concentró en cuanto la rodeaba para no limitarse a una visión de túnel: tenía la sala de estar a la izquierda, el suelo de madera bajo los pies y un pasillo conducía a la cocina.

Cuando respiró al fin, mejoró su capacidad auditiva. Oyó un portazo y Bree se dirigió hacia el origen del ruido. Llegó al final del pasillo. La luz de la luna se colaba por la ventana, iluminando la isla de la cocina y los taburetes. Bree recorrió el espacio ágilmente, barriéndolo con su arma mientras inspeccionaba cada rincón. La cocina y la sala de estar estaban despejadas.

Blandiendo la pistola, con los nervios a flor de piel, se dirigió hacia el ruido. Abrió la despensa. Despejada.

Un inquietante silencio cubría toda la casa. No se oía el zumbido de los electrodomésticos, ni tampoco se movía el aire por las rejillas de la ventilación.

Avanzó a través de la oscuridad hasta un corto pasillo que salía de la cocina. No había ventanas y el corredor estaba completamente oscuro. Bree levantó la linterna. Sosteniéndola lejos del cuerpo, la encendió e iluminó una puerta cerrada. Se acercó y alcanzó el tirador. Cuando este cedió bajo la presión de su mano, Bree abrió y desplazó el haz de luz de la linterna por un baño vacío. La sheriff soltó el aire con fuerza.

Comprobó el cuarto de la lavadora contiguo. Allí no había espacio suficiente para que un adulto pudiera esconderse. Regresó a la cocina. Una leve brisa le revolvió el pelo. Se detuvo en seco, buscando el origen de la corriente de aire. Entonces la vio. La puerta doble que daba a la terraza no estaba cerrada del todo.

¿Habría salido el intruso por allí?

¿O era el punto por donde había entrado?

Se acercó sigilosamente a la puerta entreabierta, salió a la terraza y examinó el jardín, cercado por una valla de madera de dos metros de altura. Unos árboles proyectaban sombras sobre una gran extensión de césped. A un lado del jardín, la puerta se estremecía con el viento.

La brisa acarició la piel de Bree y se le puso la carne de gallina. Tal vez el intruso o la intrusa habían salido de la casa en cuanto la oyeron llegar. Mierda. Le dieron ganas de salir corriendo en su busca, pero no podía dejar sola a Shannon.

La sheriff volvió a entrar en la casa, regresó al vestíbulo y subió las escaleras. Cuando puso el pie en el descansillo, un tablón del suelo emitió un crujido y Bree contuvo la respiración, alerta. Pero todo estaba en silencio.

Demasiado tranquilo.

Con la mayor rapidez posible, se giró. El primer dormitorio a la izquierda del rellano estaba vacío. Bree abrió el armario e iluminó el interior con su linterna. No había nada. La segunda habitación era un estudio, con un escritorio y un mueble empotrado. La tercera habitación estaba acondicionada como cuarto de invitados. Bree salió de allí con gran sigilo. El baño del pasillo estaba despejado. Solo quedaba el dormitorio principal.

Apagó la linterna. El brillo de la luna iluminaba el pasillo y no quería que el haz de luz del aparato la convirtiera en un blanco fácil para quien pudiera estar escondido en algún rincón oscuro. Cruzó el rellano y apoyó un hombro en el marco de la puerta. Inclinando el cuerpo para cubrirse mejor, se asomó al interior. Sus ojos se habían adaptado a la oscuridad y podía ver la mitad de la habitación. Allí no había nadie.

Cruzó el umbral, volviéndose al mismo tiempo para examinar el punto ciego de la habitación. La puerta de un armario estaba abierta y Bree inspeccionó el interior alumbrándose con la linterna. Dando gracias de que el armario de Shannon estuviera ordenado, iluminó el suelo para asegurarse de que no había nadie escondido bajo la ropa colgada.

Solo quedaba una puerta cerrada, que supuso que debía de ser el baño integrado en la habitación.

Bree se situó a un lado de la puerta, con el hombro pegado a la pared y sosteniendo el arma delante de su cuerpo.

—¿Shannon?

El perro ladró y a continuación se oyó la voz de Shannon, aguda y presa del pánico.

—Oh, Dios mío… Oh, Dios mío… ¿Quién está ahí?

—¡Shannon, soy la sheriff Taggert! —gritó Bree—. ¿Está bien?

—Sí —fue su vacilante respuesta.

El sonido de las sirenas se oía cada vez más cerca.

—Ya puede salir. —Bree retrocedió y esperó. ¿Y si el intruso estaba en el baño con Shannon, obligándola a responder?—. Por favor, ponga las manos donde pueda verlas.

La puerta se abrió muy despacio. Bree contuvo la respiración mientras esperaba, con la pistola en la mano.

—Tengo un arma.

Shannon salió, apretando su perrito contra el pecho con una mano mientras sujetaba con la otra un pequeño revólver.

—Deje el arma en el suelo y aléjese de ella. —Bree le indicó que se apartara—. ¿Está registrada esa arma?

—Sí.

Shannon siguió las instrucciones de Bree.

Bree se acercó, recogió el revólver y se lo guardó en el bolsillo. Luego inspeccionó el cuarto de baño. La espaciosa ducha, la bañera de hidromasaje y el armario auxiliar estaban vacíos.

—Un par de minutos después de hablar con usted, el perro empezó a ladrar. Luego se apagaron las luces y oí que alguien se movía en el piso de abajo. —Shannon hablaba atropelladamente. Llevaba pantalones de yoga y una camiseta e iba descalza. Sin el revólver, parecía vulnerable. El perro lanzó un gruñido—. Me daba miedo usar mi teléfono. No quería que me oyeran. Me encerré en el baño con el perro.

—Eso ha sido muy sensato. —Bree enfundó su arma—. Vamos fuera.

Bree guio a Shannon hasta la parte delantera de la casa. Vieron las luces rojas y azules girando mientras un coche del departamento del sheriff aparcaba al cabo del camino de entrada. Bree abrió la puerta principal y salieron al porche. Levantó una mano para avisar al ayudante del sheriff que se estaba bajando de su vehículo, y luego se volvió hacia Shannon.

—¿La puerta del jardín normalmente está abierta o cerrada?

—Siempre la cierro con llave.

Shannon se movía sin hacer ruido con los pies descalzos.

Lo más probable era que el intruso se hubiese marchado hacía rato. ¿Por qué era Shannon un objetivo? ¿Estaría relacionado ese incidente con el asesinato de Holly?

Capítulo 12

Matt detuvo su todoterreno detrás del vehículo de un ayudante del sheriff. Vio a Bree de pie en el porche de la casa de Shannon, vestida con vaqueros y un chaleco de kevlar. Lanzó un fuerte suspiro de alivio.

«Bree está bien».

Él sabía que no le esperaría, ni a él ni a los refuerzos, cuando la vida de Shannon podía estar en peligro. No era una mujer imprudente, pero siempre anteponía la seguridad de los demás a la suya propia.

Sacó su linterna metálica del compartimento de la puerta y se bajó del coche de un salto.

Miró a Bree a los ojos.

—¿Estás bien?

—Sí. —Sin embargo, la postura de sus hombros delataba que aún estaba en tensión. Bree hizo un gesto al ayudante del sheriff y a Matt para que se acercaran y ambos se reunieron con ella en la entrada—. Ayudante, por favor, quédese con la señora Phelps. Matt, tú ven conmigo.

Él se puso a su lado.

—No me vas a dar un arma, así que crees que el intruso se ha ido, ¿verdad?

La sheriff asintió.

—No hay nadie en la casa. Sospecho que el intruso salió por la puerta trasera cuando me oyó llegar.

Se desplazaron por el lateral de la casa. Matt se detuvo y señaló una ventana. Alguien había cortado el cristal, cuya hoja estaba en vertical sobre la hierba, apoyada contra la casa.

Matt se puso de puntillas para asomarse por la ventana del garaje. En el interior, había un cortacésped junto a un Ford Escape negro, además de otras herramientas y utensilios apilados en la esquina.

—Parece que el intruso o la intrusa entró por aquí.

Atravesaron el jardín lateral. Bree señaló la puerta, que estaba abierta. Los vecinos de Shannon no tenían vallas. Matt y Bree siguieron el perímetro de la valla, corriendo. Al llegar al límite de la propiedad, Matt iluminó el suelo con la linterna. Un rastro de hierba aplastada atravesaba el césped del vecino.

—La hierba es demasiado espesa para que se vea alguna huella que merezca la pena.

El jardín trasero del vecino estaba muy despejado; Bree podía ver la calle al otro lado de la finca.

—El intruso podría haber aparcado allí y cruzar el césped hasta la casa de Shannon.

Caminaron desde el jardín de Shannon hasta la calle, pero no vieron ninguna huella. La parte de atrás de la vivienda vecina estaba oscura y parecía vacía. Los dos volvieron a la casa de Shannon y la sheriff se quedó en la entrada con el ayudante.

—¿Sabe si su vecino de atrás está en casa? —Bree señaló con el pulgar en dirección al edificio.

—No —dijo Shannon—. Normalmente hay una barca aparcada junto al jardín. Como no la veo, supongo que deben de estar de vacaciones.

Así que no había nadie que pudiera confirmar la presencia de un coche extraño.

—Quiero comprobar una cosa —dijo Bree.

Matt la siguió hasta el garaje. Pasaron junto a un cortasetos y otras herramientas de jardín. Había varios tablones de madera apilados junto a una caja de herramientas, algunos útiles de jardinería y una caja de trastos variados. Bree se dirigió al cuadro eléctrico de la esquina y abrió la tapa.

Matt apuntó con su linterna a la caja: había saltado el interruptor diferencial.

—Alguien ha cortado el suministro eléctrico.

Accionó el interruptor y volvió la electricidad, acompañada del zumbido de los distintos aparatos. Sonó el sistema de alarma. Volvieron a entrar en la casa y confirmaron que las luces estaban encendidas. Regresaron a la puerta principal, donde Shannon estaba manipulando su teléfono.

—Podré apagar la alarma en cuanto se reinicie el wifi.

Pulsó en la pantalla y silenció la alarma.

—Necesito otro sistema mejor. —Se abrazó la cintura—. Era el más barato. Tenía un presupuesto muy ajustado cuando compré la casa.

—¿Tiene batería de reserva? —preguntó Matt.

Shannon encogió un hombro.

—No lo sé.

Eso probablemente era un no.

Matt volvió a mirar hacia la casa.

—¿La puerta que hay entre la casa y el garaje tiene alarma?

Shannon negó con la cabeza.

—No, pretendía ahorrar dinero. Me parecía innecesario, porque ya instalaron contactos en la ventana y la puerta abatible tiene apertura eléctrica.

—Ese tipo de puertas se pueden forzar fácilmente. —Bree enfundó su arma—. Pero parece que el intruso entró por la ventana del garaje.

Shannon parecía confundida.

—Los contactos son magnéticos —explicó Matt—. Se colocan en el marco y en la ventana de forma que, cuando esta está cerrada, están alineados. La alarma se activa si se produce la separación del contacto entre esos imanes, por lo que solo funcionan si se fuerza la ventana. El intruso cortó todo el cristal. No abrió el marco ni rompió el contacto entre los dos imanes.

Shannon se quedó boquiabierta.

—Nunca se me habría ocurrido.

Matt consideraba que los sistemas de seguridad eran algo en lo que no había que economizar. Quienquiera que le hubiese vendido ese, debería haberle explicado mejor su funcionamiento. Los delincuentes eran muy ingeniosos.

Continuó hablando:

—Debería preguntar a su compañía de alarmas sobre la posibilidad de añadir una batería de reserva y control remoto desde el móvil para mayor protección en caso de cortes de suministro eléctrico. Además, convendría instalar una alarma para la puerta entre la casa y el garaje.

—De acuerdo —contestó Shannon con voz débil—. Ni siquiera cerraba esa puerta antes de esta noche, pero lo haré a partir de ahora.

Bree se volvió hacia su ayudante.

—Busca huellas en el alféizar y en los cristales del garaje. Luego entra y busca también en los tiradores de la puerta interior del garaje y de las puertas dobles de la cocina. —Se volvió hacia Shannon—. Necesito que eche un vistazo por la casa y nos diga si falta algo. Por favor, no toque nada. No quiero que se altere ninguna huella dactilar.

Shannon se echó el pelo hacia atrás con manos temblorosas.

—Sí, por supuesto.

Echó a andar con paso vacilante de vuelta a la casa. Matt y Bree iban a su lado. Shannon recorrió el salón y el comedor, y luego se dirigió a la cocina, en la parte trasera. Se detuvo en mitad de la habitación, se giró y examinó el espacio a su alrededor.

—De momento, todo parece estar como siempre.

—¿Pasó algo más fuera de lo normal esta noche? —le preguntó Bree.

Shannon se apartó un mechó de pelo rizado de la frente.

—Recibí una llamada de un periodista que quería entrevistarme sobre la muerte de Holly. Le dije que no.

—A menos que reconozca a la persona que llama, estos días debería dejar que salte el buzón de voz —sugirió Matt—. Los periodistas pueden ser implacables.

—Está bien. —Shannon se quedó mirando la isla de la cocina. Se llevó las manos a la cara y abrió la boca con un breve grito de sorpresa.

Bree dirigió la mano al arma que llevaba en la cadera.

—¿Qué pasa? —Shannon señaló hacia el fregadero, con la mano temblorosa.

En el fregadero, lleno de agua, una muñeca de unos quince centímetros estaba flotando boca abajo.

Matt sintió que se le encogía el estómago. Se acercó e inspeccionó la muñequita rubia. Parecía que le habían cortado el pelo liso a la altura de los hombros.

Tanto la posición como el pelo coincidían con la forma en que habían encontrado el cuerpo de Holly Thorpe en el río.

«Qué macabro...».

Shannon miraba fijamente el fregadero, con la cara desencajada. Le fallaron las piernas y se agarró a la esquina de la isla para no perder el equilibrio, dando un respingo.

Bree la sujetó del codo y la dirigió hacia el sofá.

—Respire.

Shannon jadeó.

—¿Por qué iba alguien a hacer eso?

«Para aterrorizarte».

Bree se agachó delante a ella.

—¿Sabe por qué razón querría alguien asustarla?

Shannon sacudió la cabeza con fuerza. Tenía la cara muy pálida.

—¿Qué voy a hacer? No puedo ir a casa de mi madre hasta que se me cure este maldito resfriado, y tampoco querría ponerla a ella en peligro de ningún modo. Sin la ayuda de Holly con las facturas de mamá, no puedo permitirme pagar un hotel.

—Esta noche dejaré a un ayudante montando guardia aquí, frente a su casa —dijo Bree—. Mañana debería llamar a la empresa de la alarma para que refuercen el sistema de seguridad.

—Lo haré —dijo Shannon.

El ayudante del sheriff entró en la casa con su kit de huellas dactilares.

—No hay huellas claras en el alféizar ni en el cristal.

Se dirigió a las puertas dobles, se arrodilló y depositó el kit en el suelo.

—Busca también en el grifo de la cocina.

Bree se dirigió hacia la puerta principal.

Matt pensó que cualquier persona lo bastante inteligente como para burlar el sistema de alarma de Shannon también lo sería como para llevar guantes, pero había que seguir el procedimiento.

—Vuelvo enseguida.

Bree desapareció por el pasillo y regresó al cabo de un minuto con la pequeña cámara que guardaba en la guantera. Empezó a hacer fotos de la muñeca del fregadero.

—Voy a tapar la ventana que han dejado abierta. He visto unos tablones de madera contrachapada ahí fuera —dijo Matt, que volvió al garaje y aseguró la ventana antes de regresar con los demás.

El ayudante del sheriff estaba terminando con el proceso de detección de huellas. Matt recorrió la casa, comprobando todas las ventanas y puertas para asegurarse de que estaban cerradas. Cuando entró en el salón, Shannon seguía en el sofá. Ni siquiera había cambiado de postura.

Bree se sentó en una otomana, apoyando una pequeña libreta de notas sobre la rodilla.

—¿Tiene alguna sospecha de por qué iba a querer alguien entrar en su casa?

—No. —Shannon se mordió la uña del pulgar.

—¿Podría haber dejado Holly algo aquí? —preguntó Bree.

Shannon bajó la mano y tiró de la cutícula de las uñas.

—No lo creo. Limpié la habitación de invitados la última vez que mi hermana pasó aquí la noche. No encontré nada.

—¿Le importa si miro? —preguntó Bree, al tiempo que se levantaba.

Shannon negó con la cabeza.

—Adelante.

Bree avanzó por el pasillo. Mientras Matt comprobaba las puertas dobles, oyó sus pasos en el piso de arriba. Ella volvió al cabo de un par de minutos y se miraron a los ojos. Bree negó con la cabeza.

—No, ahí arriba no hay nada. El vestidor y el armario están vacíos.

—Ni siquiera aprovecho esa habitación para guardar cosas —dijo Shannon—. La única que la usaba era Holly.

—Tengo una pregunta más. —Bree se situó frente a Shannon—. ¿Cómo pagaba Holly las facturas médicas de su madre?

—Pagaba directamente a la empresa de enfermería unos mil dólares al mes y luego me reembolsaba a mí los mil quinientos restantes en efectivo.

Shannon cruzó las manos en su regazo.

Matt volvió a comprobar el cierre de una ventana y se volvió hacia ella.

—¿Le daba el dinero en efectivo? ¿No extendía un cheque ni usaba una aplicación?

Shannon lo miró con rostro inexpresivo.

—No.

—¿Y no le parecía raro que su hermana le entregara mil quinientos dólares en efectivo? —preguntó Bree.

Shannon se encogió de hombros.

—Me decía que había vendido algunas piezas de ropa y bolsos de diseño. No le daba mucha importancia. Le gustaba ir de compras, aunque no pudiera permitírselo.

Matt y Bree intercambiaron una mirada; no era muy verosímil que Holly hubiera ganado tanto dinero vendiendo ropa de segunda mano, aunque fuese de marca.

Shannon levantó los ojos llorosos y señaló, agitando la mano, en dirección a la cocina.

—¿Quién querría darme un susto así? Yo nunca le he hecho daño a nadie.

—No lo sé… aún.

Bree cerró la libreta y se la guardó en el bolsillo trasero.

—De acuerdo. —A Shannon le temblaba la voz. Subió las piernas al sofá y se abrazó las rodillas. Las palabras de Bree no parecían haberla tranquilizado.

Bree le devolvió el revólver y las balas.

—¿Desde cuándo tiene el arma?

—Hace unos diez años —dijo Shannon, guardando la munición.

—¿Con qué frecuencia va al campo de tiro? —le preguntó Bree.

—No tan a menudo como debería —admitió Shannon—. Han pasado meses desde la última vez.

—No le servirá de mucho si no practica —comentó Bree.

—Iré pronto —prometió Shannon.

Bree y Matt se fueron. El ayudante del sheriff se acomodó en su vehículo para montar guardia. Fuera, la sheriff subió a su todoterreno y bajó la ventanilla. Cogió la bolsa de pruebas que contenía la muñeca, con la cara arañada y descolorida.

—Parece una muñeca vieja, dudo que podamos averiguar su origen.

Matt se apoyó en la ventanilla abierta. La muñeca daba escalofríos.

—Cualquiera que tenga o haya tenido hijos podría guardar una muñeca como esa en casa.

—También es fácil encontrarlas en los mercadillos de segunda mano. —Bree dejó la bolsa—. La llevaré al laboratorio forense, a ver si los técnicos pueden sacar algún rastro o huellas dactilares. Supongo que al estar flotando en el agua, no podrán obtener nada, pero vale la pena intentarlo. Nunca se sabe lo que puede conservar un objeto. —Levantó la vista de la muñeca—. Te recogeré por la mañana para ir a ver a Paul.

—De acuerdo. —A Matt no le gustaba ver aquellas ojeras en la cara de Bree. La ayudaría en todo lo que estuviese en su mano, pero esa noche ya no se podía hacer nada más. Dio un paso atrás y señaló hacia la casa—. Está claro que esto tiene que ver con el asesinato de Holly. Hasta que encontremos a su asesino, Shannon no está a salvo.

CAPÍTULO 13

Matt lanzó la pelota al otro lado de su jardín trasero. Greta, la hembra de pastor alemán que tenía en acogida para Cady, atravesó el espacio como una bala. Recogió la pelota a medio camino, giró y corrió hacia Matt. La dejó caer a sus pies, retrocedió y soltó un ladrido.

—¿No te parece que pides demasiado? —Matt levantó la pelota del suelo con un palo de lacrosse y la lanzó de nuevo. Greta corrió tras ella.

Matt miró al pastor alemán de color pardo y negro que estaba tendido detrás de él en la hierba, al sol de la mañana.

—¿Cuánto tiempo falta para que se canse? —le preguntó al animal.

Brody bostezó y apoyó su enorme cabeza en las patas.

—Sí, supongo que tienes razón —le dijo Matt a su perro—. Cuando tú eras joven también tenías toda esa energía.

Brody se puso de lado y cerró los ojos. A pesar de su actitud perezosa, echaba de menos el trabajo tanto como Matt.

Greta soltó la pelota a los pies de Matt y lanzó un ladrido. Él repitió la maniobra del palo de *lacrosse* y ella volvió a correr tras la bola.

—¿Siempre está tan activa? —La voz de Bree resonó detrás de él.

Matt se volvió. La sheriff estaba apoyada en la valla, siguiendo con la mirada la figura negra que corría por la hierba a toda velocidad.

—Sí —contestó él.

Greta volvió. Matt cogió la pelota y le ordenó que se sentara en alemán. Concentrada al cien por cien en él, la delgada perra negra obedeció.

—¿Es eso normal?

Bree sentía cierto recelo, pero era su reacción habitual ante los perros grandes.

Brody se levantó y se estiró. Se dirigió a la puerta y meneó la cola delante de Bree. Con gesto vacilante, esta se acercó y le tocó la cabeza. Brody se sentó educadamente.

—Es una perra joven y con mucha iniciativa, por eso sería un fichaje magnífico para la unidad canina —señaló Matt.

—No consigo que los miembros de la junta del condado se sienten conmigo a hablar de dinero para el adiestramiento de una unidad canina. Siguen aplazando nuestra reunión sobre el presupuesto.

Matt suspiró.

—¿Y? Ya sabías que eso pasaría e hiciste tus planes teniéndolo en cuenta. Cady está decidida a colocar a Greta en el departamento del sheriff, así que lo hará realidad. La recaudación de fondos será un éxito. —Tanto Ladybug como Greta procedían del refugio para perros de Cady—. Me sugirió que organizáramos una gala de etiqueta en el casino. Parece ser que lo ha hecho otras veces y le ha salido muy bien. A los grandes donantes les gusta la publicidad. Llevaré a Greta para que haga una exhibición de lo que sabe hacer.

Bree miró al animal con gesto incrédulo.

—¿Estará lista para actuar?

—Es preciosa e inteligente. —Matt le hizo una señal con la mano a la perra y esta se tumbó en el suelo sobre el vientre. Luego le ordenó que se quedara ahí quieta.

—Es impresionante —admitió Bree.

Como estaban solos, Matt se acercó a Bree y se inclinó para darle un beso de verdad. Luego levantó la cabeza.

—Hola.

—Hola. —Ella lo miró parpadeando, con los ojos color avellana más suaves y vulnerables que de costumbre.

—Te he echado de menos. —Mientras decía esas palabras, Matt se dio cuenta de hasta qué punto eran ciertas.

Ella se puso de puntillas y le devolvió el beso.

—Yo nos he echado de menos a los dos.

Una oleada de calor recorrió todo el cuerpo de Matt. Bree no hacía demostraciones de afecto en público; viniendo de ella, los pequeños gestos y las palabras significaban mucho más que cuando los formulaba la mayoría de la gente. Una infancia trágica le había enseñado a guardarse sus sentimientos. Sin embargo, él estaba logrando atravesar ese muro.

Bree carraspeó y dio un paso atrás.

—¿Cuándo estará Greta lista para el adiestramiento?

—Estará lista para la academia cuando tengas el dinero.

—Entonces cruzaré los dedos para que la recaudación de la gala sea suficiente.

—Hay que ser más optimista: estoy seguro de que se van a agotar las entradas. —Greta empezó a contonearse junto a la pierna de Matt, aburrida—. ¿Quieres acariciarla?

—Pues la verdad es que no —admitió Bree—. Ojalá quisiera.

—No tiene mal carácter, solo es un poco inquieta. —Matt miró a Greta, que seguía extremadamente atenta—. Y tiene determinación. Mucha determinación.

—Sinceramente, su tamaño y su energía me resultan intimidantes. —Bree había sufrido malos tratos de niña y, como secuela de por vida, tenía fobia a los perros—. Ladybug es lo máximo que puedo gestionar en este momento en cuanto a perros.

—¿Cómo está?

—Muy bien. —Bree sonrió—. Sé que me enfadé contigo cuando me manipulaste para que la adoptara, pero ahora estoy muy contenta. Nunca pensé que lo diría, pero es muy buena compañía. Kayla ha estado triste por la celebración del Día de la Madre, y Ladybug no se separa de ella.

—Los perros lo saben todo. —Matt ordenó a Greta que lo siguiera y se dirigió a la casa—. Déjame encerrarlos y nos vamos.

Bree dio un paso atrás cuando Greta pasó por su lado. Su reacción era automática. Sin duda Bree se había acostumbrado a tener en su vida a Ladybug, regordeta e inofensiva, e incluso empezaba a cogerle auténtico cariño a Brody, pero estaba claro que aquella hembra de pastor alemán tan joven y enérgica era un animal totalmente diferente. Matt metió a los perros en la cocina y cerró la valla metálica que había atornillado a la pared.

—¿Y eso la retendrá ahí dentro? —Bree miró la puerta con escepticismo.

—No si quiere salir, pero se quedará con Brody. Y él ya no puede saltar.

La idea de que su perro se estuviera haciendo viejo entristecía a Matt. Él y Brody habían pasado por muchas cosas juntos. Solo había un puñado de personas a las que estaba más unido que a su perro, y Bree figuraba en esa corta lista. En el breve tiempo que hacía que se conocían se habían enfrentado juntos a múltiples crisis, y ella siempre había estado ahí, cubriéndole la espalda. Quizá también se había adueñado de su corazón.

Brody se estiró en su cama ortopédica. Greta se tumbó a su lado y le lamió la cara. El perro suspiró.

—Hasta luego —se despidió Matt de los perros—. Cady vendrá a la hora del almuerzo para soltaros un rato. Portaos bien.

Él y Bree se fueron y se subieron al todoterreno.

Una vez tras el volante, la sheriff se rio.

—¿Qué te hace tanta gracia? —le preguntó él.

—Antes pensaba que eso de hablar a los perros como si fueran niños era muy raro. Ahora también lo hago yo.

—¿Y con tu gato?

—Sí, pero como si fuera mi igual... o incluso mi superior.

Matt se rio.

—Tu gato es un imbécil.

—Sí. Pero es mi imbécil.

Viajaron en silencio durante unos kilómetros y luego Bree enfiló hacia la ciudad.

—Anoche Todd estuvo indagando un poco sobre Construcciones Beckett. La empresa lleva más de treinta años en activo. La fundó el padre de Paul, que murió hace tiempo. Teniendo en cuenta a qué se dedican, a lo largo de los años han tenido muy pocos pleitos, y todos de poca importancia. Su reputación es excelente.

—¿En qué sector de la construcción trabajan?

—Cocinas de alta gama, incluidas nuevas instalaciones, reformas y ampliaciones —explicó Bree—. Paul Beckett está casado con Angela Beckett. Tienen dos gemelos de diecinueve años.

Poco después, Bree entró en un complejo industrial. Construcciones Beckett ocupaba un pequeño edificio de oficinas y un almacén contiguo. Bree aparcó y entraron en el edificio. La oficina era muy austera, con plafones en el falso techo y moqueta sencilla de tipo comercial. Estaba claro que Construcciones Beckett no invertía el dinero en gastos generales.

Era evidente que la secretaria acababa de llegar. Era una mujer alta y robusta, de unos cincuenta años, con el pelo corto y rubio ceniza. Cuando la pareja se acercó, estaba guardando su bolso y la bolsa con el almuerzo en los cajones de su escritorio.

Bree se presentó.

—Venimos a ver a Paul Beckett.

La secretaria miró la puerta cerrada detrás de ella y frunció el ceño.

—El señor Beckett no ha llegado todavía. ¿Tenían cita con él?

—Sí —dijo Bree.

—Entonces estará al caer. —La secretaria escribió algo en su teléfono con ambos pulgares—. Normalmente se pasa por las obras que tenemos en marcha a primera hora. Le he enviado un mensaje de texto para que sepa que están aquí. Se trata de Holly, ¿verdad? Se le empañó la mirada.

—Sí —dijo Bree.

—No me puedo creer que se haya suicidado. Trabajaba con ella todos los días y no lo vi venir.

Sacó un pañuelo de papel de una caja en su escritorio y se secó los ojos.

La declaración de Bree sobre el asesinato ya se había hecho pública, pero estaba claro que la secretaria no la había visto.

—No se suicidó —le aclaró Bree—. Fue asesinada.

—Oh. —La secretaria se quedó paralizada—. Eso es horrible... —Inspiró aire un par de veces y, no sin esfuerzo, recobró la compostura.

—Me gustaría hacerle algunas preguntas —dijo la sheriff.

El retraso de Paul suponía un contratiempo, pero también era una oportunidad para interrogar a los empleados sin la presencia del jefe.

—De acuerdo —respondió la secretaria, mirándola con recelo.

Bree empezó:

—¿Había algún tipo de hostilidad entre Holly y los demás trabajadores?

—No que yo sepa —dijo.

—¿Y con el jefe? —preguntó Bree.

—¿Hostilidad? —preguntó la secretaria—. No.

—¿Nadie se peleó nunca con ella? —intervino Matt—. En casi todas las oficinas suele haber problemas entre el personal.

—No he dicho que no tengamos ningún problema entre el personal. —La secretaria le dedicó una sonrisa irónica—. Pero no es nada del otro mundo. Nuestros empleados a tiempo parcial son jóvenes. Una de las chicas siempre llega tarde, y se viste de forma muy inapropiada para trabajar. —Lanzó un suspiro de reproche—. La otra es bastante seria, pero tiene unos humos… —La secretaria puso los ojos en blanco—. En cualquier caso, lo único que hay son los típicos problemas de una oficina, sobre todo discusiones insignificantes sobre quién se ha comido el yogur de quién, no sé si me entienden.

—Sí —dijo Bree—. ¿Holly y usted pasaban tiempo juntas fuera del trabajo?

La secretaria cogió unas gafas de lectura que había en su escritorio y se puso a toquetearlas.

—No, pero es que ella era más de veinte años más joven que yo. Aquí nos llevábamos bien; ella hacía su trabajo y yo el mío. Holly solía ser puntual y era muy meticulosa con sus tareas. A veces le gustaba salir a tomar una copa después del trabajo. Yo estoy muy cansada al final del día, así que me voy a casa.

—Necesitaré los nombres y los datos de contacto de los empleados a tiempo parcial —dijo Bree.

La secretaria escribió la información en un papel. Dio un golpe con la punta del bolígrafo junto a uno de los nombres.

—Deb trabaja además como camarera en un restaurante. Si no está en casa, prueben a ir allí.

La puerta se abrió y entró una mujer en edad universitaria. Llevaba unos vaqueros con agujeros en los muslos, un jersey recortado que dejaba ver un aro en el ombligo y unas zapatillas Converse. La mirada irritada de la secretaria hacia el reloj permitió identificar a la recién llegada como la empleada que siempre llegaba tarde y que no vestía de forma apropiada. Aunque le daba rabia reconocerlo,

Matt no tenía más remedio que darle la razón a la secretaria, cosa que le hizo sentirse muy viejo. La chica iba hecha un desastre.

La joven abrió los ojos como platos al ver el uniforme de Bree.

—Vienen por lo de Holly... —Rompió a llorar, estremeciéndose con cada sollozo.

La secretaria cogió la caja de pañuelos, se la dio a la chica y trató de tranquilizarla.

Cuando la joven se calmó, la secretaria se la presentó a Bree y a Matt.

—Esta es Connie, una de nuestras empleadas a tiempo parcial.

«Entonces no es Deb». Matt estaba decepcionado. Quería interrogar a la empleada que, según Owen, salía con Holly después del trabajo.

—Me gustaría hacerte unas preguntas sobre Holly. —Bree miró a su alrededor—. ¿Hay algún lugar donde podamos hablar en privado?

—Sí, claro. —La chica se encogió de hombros con nerviosismo—. Podemos sentarnos ahí.

Se dirigió hacia una puerta y entraron en una sala más grande. Una larga mesa ocupaba el centro, y en cada extremo había un ordenador. Connie dejó su bolso sobre un archivador.

Bree le hizo las mismas preguntas sobre Holly, pero la entrevista no aportó ninguna información nueva. La chica había ido a tomar unas copas con Holly una o dos veces después del trabajo.

—Es un poco mayor, ya me entienden —aclaró—. Prefiero salir con mis amigos, pero no quería que se sintiera ofendida.

Matt nunca había oído hablar de nadie que saliera a tomar copas con otra persona por lástima.

Cuando terminaron con Connie, eran las ocho y media y Paul aún no había llegado. Volvieron a la oficina exterior. Mientras la secretaria volvía a llamar a su jefe, Matt recorrió el perímetro de la oficina, deteniéndose a mirar las fotos enmarcadas de las relucientes cocinas nuevas que colgaban de las paredes. La secretaria apartó el teléfono de su oído.

—No contesta.

—¿Y eso es normal? —preguntó Matt.

Sin aparentar demasiada preocupación, la secretaria colgó el teléfono.

—No se le da bien lo de devolver las llamadas, y yo no suelo llamarle tan temprano. Siempre va a visitar las obras que quiere y luego se pasa por la oficina cuando puede. Algunos días ni siquiera viene. Puede ser frustrante.

Bree se detuvo frente al escritorio.

—¿Sabe adónde tenía que ir esta mañana?

La secretaria escribió una lista de direcciones en una nota adhesiva.

—Tenemos tres equipos. Estos son los trabajos que están programados para hoy. También tenemos otros proyectos en distintas fases de ejecución. Algunos están esperando los materiales, otros necesitan pasar una inspección antes de poder continuar con las obras. Lo más probable es que Paul haya ido a la primera dirección, en la calle Bleeker. Esta semana han descubierto unos problemas estructurales importantes. —Le entregó la nota a Bree—. Paul lleva en este negocio la mayor parte de su vida. Puede hacer el trabajo de todos los hombres a su cargo, desde la colocación de baldosas hasta la carpintería. Si hay un problema, lo arregla. Pero a veces no presta suficiente atención a la parte administrativa. Puede que se haya olvidado de su reunión. Su cerebro suele estar muy centrado en una sola cosa.

—Gracias. —Bree cogió el papel y le dio a la secretaria su tarjeta—. Si se le ocurre algo que pueda ayudarnos en nuestra investigación, por favor, llámeme.

—Lo haré.

La secretaria abrió un Rolodex anticuado y archivó la tarjeta de Bree bajo la letra S, seguramente de SHERIFF.

La puerta se abrió de golpe y un hombre alto y corpulento atravesó el umbral. Dirigió su mirada furiosa hacia Bree y Matt.

—Tienen diez minutos.

Siguió andando hacia su despacho y dejó la puerta abierta a su espalda.

«Menudo recibimiento...».

Bree miró a Matt arqueando una ceja. Él se encogió de hombros y la siguió al despacho.

Mientras rebuscaba entre una pila de papeles en su viejo escritorio metálico, Paul señaló con la cabeza las dos sillas de plástico que había frente a él.

—No se pongan demasiado cómodos. No tengo mucho tiempo para tonterías esta mañana.

Bree se sentó.

—Señor Beckett, hemos venido para hacerle unas preguntas sobre su empleada Holly Thorpe. ¿Sabe usted que la señora Thorpe fue asesinada?

Paul se quedó paralizado durante una fracción de segundo antes de soltar la pila de papeles.

—Había oído que fue un suicidio.

—Pues ha oído mal. —Matt se acomodó en una silla sin apartar los ojos de la cara de Paul—. Holly fue asesinada.

El hombre frunció el ceño, pero acto seguido volvió a poner su cara de póquer.

—No veo qué tiene que ver esto conmigo.

—Holly trabajaba para usted. —Bree sacó su pequeña libreta y un bolígrafo—. ¿Cuándo fue la última vez que la vio?

Paul examinó un papel y lo dejó a un lado.

—El viernes. Estaba trabajando con el ordenador cuando entré a recoger unos papeles de la impresora.

Bree hizo un ruido con el bolígrafo.

—¿A qué hora fue eso?

—Sobre las nueve de la mañana, creo. No puedo decírselo con seguridad, solo pasé por aquí unos minutos antes de salir a inspeccionar las obras.

Cogió otro papel.

Bree se aclaró la garganta.

—Este es un asunto muy serio, señor Beckett. Le agradecería que prestara toda su atención.

El hombre frunció el ceño.

—No tengo por qué hablar con ustedes en absoluto.

La irritación fue subiendo por la garganta de Matt como si fuera un ardor de estómago. «Maldito capullo arrogante». Por eso prefería a sus perros antes que a la mayoría de los humanos.

Pero Bree tenía más don de gentes que él.

—Señor Beckett, estamos hablando del asesinato de una de sus trabajadoras. —Su tono era serio y de leve censura.

Paul dejó los papeles sobre el escritorio, se echó hacia atrás y se cruzó de brazos.

«Ah, sí. Mucho mejor». Matt luchó contra el impulso de poner los ojos en blanco.

—¿Sabe usted si Holly tenía algún problema últimamente? —le preguntó Bree.

Paul arrugó la frente.

—¿Qué tipo de problema?

Bree agitó una mano en el aire.

—¿Se llevaba bien con sus compañeros de trabajo? ¿Tenía problemas personales?

—A mí todo eso me importa un bledo.

Exhaló el aire ruidosamente por la nariz, como un toro rabioso.

—Holly trabajó para usted durante siete años —señaló Bree.

—En la oficina —subrayó—. Yo paso la mayor parte del tiempo en las obras.

Matt sintió que las cejas se le subían a la frente.

—Pero siete años es mucho tiempo.

—¿Qué pretende insinuar? —La voz de Paul se hizo más agresiva.

—No insinúo nada, señor Beckett. —Bree tensó un músculo de la mandíbula. Por lo general, tenía mucha paciencia, pero la actitud de aquel hombre la estaba sacando de sus casillas—. ¿Holly llegaba tarde al trabajo últimamente? ¿Tenía algún problema aquí en la oficina? ¿Cometía errores poco habituales o parecía distraída?

—Si la hubiera cagado en el trabajo, la habría despedido. —Paul se movió hacia delante y dejó caer las manos sobre el escritorio—. No tolero gilipolleces. O la gente hace su maldito trabajo o ya puede ir buscándose otro sitio.

—Entonces, ¿no sabe si Holly llegaba tarde o tenía problemas con alguien del trabajo?

—Pregúntele a mi secretaria. —Paul agitó una mano con gesto airado hacia la puerta—. Es ella la que lleva el registro de los empleados.

Bree se inclinó hacia delante, colocando las manos sobre las rodillas.

—¿Y tenía usted algún problema con Holly?

—A mí me parecía que estaba trabajando como siempre. —Pronunció cada palabra muy despacio.

Bree no interrumpió el contacto visual.

—¿Dónde estuvo usted el viernes por la tarde, hasta la noche?

Él dudó solo un segundo antes de contestar.

—No me acuerdo. Deje que compruebe mi agenda. —Cogió su teléfono y tocó la pantalla—. No veo que tuviese nada programado. Lo más probable es que me fuera a casa.

—Pero ¿no se acuerda? —preguntó Matt—. No hablamos de hace seis meses; el viernes pasado no parece tanto tiempo…

Paul hizo caso omiso, pero un músculo de su cara se tensó. Ocultaba algo.

—¿Estuvo solo? —preguntó Bree.

Las fosas nasales de Paul se ensancharon.

—Mi mujer y yo estamos separados.

«Interesante». Se las había arreglado para no responder a otra pregunta.

—¿Cuándo se separaron? —le preguntó ella.

El tipo no pestañeó.

—Se fue de casa hace un par de meses —continuó, con la cara tan tensa que parecía a punto de resquebrajarse—. Si hubiera sabido que iba a necesitar una coartada, habría hecho planes. Ahora, si me disculpan, tengo trabajo que hacer. Mi carpintero no ha aparecido hoy. He de ir a cortar molduras.

Bree se inclinó hacia delante.

—Habló con Holly por teléfono el jueves pasado.

—¿Ah, sí? —Paul entrecerró los ojos.

Bree inclinó la cabeza.

—¿De qué hablaron en esa conversación?

—No lo recuerdo exactamente. —Su rostro se mantenía por completo inexpresivo—. Era mi contable, así que a veces le hacía algunas preguntas sobre las cuentas. —Paul se levantó, abrió el cajón superior y rebuscó entre una pila de tarjetas de visita. Seleccionó una y la arrojó sobre el escritorio, delante de Bree—. Si quieren hacerme más preguntas, llamen y pidan cita con mi abogado. —Se enderezó y se cruzó de brazos.

Bree recogió la tarjeta que acababa de darle.

—Gracias. —Su tono ni siquiera era sarcástico. Matt estaba impresionado.

—No hace falta que les acompañe a la puerta —dijo Paul en un tono abiertamente hostil. Se desplomó en su silla y los miró con ojos furiosos.

Bree guio el camino hacia la salida. Le dio las gracias a la secretaria y se despidió de ella con un saludo de camino a la puerta.

Una vez fuera, subieron al todoterreno.

—Eso ha sido interesante.

La sheriff arrancó el motor.

Matt se abrochó el cinturón de seguridad, apretando el dispositivo de cierre con más fuerza de la necesaria.

—Qué pedazo de gilipollas. ¿Ha respondido a alguna pregunta?

—No. Ni siquiera a una. —Bree dio un golpecito con el dedo sobre el volante—. Ahora la cuestión es ¿por qué? ¿Porque es un gilipollas, simplemente, o quizás ha eludido nuestras preguntas a propósito por alguna razón?

Cogió su teléfono, llamó a Todd y le pidió que hiciera una investigación a fondo sobre Paul Beckett y Construcciones Beckett.

—¿Y ahora qué? —preguntó Matt.

—Habrá que localizar a la otra empleada a tiempo parcial, Deb, y tenemos que averiguar qué es lo que Paul Beckett nos está ocultando.

Capítulo 14

Bree fue la primera en enfilar la rampa de hormigón que había delante del restaurante. Matt le sujetó la puerta y entraron. El local estaba dividido en dos secciones: una zona de barra con dos filas de reservados que daban al aparcamiento delantero, y un comedor con mesas y sillas que se extendía a lo largo de la parte trasera. Como era la hora entre el desayuno y el almuerzo, había poco movimiento: apenas unos pocos clientes en los taburetes de la barra, y la mayoría de las mesas estaban vacías. El paso al comedor permanecía cerrado con un cartel en un soporte metálico.

La sheriff vio al encargado, un hombre de pelo blanco que llevaba un montón de cartas en la mano. Parecía el Coronel Sanders sin la perilla. Bree llamó su atención y él se apresuró a acercarse; se situó deslizándose detrás del mostrador y guardó las cartas del restaurante en un hueco.

—¿En qué puedo ayudarla, sheriff?

Bree le presentó a Matt.

—Tenemos que hablar con Deb Munchin.

El encargado arqueó sus tupidas cejas blancas.

—Espero que no tenga problemas.

—No —le aseguró Bree—, pero esperamos que pueda ayudarnos con un caso.

—Por supuesto.

Se volvió hacia una camarera con pantalones negros y blusa blanca.

—¿Puedes decirle a Deb que venga? Está en el almacén.

La camarera miró el uniforme de Bree con interés, pero asintió y se alejó. Pasó por detrás de la barra y desapareció tras de una puerta batiente.

—Soy Roger. —Apoyó ambas manos en la barra—. ¿Puedo ofrecerles un café o algo de comer mientras esperan?

—No, gracias.

Bree nunca aceptaba comida gratis ni ningún otro servicio de los comercios locales. No convenía que un sheriff debiera favores a nadie.

Un minuto después, una joven con el pelo largo y oscuro recogido en un moño se acercó a ellos. Tenía unos veinte años. Al igual que las demás camareras, llevaba pantalones negros y calzado deportivo negro. Justo debajo de la manga corta de su blusa blanca lucía el tatuaje de un unicornio.

Roger se despidió y se dio media vuelta.

—Tómese su tiempo, sheriff.

Bree se dirigió a la recepción vacía.

—Necesito hacerte unas preguntas.

—¿Esto es por Holly? —Deb torció el gesto en una mueca sombría.

—Sí —contestó Bree.

Deb miró por encima del hombro de la sheriff y frunció el ceño. Se aclaró la garganta mientras se tapaba la boca y luego susurró:

—¿Podemos salir fuera?

Bree miró atrás. El encargado las estaba observando.

—Vamos a tomar un poco de aire fresco —dijo Matt levantando la voz, y luego hizo un gesto hacia la puerta. La sujetó para que pasaran Bree y Deb, y los tres se encaminaron hacia la rampa de hormigón y doblaron la esquina hasta llegar al aparcamiento.

—Gracias. —Deb sacó un paquete de cigarrillos de su bolsillo—. Roger es un buen tipo, pero es incapaz de mantener las narices fuera de los asuntos de los demás. Es literalmente la última persona a la que querría contarle algo personal.

¿Acaso iba a compartir alguna información personal con ellos? Sin embargo, Deb se quedó callada durante unos segundos mientras encendía un cigarrillo.

Bree pestañeó cuando una columna de humo le dio directamente en la cara.

—¿Cuándo fue la última vez que viste a Holly?

Deb dio una calada a su cigarrillo.

—El viernes. Solo trabajo dos días a la semana en Construcciones Beckett, normalmente los jueves y los viernes, pero a veces me piden que cambie el día. Todo depende de lo que haya que hacer.

—¿De qué te ocupas allí? —le preguntó Bree.

Deb soltó otra bocanada de humo.

—De cualquier cosa que necesiten. Sobre todo nóminas, pero cada trimestre también necesitan ayuda con la documentación fiscal.

—¿Y Holly se comportaba con normalidad? —Bree se sacó la libreta de notas del bolsillo.

Deb se encogió de hombros.

—Supongo.

El viento cambió de dirección, y el humo le dio a Bree en la nariz.

—¿La conocías mucho?

—No lo sé. —Deb encogió un hombro.

—¿Te consideras amiga de Holly? —le preguntó Matt.

—Solo compañera de trabajo. —La chica sacudió la ceniza de su cigarrillo—. Podemos salir a tomar una copa después del trabajo para quejarnos un poco, pero no quedamos más veces. Hace siglos que no vamos a un bar a una *happy hour*, por ejemplo.

Bree levantó su bolígrafo.

—¿No saliste con ella la semana pasada?

—No. —Deb frunció las cejas—. Debe de hacer al menos un mes que no quedo con ella, puede que más. No deja de darme largas.

Parecía un poco dolida y volvió a callarse. Bree intentó otro enfoque.

—¿Te gusta tu trabajo en Construcciones Beckett?

—No. —Deb resopló—. Lo más seguro es que lo deje. Antes quería dejar el trabajo de camarera. En una oficina no me duelen los pies, pero no vale la pena. Hoy le he preguntado a Roger si podía darme más horas aquí.

—¿Por qué? —preguntó Matt.

—Porque Paul Beckett es un puto pulpo. —Deb puso cara de asco—. Es un sobón de mierda. Es superviejo. Es asqueroso.

Aquello no fue ninguna sorpresa para Bree. Paul se comportaba como el típico hombre que pensaba que las reglas no estaban hechas para él.

—¿Qué quieres decir con «sobón»?

Un brillo de ira incendió los ojos de Matt. Como la mayoría de los hombres decentes, siempre se sentía ofendido cuando los hombres utilizaban su poder para abusar de las mujeres.

Deb frunció el ceño.

—Pues que hace lo que sea para frotarse contra mí, y me ha tocado el culo un par de veces. Y luego sonríe, como si no pudiera evitarlo. —Dio una fuerte calada a su cigarrillo y luego señaló hacia el restaurante—. Roger es más cotilla que una vieja, pero es un buen tío y no va por ahí manoseando a nadie.

Matt formó una línea recta con los labios.

—¿Se te insinuó o amenazó con despedirte si no te acostabas con él?

—No. Nunca lo ha llevado tan lejos. —Las palabras de Deb rezumaban amargura—. Solo le gusta demostrarme que puede hacer lo que le dé la gana. Tampoco es que le moleste a todo el mundo… —añadió con enfado.

—¿A quién no le molesta? —preguntó Bree.

—A Holly.

Deb tiró la colilla al suelo y la aplastó con la punta del zapato. El cerebro de Bree hizo un clic cuando una pieza del rompecabezas encajó.

—¿Ella decía eso?

—¡Claro que no! —Deb miró a Bree como si fuera idiota—. Pero sé que se lo estaba follando.

—¿Holly se acostaba con Paul? —quiso aclarar Bree.

—Eso es lo que significa normalmente «follar».

Deb se encendió otro cigarrillo, como si estuviera tratando de inhalar toda la nicotina posible durante su improvisado descanso.

—¿Cómo lo sabes? —preguntó Bree.

—Los vi juntos. —Deb dio una fuerte calada a su segundo cigarrillo. Miró hacia la parte delantera del restaurante—. A ver, a mí me atraía Holly. —Miró fijamente a Bree y luego a Matt con gesto desafiante, como retándolos a juzgarla—. Sabía que nunca pasaría nada entre nosotras, a ella eso no le iba, pero verla con Paul… —Sacudió la cabeza—. Su matrimonio era muy problemático. Siempre estaba quejándose de las broncas alucinantes que tenía con su marido, pero también decía siempre que le quería. Después de verla con Paul, pensé que básicamente era una mentirosa de mierda.

Bree trató de encontrarle sentido a todo aquello.

—¿Dónde los viste juntos?

Deb se sonrojó.

—El martes pasado le pedí a Holly que saliera conmigo a tomar algo. Me dijo que tenía que volver a casa, pero estaba muy rara. —La chica desvió la mirada—. La seguí. —Sacudió más ceniza—. Fue en coche hasta la casa de Paul. Él le abrió la puerta y la dejó entrar. «Interesante».

—¿Tienes alguna prueba? —preguntó Bree.

—¿Como qué? ¿Fotos? —Deb levantó la voz.

Bree asintió.

—Joder, ¡claro que no! Eso sería de psicópata. Me largué de allí cagando leches, antes de que me vieran. —Deb aplastó su segunda colilla, con gesto furioso y definitivo a la vez—. ¿Qué clase de pirada creen que soy?

Bree supuso que la pregunta era retórica dado que Deb se había puesto lo bastante celosa como para seguir a Holly, y eso era bastante radical.

Una actitud propia de un acosador, incluso. Cosa que llevó a Bree a preguntar:

—¿Dónde estuviste el viernes por la noche?

Deb levantó la cabeza de golpe.

—¿Qué?

Bree reformuló la pregunta para que fuera más específica.

—¿Dónde estuviste entre las cinco de la tarde del viernes y el mediodía del sábado?

Deb soltó un pequeño suspiro.

—Fue cuando mataron a Holly, ¿no?

—Sí —dijo Bree.

Deb se llevó una mano a la base de la garganta.

—Pero ¿qué mierdas es esto? ¿Le doy información y la vuelve contra mí?

—Queremos descartar a todas las personas que formaban parte del entorno personal de Holly —mintió Bree.

Deb entornó los ojos y su expresión se volvió más cauta.

—Trabajé en el turno de desayuno el sábado por la mañana. —Señaló con la cabeza hacia la cafetería—. Tenía que entrar a las cinco, así que el viernes por la noche me quedé en casa y me acosté temprano.

—¿Puedes demostrar que estabas en casa? —insistió la sheriff.

Deb era impulsiva y temperamental. La ira podría hacerle bajar la guardia.

Bajó la mano y cerró el puño.

—Vivo sola.

—¿Pediste pizza o viste a algún vecino? —preguntó Matt.

—No. —Deb repartió el peso de su cuerpo entre ambos pies—. No pueden colgarme esto a mí. —La ira hizo su voz más grave.

—No pretendemos «colgarle» nada a nadie —dijo Bree, mirándola directamente a la cara—, sino descubrir quién mató a Holly.

Deb miró hacia el restaurante.

—Deberían hablar con la mujer de Paul, Angela.

—Pero Paul y su mujer se separaron hace meses —dijo Bree—. ¿Por qué iba a importarle a ella?

La expresión de Deb se volvió un poco maliciosa y bajó el tono de voz.

—Para empezar, Holly se estaba tirando a su marido. En segundo lugar, Paul estaba a punto de quebrar. La empresa estaba perdiendo liquidez y registrando pérdidas todos los meses.

—¿Qué quieres decir? —preguntó Bree.

Deb negó con la cabeza.

—No debería haber abierto la boca. Podría meterme en líos. —Se encogió de hombros—. Bah, a la mierda… Voy a irme de todos modos: Paul está tramando algo. Cuando le pregunto sobre transacciones que se salen de lo habitual, se enfada y se niega a responder a mis preguntas. —Sacudió la cabeza con frustración—. Es un gilipollas. Resulta que mi trabajo consiste en cuadrar las cuentas, y no puedo hacerlo sin clasificar los gastos. —Lanzó un resoplido—. Además, ha estado comportándose de forma muy rara en general.

—¿En qué sentido?

—Está más nervioso y malhumorado que de costumbre. —Frunció los labios—. Una noche, hace unas semanas, me quedé hasta tarde con Holly para ultimar las declaraciones del primer trimestre. Entonces llegó Paul. Creo que no sabía que yo estaba allí. Entró en su despacho y se dejó la puerta abierta. Lo vi sacar un sobre grueso de su caja fuerte. Estaba lleno de dinero. Lo contó, se lo metió en el bolsillo y se fue.

—¿Recuerdas qué día ocurrió eso?

Deb frunció las cejas. Sacó el teléfono y abrió el calendario.

—Fue hace tres o cuatro semanas, un miércoles. No lo puse en mi agenda porque me llamaron en el último momento.

Alguien llamó dando unos golpecitos en el cristal y todos se volvieron a mirar. Roger señaló su reloj, luego señaló a Deb y articuló: «Lo siento».

Ella le hizo un gesto indicándole que entraría enseguida.

—Pronto empezará a llegar la gente para el turno del almuerzo. Tengo que entrar.

—Gracias por tu ayuda.

Bree observó a Deb mientras desaparecía en el interior del restaurante.

Matt se acarició la barba.

—No consigo decidir si está más enfadada porque Paul le metía mano o celosa porque Holly se acostaba con él y no con ella.

—Sospecho que ambas cosas. Emocionalmente, estaba deshecha. —Bree se dirigió a su vehículo—. Tenemos buenas razones para convertir oficialmente a Paul Beckett en sospechoso y solicitar órdenes judiciales adicionales. —Llamó a Todd—. Además de investigar a Paul y su negocio, quiero extractos bancarios y de las tarjetas de crédito personales, así como de las cuentas de la empresa.

—Sí, jefa —dijo Todd—. Hemos recibido montones de llamadas de los medios de comunicación.

Bree suspiró.

—Vale. Convoca una rueda de prensa para esta tarde. Haré unas declaraciones sobre los avances en el caso y aceptaré preguntas.

Terminó la llamada.

—No te pongas así —dijo Matt.

—Es que ya lo sabes: las ruedas de prensa son de las cosas que menos me gustan en este mundo.

—Mira la parte positiva: tenemos dos nuevos sospechosos que investigar.

Pero Bree esperaba que aquel caso se resolviera rápidamente y en cambio se estaba complicando por momentos.

Capítulo 15

Matt se instaló en uno de los cubículos de los ayudantes y durante las siguientes horas se dedicó a redactar informes, resumir las entrevistas y llevar a cabo una investigación básica sobre sus sospechosos. Todd solicitó citaciones y registros telefónicos y financieros, mientras que Bree estuvo ocupada con la rueda de prensa y el papeleo. Las tareas habituales de una sheriff no desaparecían porque hubiera un nuevo caso de homicidio. Todd y Matt revisaban los informes a medida que iban llegando. Shannon Phelps llamó para informar de que su compañía de alarmas había enviado a un técnico a su casa para realizar los cambios que Matt había sugerido en su sistema de seguridad, además de algunas mejoras adicionales.

Eran las cuatro de la tarde cuando Bree se reunió con Matt y Todd en la sala de reuniones. Matt llevaba sus carpetas y su ordenador portátil. Bree se sentó a la cabecera de la mesa y se desperezó.

—¿En qué punto de la investigación estamos?

Todd cerró la puerta a su espalda y se dejó caer en una silla. Matt fue el primero en hablar:

—Tengo el informe sobre Paul Beckett. No hay antecedentes penales, solo un montón de multas por exceso de velocidad que lleva acumuladas en el último año. —Pasó a la página de Construcciones Beckett—. Su padre fundó la empresa hace más de treinta años. Paul ha trabajado allí desde el principio. Se convirtió en presidente hace ocho años, tras la muerte de su padre, quien sufrió un infarto en una obra. —Matt se pellizcó el puente de la nariz. Sentía un dolor de cabeza incipiente—. Todavía estamos esperando sus extractos del estado financiero de la empresa.

—¿Hay algo en el portátil de Holly? —preguntó Bree.

Todd negó con la cabeza.

—El técnico del laboratorio está trabajando en eso ahora. —Abrió su propio portátil—. He investigado a Deb Munchin. No tiene antecedentes penales, pero hace dos años la detuvieron por acosar y hostigar a una compañera en la tienda de descuentos en la que trabajaban.

Matt se puso alerta. Aquello parecía prometedor

—¿Y en el informe del arresto constan más detalles?

Todd asintió.

—La compañera de trabajo afirmó que Deb la siguió a su casa desde el trabajo y se quedó fuera en la calle, sentada enfrente de su apartamento, observándola.

—Qué inquietante... —Bree tomó nota—. Y Deb admitió haber hecho precisamente eso con Holly.

—Sí —convino Todd—. Pero la mujer retiró los cargos cuando Deb se avino a dejarla en paz. Dimitió del trabajo y no hubo más quejas, así que doy por sentado que cumplió su parte del trato.

—Ya, pero aun así —dijo Bree, tamborileando con los dedos sobre la mesa—, el acoso es un delito muy relacionado con el plano personal.

—Como el estrangulamiento —añadió Matt—. Y ya sabemos que Deb tenía algo con Holly.

—Y admitió haber seguido a Holly a la casa de Paul. Los celos son un móvil potencial para cometer un asesinato. —Bree se enderezó—. Investigaremos más a fondo los antecedentes de Deb y nos pondremos en contacto con su antigua compañera para obtener más información, ¿de acuerdo?

Todd escribió algo con su teclado.

—En el informe sobre Billy Zinke no constan antecedentes penales. No he encontrado nada en su historial más que unas multas de aparcamiento.

Bree se quedó pensativa.

—¿Podemos pensar en otras formas de restar solidez a la coartada de Owen? Ahora mismo no ocupa los primeros puestos de mi lista de sospechosos, pero no quiero dejar ninguna pista sin investigar.

—Podría ir al Grey Fox a hablar con los clientes habituales —sugirió Todd—. Si Owen suele ir por allí, es posible que los parroquianos recuerden haberlo visto la noche del viernes pasado.

Bree asintió.

—No es mala idea. Ve de paisano. Y llévate a Collins contigo. Las clientas se sentirán más cómodas hablando con una mujer.

—Sí, jefa. ¿Y qué hay de Shannon? —preguntó Todd—. ¿Sigue siendo sospechosa?

Bree asintió.

—Sí. Es demasiado pronto para descartar definitivamente a alguien. Por un lado, no tiene coartada y tiene motivos para matar a Holly. Por otro, va a pasarlo mal económicamente porque Holly ya no estará para compartir con ella el coste de las facturas médicas de su madre.

Matt se desplazó por su ordenador.

—Acabamos de recibir el informe preliminar de la autopsia. No hay sorpresas. —El informe no estaría completo hasta que llegaran todos los análisis toxicológicos, lo que llevaría semanas—. Hay una lista de rastros del laboratorio forense. Se han hallado restos de algo llamado metabasalto en el maletero del coche de Holly.

—¿Metabasalto? —Bree levantó la vista.

Matt hojeó el documento.

—Según se detalla, es una roca milenaria procedente de las montañas Blue Ridge de Virginia Occidental. Se mezcla con una arcilla verde que se utiliza para construir pistas de tenis Har-Tru.

—Nadie nos ha comentado que Holly jugara al tenis —observó Bree.

—Puede que ella no, pero tal vez su asesino sí —dijo Matt.

Bree se puso de pie.

—Haremos una visita de seguimiento a Shannon.

—También me gustaría volver a hablar con Paul.

Matt no acababa de decidirse y clasificarlo como un hombre difícil... o culpable.

—No estoy seguro de qué es lo que vamos a sacar de él. No da muestras de querer cooperar con nosotros —dijo Bree frunciendo el ceño.

«Exacto», pensó Matt, que dijo en voz alta:

—Y yo quiero saber por qué.

—Vale, concertemos una cita para hablar con él.

Bree buscó su teléfono, pero Matt la detuvo levantando la mano.

—O podríamos seguirlo esta noche y ver adónde va después del trabajo.

—¿Un turno de vigilancia? —protestó Bree, lanzando un gemido.

—Ya sé que es un marrón —dijo Matt.

Vigilar a un sospechoso no era tan emocionante como parecía en las series de televisión. La mayoría de las veces había que pasar toda la noche sentado dentro del vehículo comiendo comida rápida e intentando no caer rendido de sueño.

—Podríamos tardar días en pillar a Paul haciendo algo, ya no te digo algo ilegal.

—Lo sé —aceptó Matt—, pero Deb dijo que Paul sacó un montón de dinero de su caja fuerte un miércoles por la noche. Hoy también es miércoles. Además, no quiere hablar con nosotros, y tanto tú como yo sospechamos que nos oculta algo. Tenemos que averiguar qué está tramando. Podríamos tener suerte.

—Tienes razón. Intentaremos someterlo a vigilancia. —Comprobó la hora en su teléfono—. Ahora vamos a parar para cenar. Te recogeré después.

Matt recogió sus expedientes y se fue a casa. La furgoneta de Cady estaba en la entrada. Recogió el correo postal y luego entró. Su hermana estaba soltando la correa de Greta.

—Acabo de entrar con los perros. Como estaba aquí de todos modos y no sabía a qué hora llegarías a casa, decidí sacarlos un rato.

Matt le dio un rápido abrazo.

—Gracias. —Vio que su hermana tenía los ojos enrojecidos y parecía cansada—. ¿Estás bien?

Cady asintió y luego suspiró.

—Ayer vi a Greg.

Matt se puso tenso.

—¿Te estaba siguiendo?

—No. —Sacudió la cabeza—. Nos encontramos por casualidad. Pareció tan sorprendido de verme como yo de verlo a él.

—¿Pero...? —Una llamarada de ira estalló en el pecho de Matt.

Cady se encogió de hombros.

—Sigue siendo un gilipollas.

El incidente la había puesto nerviosa. A Matt le dieron ganas de coger el coche para ir a la casa de su ex y ponerlo nervioso a él.

—¿Quieres que lo mate por ti?

No lo decía en serio. No del todo.

—No. —Le puso una mano en el antebrazo—. Me he quedado un poco triste, pero estaré bien. En cierto modo, ha sido bueno para mí ver que no ha cambiado. Me confirma que tomé la decisión correcta al divorciarme de él.

—Pero ¿de verdad lo has dudado en algún momento?

Cady dejó escapar un largo suspiro.

—En aquella época no pensaba con claridad.

—En aquella época estabas pasando por un proceso de duelo —la corrigió Matt.

Ella asintió.

—Dentro de un par de días ya se me habrá pasado. Solo necesito mantenerme ocupada.

Matt la miró con el ceño fruncido. Se había equivocado al suponer que ella lo había superado. Su herida continuaba abierta. Si hubiera tenido un compañero a su lado para compartir su dolor, como un verdadero equipo, ¿se sentiría igual de triste? Equiparar el matrimonio con el trabajo en equipo le hizo pensar en Bree.

—No es que no piense nunca en él —dijo con voz afligida.

Matt sabía que no se refería a su ex, sino al niño que nunca había tenido una oportunidad. Se le rompía el corazón de verla así. Le dio un fuerte abrazo.

—Siempre estaré a tu lado, apoyándote.

—Lo sé, y te lo agradezco. —Cady le devolvió el abrazo—. Y ahora, hablemos de otra cosa.

Brody y Greta se acercaron a Matt para que los acariciara. Este se arrodilló y trató de prestar a ambos perros la misma atención. Greta perdió el interés y persiguió una pelota de tenis, pero Brody se apoyó en Matt, que le acarició el costado.

—Ahí está mi chico.

Matt dejó las carpetas sobre la mesa.

—Papá te ha mandado un asado. —Cady señaló la nevera—. Sabe que estás trabajando en una investigación y no quería que te murieras de hambre. Deberías llamarlos. Nuestros padres están preocupados por ti.

—Lo haré. —Matt se rio—. Desde luego, saben cómo hacer que uno se sienta culpable.

—Al menos también saben producir grandes cantidades de puré de patatas y salsa.

—Ahí le has dado. —A Matt le rugió el estómago—. Es un precio que estoy dispuesto a pagar. No hay nada como el asado de papá.

Médico de familia jubilado, el padre de Matt era el cocinero de la familia. Su madre era una profesora jubilada que no sabía ni freír un huevo.

Cady dio unos golpecitos en la carpeta cerrada en lo alto de la pila de Matt.

—Conozco a Shannon Phelps.

—¿Ah, sí?

Matt fue a la nevera y sacó un recipiente de cristal. Su padre había separado la carne, el puré de patatas y las zanahorias en tres montones y lo había bañado todo con salsa. Prácticamente salivando, Matt metió el recipiente en el microondas.

Cady asintió.

—Adoptó un perro nuestro hace un par de meses.

—¿Qué recuerdas de ella? —Introdujo dos minutos de tiempo en el aparato y pulsó el botón de encendido. El microondas emitió un zumbido.

—Rubia. Bajita. Más o menos de esta estatura. —Cady puso una mano más o menos a la altura del hombro—. Era tímida, casi introvertida, pero me cayó bien. Era cariñosa con el perro.

El microondas emitió un pitido y Matt sacó su cena. El aroma de la salsa de su padre llenó la cocina.

—Le asigné un perro pequeño, un animalito muy nervioso. Le pusimos el nombre de Miedoso porque siempre estaba muy asustado. Pensé que Shannon sería una buena opción para él porque con ella estaría tranquilo. La mujer dijo que no recibía muchas visitas y que trabajaba en casa. Sus personalidades coincidían. Ella también era asustadiza.

Matt llevó el plato humeante a la mesa. Su hermana se sentó frente a él.

—¿Quieres un poco? —Señaló la comida.

—¿Estás de broma? —Cady se frotó el estómago—. Papá ya me ha cebado.

Matt se lanzó a comer a dos carrillos.

—¿Qué más recuerdas de Shannon?

—Sentí lástima por ella: alguien de su familia estaba enfermo.

—Cady levantó un dedo y ladeó la cabeza, tratando de recordar—. Su madre.

Con el tenedor en mano, Matt se quedó mirando la comida. Shannon Phelps nunca volvería a probar un plato casero cocinado por su madre.

—¿Qué pasa? —preguntó Cady.

—La hermana de Shannon ha sido asesinada.

—¿Qué? —Un brillo iluminó los ojos de Cady cuando entendió a quién se estaba refiriendo su hermano—. La mujer que encontraron en el puente de Dead Horse Road, ¿verdad?

—Sí. No le digas a nadie que sabes su identidad, ¿de acuerdo?

—Matt suspiró y picoteó en el plato. Debía comer algo aunque se le hubiese cortado el apetito—. Lo último que necesita ahora Shannon es que circulen toda clase de chismes, además de la atención de los medios.

—Claro. Es horrible. Ella quería el perro para que le hiciese compañía. Espero que la haya ayudado.

—Yo también —dijo Matt.

Pronto, a Shannon no le quedaría familia en el mundo. Ya había perdido a su padre y a su hermana. Su madre se estaba muriendo. Y alguien había entrado en su casa para dejarle un mensaje muy desagradable.

¿Por qué? A Matt no se le ocurría ninguna motivación para asustar a Shannon.

Durante un segundo, pensó en lo que haría si alguien hiciera daño a un miembro de su familia. Luego rechazó ese pensamiento. Era algo demasiado doloroso para contemplarlo siquiera. Mientras

Bree se esforzaba por reconectar con su familia, Matt siempre había tenido el apoyo y el amor de la suya. Cuando le habían disparado y su carrera se había visto interrumpida abruptamente, fue su familia quien le ayudó a salir adelante.

—¿Cómo se ha adaptado el perro? —preguntó Cady.

—Seguí siendo un animal nervioso —dijo Matt—. Dudo que eso vaya a cambiar.

—Espero que no sea demasiado para ella. —Frunció el ceño—. Pueden pasar meses hasta que la verdadera personalidad de un perro adoptado se manifieste. Me pondré en contacto con ella para ver cómo está.

Cady se tomaba muy en serio su tarea en el refugio de animales. Se preocupaba por cada uno de los animales a los que asignaba. Las personas adoptantes tenían que firmar un formulario en el que se comprometían a devolver los perros a la organización si la asignación no funcionaba.

—Sospecho que está abrumada por su situación, no por el perro.

Cady apretó los labios formando una línea recta, con un rictus de enfado.

—Espero que encuentres al asesino de su hermana.

Matt sintió una oleada de determinación y empatía. La vida de Shannon, que antes ya se había visto afectada, sufría un daño irreparable porque alguien había asesinado a Holly. Puede que las hermanas no estuvieran de acuerdo con respecto a los cuidados de su madre, pero se tenían la una a la otra pese a todo. No había nada como la familia. Ahora Shannon estaba sola y se enfrentaba a otro duelo.

Pinchó con fuerza un trozo de carne con el tenedor.

—No te preocupes. Lo encontraré.

Capítulo 16

Bree aparcó su todoterreno junto a la casa. Desde allí veía el interior de la cocina a través de la ventana. Dana estaba abriendo el horno para comprobar que la cena estaba lista. Adam, el hermano de Bree, sacaba los platos del armario superior, mientras Kayla cogía los cubiertos del cajón. Luke se encontraba sentado a la mesa, escribiendo en un cuaderno de espiral.

La escena doméstica conmovió a Bree. Nunca en toda su vida había vivido algo así; tras la muerte de sus padres, la habían separado de sus hermanos y había sido acogida bajo la tutela de una prima. La ausencia de Adam y Erin en su infancia la había marcado profundamente, y la sensación de aislamiento había hecho mella en ella. Bree tenía que esforzarse por mantener sus relaciones personales. Muchas veces debía obligarse a no tomar decisiones rápidas, sino a dar un paso atrás y evaluar las situaciones. Su instinto de alejarse de cualquier relación que pudiera hacerla vulnerable era pura autodefensa, nacida de una infancia solitaria y traumática. Antes del asesinato-suicidio de sus padres, había vivido en un hogar aterrador, donde el maltrato formaba parte de la rutina diaria. Durante la mayor parte de su vida no había podido confiar en nadie más que en sí misma.

Sin embargo, ahora era una mujer adulta y estaba decidida a dejar el pasado atrás. El asesinato de su propia hermana le había enseñado la importancia de la familia. Ojalá hubiera aprendido esa lección antes de la muerte de Erin.

Con lágrimas en los ojos, salió del todoterreno y se dirigió al granero. Abrió la pesada puerta y encendió la luz. La saludaron tres testuces: Rebelde, el caballo alazán de Luke, relinchó y pateó la puerta de su cuadra. Calabaza movía la cabeza, pidiendo una caricia o alguna golosina. Definitivamente, el pequeño y robusto caballo estaba muy mimado. Bree le rascó bajo la crin de color claro cuando pasó por su lado. Cogió un cepillo y se metió en el establo de Cowboy. El caballo tordo era un animal tranquilo y paciente. No se movió mientras Bree le pasaba el cepillo por el pelaje, dando largas pasadas.

—Tus manchas blancas están muy sucias. ¿Es que te has estado revolcando en el barro?

El caballo cambió el peso de su cuerpo de una pata a otra y bajó los párpados.

—A lo mejor este fin de semana ya hace bueno y hay temperatura suficiente para poder darte un baño.

Bree le frotó una mancha de barro seco en la grupa. Cowboy tenía excelentes modales sobre el terreno. En la pista rural, siempre se mostraba imperturbable. No era elegante, pero era un animal sólido y sensato, en general. Bree no había montado a caballo desde que era una niña, pero cuando montó a Cowboy por primera vez tras la muerte de su hermana, se sintió segura. Él —y los otros dos caballos— iban de camino al matadero cuando Erin los había sacado de la cuadra del tratante. Bree dejó de cepillarlo y apoyó la frente en el cuello de Cowboy.

—Ella te quería, ¿sabes? Erin era una de las personas más buenas que he conocido en mi vida.

Cowboy rodeó a Bree con el cuello. Ella se rio.

—Ya sé que solo estás mirando en mi bolsillo para ver si llevo golosinas, pero haré como que me estás dando un abrazo.

El caballo bajó la cabeza y comió de su cubo de heno. Bree le dio un masaje en el lomo antes de salir de la cuadra, con el corazón un poco más ligero. De camino a la casa, se sacudió la tristeza de encima. Esa noche disfrutaría de su familia y saborearía los lazos que se estaban formando entre ellos. El dolor de Shannon Phelps le recordaba que la felicidad era algo que podían arrancarte de cuajo en cualquier momento. No había que dar nada por sentado. Cada momento de felicidad era un regalo que había que saber valorar.

Experimentó un sentimiento de culpa. Tenía que hablar con su hermano. Solo le había pedido una cosa desde que se había mudado a Grey's Hollow: que fuera con él a la vieja casa de los Taggert, la casa donde su padre había disparado a su madre y luego se había suicidado. Bree había estado posponiendo esa visita durante meses, mientras que Adam había hecho todo lo que ella le había pedido.

Bree entró por la puerta, se quitó las botas y se preparó para que Ladybug se abalanzara sobre ella a darle la bienvenida. La gran perra se acercó al galope y derrapó sobre el pavimento de baldosas. Bree atrapó al desgarbado animal antes de que se estrellara contra la pared. Sin inmutarse, la perra movió el rabo y resopló como un cerdo mientras Bree le frotaba las costillas con ambas manos.

Kayla esperó a que la perra se apartara y se acercó para abrazar a su tía. Bree besó a la pequeña en la coronilla, se acercó a la mesa e hizo lo mismo con Luke. A juzgar por su actitud, el chico parecía tolerar con dificultad sus muestras de afecto, pero ella sabía que, en el fondo, las necesitaba. Aunque muchas veces sentía que su nuevo papel de madre le quedaba muy grande, era la persona indicada para ejercer esa labor. Sabía mejor que nadie lo que era vivir con la clase de dolor que Kayla y Luke habían experimentado. Y estaba decidida a hacer lo que hiciese falta por ellos. Nadie los separaría, ni los aislaría, ni les haría el daño que le habían hecho a ella.

Tras soltar a Luke, Bree le dio a su hermano un beso en la mejilla. Adam llevaba unos vaqueros rotos y una camiseta vieja y desteñida, ambos salpicados de pintura. Era un pintor de enorme éxito, pero por su ropa nadie lo diría. No le interesaban las cosas caras ni elegantes. Llevaba décadas conduciendo el mismo viejo Ford Bronco y vivía en un granero reformado que había comprado únicamente por la luz. En vez de invertirlo en otras cosas, Adam había gastado su dinero en Erin y los hijos de esta. Había comprado y mantenido la granja que Erin siempre había querido pero que nunca habría podido permitirse con sus ingresos como peluquera. En ese sentido, Adam había sido mejor hermano que Bree, aunque había que tener en cuenta que él y Erin habían crecido juntos. Habían tenido un vínculo del que Bree había sido excluida.

Eso también significaba que probablemente su hermano había sentido la pérdida de Erin mucho más intensamente que Bree, algo que ella no había considerado hasta entonces. En esta vida se trata de aprender, supuso. Pero ella necesitaba aprender más rápido. Algunas lecciones siempre parecían llegar demasiado tarde.

—Lávate las manos. La cena está casi lista.

Dana sacó dos pizzas caseras del horno. Cogió un cortador del cajón y lo deslizó por las masas como una profesional.

Bree fue al fregadero y se lavó las manos. Miró la blusa de seda negra de Dana, los vaqueros de corte recto y los zapatos de tacón.

—Estás muy guapa.

—Tengo una cita. —Dana utilizó una espátula para servir las porciones de pizza en los platos.

Bree cogió una lata de agua con gas de la nevera.

—Cuéntamelo todo ahora mismo.

—Solo voy a tomar un café. —La mujer se encogió de hombros—. Nos conocimos a través de una aplicación de citas.

—¿En serio? —Bree sintió que las cejas se le encaramaban a la frente—. ¿En una de esas *apps*?

Dana la miró con aire socarrón.

—Puede que te sorprenda lo que voy a decirte, pero resulta que Grey's Hollow no es un paraíso para ligar. —Dejó el cortador de pizza en el fregadero—. No todo el mundo conoce a un tío bueno el primer día que llega a la ciudad.

—En eso llevas razón. —Bree resopló. Su relación con Matt había sido una completa sorpresa—. Ten cuidado. Envíame un mensaje con su foto y su información de contacto.

—He quedado con él en una cafetería. Iré temprano, para que no sepa dónde aparco. —Dana se subió los vaqueros a la altura del muslo y levantó el dobladillo para enseñar a Bree la pistola que llevaba en el tobillo—. Y voy totalmente equipada. Llevo esto.

—De acuerdo. Te creo.

Bree se sentó a la mesa con toda la familia.

Dana había dicho que disfrutaba mucho de su nueva vida con Bree y los niños después de dos décadas y media tratando con delincuentes todo el día, pero a veces Bree olvidaba a lo mucho que había renunciado su amiga cuando decidió ayudar a los Taggert. Debía de sentirse sola.

Dana miró a Bree frunciendo el ceño.

—No te has cambiado de ropa. ¿Significa eso que volverás a trabajar esta noche?

—Matt y yo vamos a vigilar la casa de un sospechoso.

Bree contempló la posibilidad de dejar que Luke cuidara de Kayla; a sus dieciséis años, en cualquier familia normal el chico sería lo bastante mayor para atender a su hermana por una noche, pero aun así, dudaba. Todos habían experimentado demasiada violencia como para tener una vida completamente normal.

—Puedo cancelar mi cita —ofreció Dana.

—No quiero que hagas eso... —dijo Bree. Tendría que haberle preguntado a Dana antes de organizar esa misión de vigilancia, pero lo cierto es que había dado por sentado que su amiga estaría en casa, lo cual era egoísta por su parte.

—No es necesario —interrumpió Adam—. Yo me quedaré con los niños.

Bree sonrió a su hermano.

—Gracias, Adam. Puedo preparar a Kayla para que se vaya a la cama antes de irme.

—¡Pero yo quiero quedarme levantada con Adam y Luke! —protestó la niña.

Bree reprimió el impulso de decir que no. Al día siguiente tenía colegio, pero había que hacer excepciones. Kayla había sufrido muchas pérdidas en su corta vida, necesitaba todas las oportunidades que se le presentasen de experimentar alegría, aunque fuera algo tan simple como quedarse despierta después de su hora de dormir de vez en cuando.

—Está bien —accedió Bree. De todos modos, lo más probable era que la niña se quedara dormida en el sofá.

Feliz, Kayla se pasó la cena charlando animadamente mientras Bree sometía a Luke a un interrogatorio sobre cómo le había ido el día, o al menos, eso era lo que parecía. Como siempre, el adolescente se mostraba reacio a dar muchos detalles y Bree tenía que sacarle la información con pinzas. Cuando terminaron de cenar, Bree y Adam recogieron la cocina. Dana se arregló el pelo, se maquilló y se fue a su cita.

Bree cogió un impermeable y se despidió de los niños.

—¡Escoged una película! —gritó Adam por encima del hombro mientras la seguía afuera al porche. El sol ya estaba ocultándose, proyectando alargadas sombras, y unas nubes oscuras se cernían en la distancia.

—Se avecina tormenta.

Adam se metió las manos en los bolsillos de los vaqueros y miró al cielo.

—Gracias de nuevo, Adam.

—No tienes que agradecerme nada. Somos familia, ¿verdad?

—Sí. Lo somos. —Bree lo miró a la cara—. Lo que me recuerda que te debo una disculpa: han pasado dos meses desde que me pediste que volviera a la casa contigo. Lo he estado evitando. Lo siento.

En marzo, Adam la había sorprendido al anunciarle que había comprado la casa de su infancia, que estaba en ruinas y a punto de ser demolida.

La misma casa en la que la vida de ambos se había hecho añicos veintisiete años atrás.

El lugar donde su padre había matado a su madre.

Bree apartó la mirada, pero se dio cuenta de que eso era, una vez más, una forma de eludir el problema. Se obligó a mirar a su hermano a los ojos.

—Lo entiendo, Bree. —Los ojos de color avellana de Adam, exactamente del mismo tono que los suyos, no parpadearon—. No te voy a obligar a ir allí, siento habértelo pedido. Fue egoísta por mi parte. No me di cuenta de lo difícil que sería para ti. Tú te acuerdas de todo.

Y ella sabía que Adam necesitaba desesperadamente recordar cualquier cosa sobre los padres que habían muerto siendo él apenas un bebé.

—No tienes por qué disculparte. Soy yo la que necesita enfrentarse a esa casa. Es solo que… ojalá no me costara tanto tiempo armarme de valor… —Bree sintió que se le encendía la cara, a pesar de que el miedo se le acumulaba en el vientre. Por mucho que le repugnara la idea de volver allí, su propia cobardía la avergonzaba.

Adam le puso una mano en el brazo.

—No pasa nada. La casa seguirá en el mismo lugar cuando estés lista.

Ambos habían madurado en los últimos cuatro meses. Hasta entonces, Adam se había mostrado distante emocionalmente, un mecanismo de defensa equivalente a la necesidad de Bree de controlarlo todo. Pero cuando ella le exigió un lugar en su vida y ayuda para criar a los hijos de su hermana, él dio un paso al frente sin rechistar.

—Te prometo que iremos pronto.

—Con eso me basta.

Adam se dio media vuelta y volvió a entrar en la casa.

Bree se sentó al volante de su todoterreno y arrancó en dirección a la casa de Matt y a las nubes cada vez más amenazadoras, preparándose mentalmente para vigilar a un posible asesino.

Capítulo 17

Matt condujo su Suburban a la casa de Paul. El vehículo oficial de Bree no era adecuado para efectuar labores de vigilancia, sobre todo si en algún momento tenían que seguir a Paul. A través del parabrisas, el sol descendía inexorablemente en el cielo y Matt bajó la visera para mitigar el resplandor crepuscular. En el espejo retrovisor, las nubes oscuras se acumulaban detrás de ellos.

—¿Te puedes creer que Dana se ha ido a tomar un café con un tipo que conoció en una aplicación de citas? —exclamó Bree desde el asiento del copiloto.

—Están muy de moda esas aplicaciones.

—Supongo. —Le vibró el teléfono y Bree miró la pantalla—. ¿Has salido alguna vez con alguien que hubieses conocido en una de esas *apps*?

—No.

Bree era la primera mujer con la que salía en tres años, desde el tiroteo.

—Hemos recibido los extractos bancarios de Beckett —dijo Bree—. Todd los ha estado revisando.

Matt tomó un sorbo de café de una taza de acero inoxidable.

—¿Cuál es el estado de sus cuentas?

—Eso es lo curioso. —Bree se desplazó por la pantalla del móvil—. Deb tenía razón: todos los saldos se han reducido. A ver, que sigue siendo rico, pero no está claro adónde va el dinero.

Matt dejó su vaso de café en el soporte.

—Dijo que él y su esposa estaban separados. ¿Podría estar pagando a un abogado?

—Es algo que lleva sucediendo los últimos dos años. Su mujer se fue hace solo un par de meses. —Bree golpeó la pantalla del teléfono—. Todd dice que algunas de las retiradas de dinero fueron en efectivo.

—¿No estará haciendo pagos a su esposa?

—Pero ¿por qué en efectivo? —preguntó Bree—. Si le está dando dinero a su mujer, de la que se está separando, o a su abogado, querría tener un comprobante, ¿no?

—Desde luego. No tiene sentido. —Matt puso ambas manos en el volante y dio unos golpecitos con los pulgares.

El GPS les indicó que su destino estaba más adelante a la derecha. Matt comprobó el mapa en la pantalla del salpicadero. La casa de los Beckett estaba en la siguiente curva de la carretera.

—Será mejor que pare aquí.

Bree buscó en una bolsa de lona a sus pies una cámara con teleobjetivo.

—Bonita urbanización.

Su radio, que llevaba acoplada en el cinturón, emitió un ruido y la central transmitió información sobre un pequeño accidente de coche. Bajó el volumen.

Matt se dirigió hacia el arcén, ocultando el todoterreno a la sombra de los árboles. Entrecerró los ojos para mirar por el parabrisas.

—¿Ves lo mismo que veo yo?

Con una fachada sólida y cuadrada, la gran casa de piedra se alzaba al final del camino de entrada como una típica mansión inglesa. El asfalto formaba un círculo delante del edificio y luego se curvaba hasta llegar a un garaje independiente.

Detrás del garaje, una alta valla rodeaba una pista de tenis.

—Bingo. Una pista de tenis. —Bree levantó la cámara y el objetivo emitió un zumbido al enfocar—. No veo señales de vida en el interior de la casa.

Las luces del jardín estaban encendidas, pero la vivienda estaba a oscuras.

Matt examinó la parte delantera de la propiedad.

—Lo más probable es que su camioneta esté en el garaje.

Apagó el motor y se dispusieron a observar y esperar. Bree bajó la cámara y la apoyó en el regazo. El viento soplaba, agitando las hojas de los árboles. Matt se bebió su café, dando gracias de estar dentro del vehículo. Observó la casa de Paul y examinó la propiedad en busca de movimiento.

—Ahí está. —Bree volvió a levantar la cámara y sacó una foto—. Es Paul. Está saliendo de la casa.

Matt se enderezó en el asiento. Vio a Paul entrar en el garaje independiente por una puerta lateral. Matt arrancó el motor. La puerta superior del garaje se abrió y un sedán Maserati salió dando marcha atrás.

—No será difícil seguirlo.

El coche giró hacia la carretera en dirección contraria, pero Matt siguió esperando para salir. Se situó lo bastante lejos detrás de Paul como para que las luces traseras apenas fueran visibles. Condujeron durante unos quince minutos hasta que Paul giró hacia la entrada de un pequeño complejo de oficinas. Matt apagó los faros mientras lo seguía.

La mayoría de los edificios estaban a oscuras cuando Paul se dirigió hacia la parte trasera del complejo. Matt se detuvo, dejando el extremo de su Suburban oculto tras la esquina de un edificio. Mantuvo una buena extensión de asfalto entre su todoterreno y el coche de Paul.

—¿Lo ves bien? No quiero acercarme. Llamamos demasiado la atención aquí, a campo abierto.

Bree sacó su cámara y la levantó.

—Sí. Se está acercando al contenedor de escombros. Hay un monovolumen allí, con el morro apuntando hacia fuera. Paul está aparcando al lado. Acaba de bajar la ventanilla y le ha pasado un sobre blanco al conductor del monovolumen.

—¿Puedes ver la matrícula? —preguntó Matt.

—No. —La cámara de Bree hizo un clic. Un trueno retumbó a lo lejos y una ráfaga de viento alborotó las hojas sobre el asfalto.

—¿Y el conductor?

—Veo a un hombre en el interior del vehículo, pero no hay suficiente luz para distinguir la cara. —Bree tomó más fotos—. Estoy usando los ajustes de iluminación nocturna, pero van a salir muy oscuras. —Bajó la cámara—. Se va.

La transacción había durado menos de dos minutos. Paul dio marcha atrás y se dirigió a la salida del complejo.

—¿Seguimos a Paul o al monovolumen? —preguntó Matt.

—Nos quedaremos con Paul. Es nuestro sospechoso. —Bree levantó la cámara—. Espero que los técnicos del laboratorio puedan aclarar estas fotos lo suficiente para que se lea la matrícula del monovolumen.

Matt y Bree se hundieron en sus asientos mientras Paul doblaba la esquina y se alejaba de ellos. Cuando el coche de Paul giró hacia la carretera principal, Matt arrancó el motor y lo siguió. Esperó a estar ya circulando antes de encender los faros.

Los relámpagos zigzagueaban en el cielo y una ligera llovizna repiqueteaba sobre el parabrisas, disminuyendo la visibilidad. Matt accionó los limpiaparabrisas y aumentó la velocidad hasta que distinguió las luces traseras de Paul en la carretera.

—Se va a casa —dijo Bree.

Los truenos retumbaron y la lluvia arreció. Las luces traseras de Paul destellaron cuando giró hacia la entrada de su propiedad. La puerta del garaje se abrió. Paul entró y la puerta se cerró de nuevo.

Una luz se encendió. Matt volvió a aparcar en el mismo puesto de observación de antes y apagó los faros.

Bree observó a través de la lente de su cámara. Frunció el ceño.

—No ha salido del garaje.

—Quizá esté esperando a que pase la tormenta.

—¿Has oído eso?

—¿El qué? —Lo único que captaba Matt era el tamborileo de la lluvia en el techo del vehículo.

Bree inclinó la cabeza y cerró los ojos.

—No lo sé. Me ha parecido oír tres petardazos.

—Pero ¿como el ruido de un trueno o de un disparo? —Matt notó que se le erizaba el vello de la nuca.

La lluvia cesó y Matt aguzó el oído. No captaba nada más que el lejano retumbar de los truenos mientras la tormenta se alejaba. Las ventanas del garaje se oscurecieron, seguramente porque la luz automática se había apagado. Examinó la propiedad de Paul. Las luces del jardín iluminaban el patio delantero de forma que casi parecía que estaban a plena luz del día.

—Todavía está en el garaje, ¿verdad? A oscuras.

—Sí. —Bree bajó la cámara—. Esto no me gusta nada. Tengo un mal presentimiento.

—Pues entonces, vamos a echar un vistazo.

—Déjame intentar llamarle primero.

Pulsó los botones de su teléfono.

Matt oyó el tono de la línea sonar varias veces y luego se activó el buzón de voz.

—Señor Beckett, soy la sheriff Taggert. Me gustaría concertar una cita para que venga a comisaría a declarar para ampliar su declaración. Puede traer a su abogado. —Dejó su número y terminó la llamada—. Vamos. —Metió la mano por detrás de los asientos y sacó sus chalecos antibalas—. Por si acaso.

Le dio uno a Matt y se puso el suyo. Luego silenció su radio. Matt se puso el chaleco y se abrochó las correas de velcro. Cogieron las linternas y salieron del vehículo. Bree se reunió con él detrás del Suburban. Abrió la puerta del maletero y cogió su rifle.

—No está de más.

El agua goteaba de los árboles mientras avanzaban a paso ligero por el arcén de la carretera y accedían al camino de entrada.

Se acercaron al garaje a oscuras. El sudor se acumulaba bajo el chaleco de Matt.

El edificio alargado disponía de cuatro puertas abatibles, una puerta lateral y dos ventanas a cada lado de las cuatro naves. Matt se acercó a la primera ventana y se colocó de espaldas al revestimiento que había junto a ella. Se asomó con cautela al marco de la ventana. A pesar de la oscuridad, distinguió la silueta difusa de tres vehículos, incluidos la camioneta de Paul y el Maserati. No había suficiente luz para ver el interior de los coches ni los rincones.

—¿Ves a Paul? —preguntó Bree.

—No.

Matt examinó el edificio. No percibió ningún movimiento. Sin embargo, se le puso la piel de gallina cuando una brisa fresca y húmeda recorrió el patio.

—Déjame asomarme a la otra ventana. —Bree corrió hacia el otro extremo del garaje—. Tal vez desde ahí se vea mejor.

¡Bang! ¡Bang! ¡Bang!

El sonido de los fragmentos de vidrio cayendo sobre el suelo de hormigón siguió a los disparos.

Matt se lanzó al suelo detrás de una piedra del jardín. Enarboló su rifle, pero no podía devolver el disparo sin saber adónde irían sus balas ni a quién podían acertar. A cinco metros de distancia, Bree cayó sobre la hierba.

Cuando Matt miró hacia ella, Bree no se movía.

CAPÍTULO 18

«¿Dónde está Matt?».

Bree sentía un agudísimo dolor en el brazo izquierdo. Se quedó quieta, haciéndose la muerta, moviendo solo los globos oculares mientras lo buscaba con la mirada. En su visión periférica, lo vio agazapado detrás de una enorme piedra. Apuntaba al garaje con el rifle.

«Está bien».

Bree escudriñó el garaje, pero no vio señales del tirador. Sin moverse, buscó cobertura. No quería que el tirador supiera que estaba viva hasta que encontrara un parapeto tras el que protegerse. A unos tres metros de distancia, un roble de gran tamaño tapaba el cielo nocturno. El tronco medía aproximadamente un metro de diámetro.

«Eso me servirá».

Exhaló aire con fuerza. El corazón le golpeó las costillas y el pulso le retumbó en los oídos. Necesitaba moverse. Su posición, a campo abierto, era demasiado vulnerable. Respiró hondo, encogió el brazo malherido contra las costillas y se desplazó rodando hasta situarse detrás del árbol. Para proteger la mayor parte del cuerpo, se sentó con la espalda apoyada en el tronco. Sacó la pistola y esperó a que se produjeran disparos en respuesta a su movimiento. Cuando la noche permaneció en silencio, buscó su teléfono con la mano izquierda. Otra punzada de dolor le atravesó el brazo y el calor húmedo de la sangre fresca le empapó la manga. Se quedó paralizada. Tras dejar el arma en el regazo, utilizó la mano derecha para encender la radio, informar de los disparos y pedir refuerzos. Por suerte, una unidad estaba cerca. Tiempo estimado de llegada: cinco minutos.

Una vez completada la llamada, cambió la radio por su arma. Con la pistola en la mano, se asomó desde detrás del árbol y examinó el edificio. Los disparos habían salido por la ventana desde el interior del garaje. ¿Estaría él —o ella— todavía dentro?

¿O se habría movido el tirador a otra posición, con mejor ángulo de tiro para disparar a Bree o Matt?

Trató de percibir algún movimiento, pero no vio nada. La ventana rota estaba oscura y vacía. Consultó su reloj. Faltaban cuatro minutos para que llegaran los refuerzos. El torrente de adrenalina había atenuado el dolor. El sudor le resbalaba por la mitad de la espalda y le empapaba la camisa bajo el cinturón de servicio. El aire frío le recorrió todo el cuerpo y se estremeció. Por suerte, solo tenía frío y no estaba entrando en shock. Mientras había permanecido tumbada en el suelo, la lluvia le había empapado los pantalones del uniforme.

«El tirador podría estar todavía en el edificio».

Miró su teléfono y luego volvió a dirigir su atención al garaje.

«Tiempo estimado de llegada: tres minutos».

Sin señales del tirador.

Bree se mantuvo alerta. Contaba los segundos por el eco de los latidos de su corazón en la herida. Mientras ella y Matt se mantuvieran ocultos, no les pasaría nada hasta que llegaran los refuerzos.

Matt avanzó en zigzag por la hierba, y el movimiento la sobresaltó.

El corazón se le subió a la garganta.

—¿Qué estás haciendo? —susurró.

Matt se puso a su lado. Permaneció agachado, manteniendo el árbol entre él y el tirador, pero una parte de su cuerpo quedaba expuesta. Apoyó el rifle sobre el regazo y lo apuntó al garaje.

—¡Deberías haberte quedado donde estabas! —le dijo Bree en un susurro severo.

—Te han disparado.

—Lo sé. No quiero que te disparen a ti también. —Bree se miró el brazo. La sangre le empapaba la manga hasta el codo. Su brazo seguía palpitando con un latido amortiguado por la adrenalina. Lo miró de arriba abajo—. ¿Estás bien?

—Sí. —Matt tenía la cara pálida y tensa—. ¿Puedes vigilar el edificio?

—Sí. —Asomó la cabeza tras el árbol—. ¿Has visto al tirador?

—No.

Matt dejó el rifle y le abrió la manga.

Bree no perdía de vista el garaje, pero no descubrió nada. Por otra parte, tampoco había distinguido al tirador antes de que le disparara.

—Podría estar en cualquier parte.

—No tengo nada para vendarte. —Le arrancó el resto de la manga, la dobló y la aplicó sobre la herida—. Aprieta aquí. —Se quitó uno de los cordones de las botas y se lo ató alrededor del brazo—. La herida no es muy profunda, es un corte limpio, pero tienes que quedarte muy quieta. Estás haciendo que sangre más.

—Los refuerzos llegarán en un minuto. Hasta entonces, solo tenemos que quedarnos donde estamos. No pienso morir desangrada ahora.

Sin embargo, Bree sintió que una nueva hemorragia le empapaba el vendaje improvisado.

—Pues podría ocurrir, si no te quedas quieta. —La voz de Matt era lúgubre.

Bree metió el pulgar en su cinturón de servicio para inmovilizar el brazo.

No podían optar por una retirada: no había cobertura entre ellos y su vehículo.

Los segundos pasaron. A Bree le palpitaba la herida.

Bum. Bum. Bum.

El minuto se hizo eterno hasta que se oyeron las sirenas. El primer vehículo del departamento del sheriff enfiló hacia el camino de entrada. El ayudante Oscar iba al volante. Vio a Bree y a Matt y llevó el coche a través del césped hasta detenerlo entre ellos y el garaje. Agachado, Matt abrió la puerta trasera y ayudó a Bree a entrar. Luego Oscar los condujo de vuelta al todoterreno de Matt.

Bree resumió el tiroteo mientras Matt recuperaba su botiquín de primeros auxilios. Le tapó la herida con una gasa y le aplicó un vendaje adecuado.

—Con esto la herida no debería gotear ni contaminar la escena del lugar de los hechos.

En cuanto Matt le hubo cerrado el vendaje, cogió su rifle.

Llegó otro ayudante.

—Oscar, ¿tienes prismáticos? —preguntó Bree.

—Sí, sheriff.

Los sacó del vehículo y se los pasó a Bree. Esta miró con ellos hacia el garaje. No vio ninguna señal de movimiento.

«¿Seguirá el tirador ahí dentro?».

Señaló a Matt.

—Vamos a rodear el garaje. —Se volvió hacia los ayudantes—. Vosotros dos cubrid la entrada principal.

Se separaron.

Matt y Bree empezaron a correr trazando un arco y evitando la parte frontal del garaje.

—Creo que no deberías correr —dijo Matt.

—No, probablemente no.

Bree se encogió de hombros. No estaba acostumbrada a ocupar una posición de liderazgo: enviar a otros a hacer las tareas más peligrosas mientras ella esperaba en un lugar seguro no le parecía natural. Su instinto la impulsaba a realizar por sí misma las misiones más arriesgadas.

Fueron desplazándose de árbol en árbol hasta rodear el lateral del edificio. En el interior no se percibía ningún ruido ni señales de movimiento. Bree volvió a levantar los prismáticos y vio un cristal apoyado en la pared.

—El tirador entró en el garaje por la ventana lateral.

—A ver si lo adivino —dijo Matt—: quitó el cristal.

—Sí.

Bree bajó los prismáticos.

Usó la radio para hablar con los ayudantes.

—¿Todo despejado en la parte delantera?

—Afirmativo —respondió Oscar.

—Acerquémonos.

Matt guio el camino, zigzagueando entre los árboles hasta la esquina del edificio. Bree dio a sus ayudantes la orden de avanzar, guardó los prismáticos y desenfundó su arma.

Matt se puso de espaldas a la pared mientras Bree se agachaba bajo la ventana, con el cristal cortado a sus pies. Con el rifle en la mano, Matt tomó la iniciativa y se asomó por el marco de la ventana. Barrió el interior del garaje con el haz de luz de una linterna.

—No se ve a nadie.

—Es muy probable que el tirador se largara justo después de dispararme.

El sudor le resbalaba por la columna vertebral, al tiempo que un dolor lacerante le irradiaba desde el brazo y las náuseas se le agolpaban en el vientre. La sobrecarga de adrenalina la dejó temblando y sudando.

—¿Estás bien? —preguntó Matt.

—Sí. —Bree tragó saliva.

—Espera. Veo algo. Hay un hombre tirado en el suelo.

—¿Beckett?

—No lo sé —dijo Matt—. No le veo la cara.

Se puso de puntillas y miró por encima del alféizar de la ventana. Cambió el arma por la linterna y examinó el garaje. En los dos haces de luz cruzada que barrían la zona no se percibía ningún movimiento. El Maserati y un Porsche 911 Carrera compartían el espacio con la camioneta de Paul. Bree desplazó la linterna y una sombra en el suelo le llamó la atención.

—Lo veo. —Entrecerró los ojos—. Junto al Maserati.

Transmitió la ubicación y dio la orden de que sus ayudantes entraran por la puerta principal. La puerta se abrió y aparecieron dos luces más en el garaje. Uno de los ayudantes se acercó a la pared y accionó un interruptor. Las luces del techo disiparon la oscuridad. Los dos ayudantes trabajaron en equipo para examinar el interior y la zona inmediatamente alrededor de cada vehículo.

—¡Despejado! —gritó Oscar mientras enfundaba su arma.

Bree se dirigió a la parte delantera del edificio. El garaje era un gran espacio abierto. Los vehículos de Beckett ocupaban tres plazas del espacio de aparcamiento. En la cuarta, la parte restante del garaje, había un banco de trabajo pegado a la pared. Matt rodeó el Maserati.

—Es Paul Beckett.

Bree se acercó.

Al otro lado del elegante sedán, Paul Beckett yacía tendido junto a la puerta del conductor en un pequeño charco de sangre.

Bree estuvo a punto de precipitarse corriendo junto al hombre, pero se detuvo en seco. No hacía falta comprobarle el pulso. Estaba claro que había muerto, y ella no podía arriesgarse a contaminar la escena con su propia sangre. Los ojos azules e inertes de Paul miraban al techo. En el centro de su polo azul con el logotipo de Construcciones Beckett había tres manchas rojas de gran tamaño. Bree observó el charco de sangre. Todavía estaba húmedo, brillaba.

—Le dispararon mientras vigilábamos la casa desde la carretera.

La sheriff examinó el hormigón y el banco de trabajo en busca de un arma. Las superficies estaban limpias. Beckett no se había disparado a sí mismo. Tampoco había disparado a Bree.

«¿Dónde se habrá metido el tirador?».

Capítulo 19

—Tenemos que revisar el resto de la finca —dijo Bree.

Matt le señaló el brazo, vendado con torpeza.

—Tienes que cuidarte esa herida.

—Lo haré.

Pero primero examinaría la escena del crimen.

Salieron al exterior y observaron las inmediaciones. Una amplia zona para aparcar abarcaba la distancia entre la casa y el garaje. Casi media hectárea de exuberante césped salpicado de árboles rodeaba los dos edificios y daba paso a un prado con bosques más espesos a lo lejos. No se veía ningún ser vivo, salvo un par de murciélagos que sobrevolaban la pista de tenis. Un búho ululó en la distancia. Se oyó un chirrido de neumáticos cuando llegó el vehículo de otro ayudante del sheriff.

—Aquí no hay muchos sitios donde esconderse —dijo Bree—. Al menos hasta llegar al bosque.

Calculó la distancia. Si alguien disparaba, necesitaría un rifle de francotirador para ser una amenaza desde allí.

—No vimos al tirador entrar o salir. Debió de llegar desde el prado.

Matt sacó el teléfono móvil.

—Según la aplicación de mapas, hay una carretera al otro lado de esos bosques.

Bree examinó el suelo.

—No veo huellas.

Se dio la vuelta y examinó la casa. Debía de tener una extensión de dos mil metros cuadrados. La mujer de Paul lo había dejado y sus hijos se habían ido a la universidad, pero no podía dar por sentado que la casa estuviese vacía.

Bree asignó a un ayudante la labor de acordonar el garaje y comenzar un registro de la escena del crimen, anotando los nombres de todos aquellos que accediesen al lugar de los hechos. Ella, Matt y los dos ayudantes adicionales se dirigieron a la parte delantera de la casa. La puerta estaba cerrada con llave. La sheriff se asomó a mirar a través de un estrecho cristal junto a la puerta. No había nadie en el vestíbulo.

Bree pulsó el timbre y una campanilla resonó en el interior.

No hubo respuesta. Volvió a tocar el timbre, luego llamó con fuerza a la puerta con los nudillos y gritó:

—¡Departamento del sheriff!

Nada.

—¡Vamos a entrar! —advirtió Bree.

Rompió uno de los cristales con la culata de su pistola, metió la mano y abrió el cerrojo. Entraron en la casa con las armas desenfundadas. En un lado del vestíbulo, una escalera conducía a la planta de arriba. Bree indicó a los ayudantes que subieran al segundo piso.

Bree y Matt se dirigieron a la izquierda hacia un salón. Atravesaron la puerta y, con los brazos extendidos, desplazaron las armas de una esquina a otra.

—¡Despejado!

Bree giró sobre sus talones.

Cruzaron el vestíbulo hasta el comedor y repitieron el proceso. Matt se puso de espaldas contra la pared.

—¡Despejado!

Bree avanzó por el pasillo hasta una cocina y un salón más espacioso que toda la primera planta de su casa. Elegantes y modernas, las habitaciones tenían pocos muebles y cachivaches. Una chimenea de mármol ocupaba el centro de la estancia. En la parte trasera de la casa, unos amplios ventanales y dos puertas dobles mostraban las vistas del césped, el prado y el bosque de detrás. La isla de la cocina era una losa de mármol blanco del tamaño de la puerta del granero de Bree.

Abrió una puerta y descubrió una enorme despensa. Matt inspeccionó un armario. Atravesaron la cocina y llegaron al lavadero y a un aseo. Al salir de la cocina, pasaron por un corto pasillo al otro extremo del espacioso salón. A un lado, vieron un despacho con un escritorio y una pared de estanterías. Más adelante había un dormitorio y un baño completo. No había nadie escondido en los armarios.

Oyeron pasos en las escaleras y regresaron al vestíbulo.

—El piso de arriba está despejado —dijo el ayudante.

—Vamos afuera.

Bree guio el camino de vuelta y se adentraron en la cálida noche.

La muerte de Paul les permitía llevar a cabo la búsqueda de un asesino o de una posible víctima adicional, pero había que seguir el protocolo establecido para encontrar y recoger pruebas.

Llegaron dos vehículos más del sheriff. Todd salió de su coche. Matt devolvió el AR-15 a su Suburban y recuperó la cámara de Bree. Esta asignó a dos ayudantes la tarea de registrar el perímetro de la propiedad y le hizo una señal a Todd para que la siguiera hasta el garaje. De camino, llamó a la oficina del forense y al departamento de la policía científica del condado.

Bree puso al día rápidamente a Todd.

—Necesitamos una orden de registro para la residencia de Paul Beckett.

Escribiendo con ambos pulgares, el ayudante tomó notas en su teléfono.

—No te ofendas, jefa, pero quizá deberías ir a Urgencias.

—Lo haré en cuanto hable con la forense. —Bree contuvo otra oleada de náuseas. Los efectos de la adrenalina se iban desvaneciendo poco a poco, de modo que en ese momento seguía en pie a base de pura cabezonería—. Viene de camino. «Todd podrá ocuparse de la escena el crimen después de eso, ¿verdad?».

Llegaron a la puerta del garaje. Bree se detuvo y examinó el espacio mientras Matt entraba. Con cuidado de no pisar la sangre, él se agachó junto al cadáver. Con varios movimientos, sacó la cartera de Paul del bolsillo trasero de sus vaqueros y abrió la billetera.

—Hay dinero en la cartera, varios cientos de dólares, y sus tarjetas de crédito también están aquí.

—Entonces no ha sido un robo —señaló Bree.

—¿Por qué lo quería muerto el asesino?

La sheriff observó la escena con una nueva perspectiva. Beckett estaba tendido junto a su Maserati.

—Por la posición del cuerpo, parece que le dispararon cuando se bajó del coche.

Matt se puso los guantes.

—El único lugar donde podría haberse escondido el tirador es detrás de uno de los otros vehículos.

Bree se imaginó a Beckett saliendo de su Maserati.

—Salió de su coche y cerró la puerta. —Examinó el cuerpo. Paul tenía las manos extendidas hacia las puertas abatibles—. Quizá el tirador salió de la parte delantera de la camioneta y se enfrentó a él.

Matt examinó la posición.

—El ángulo parece correcto. El Porsche es demasiado pequeño para que alguien se escondiera detrás.

—Paul está separado, probablemente en pleno proceso de divorcio. —Bree se alejó del cadáver—. Tenemos que hablar con la señora Beckett.

—Me pongo a ello inmediatamente. —Todd se dirigió a la puerta—. Acaba de llegar alguien.

Bree salió del garaje.

Un Mercedes se detuvo junto a la acera y de él salió una mujer. Tenía unos cincuenta años y llevaba el pelo corto y rubio alborotado a propósito; se notaba la mano de un buen estilista. Esbelta y alta, lucía unos vaqueros oscuros, botines y una gabardina como las que llevan las modelos. Tras fijarse en los vehículos del departamento del sheriff, su mirada se centró en Bree.

«¿La esposa?». Qué coincidencia.

—Señora. —Bree se presentó—. ¿Podría decirme cómo se llama?

—Angela Beckett —dijo con la voz entrecortada—. ¿Qué ha pasado?

En lugar de responder, Bree le preguntó:

—¿Cuál es su relación con Paul Beckett?

—Soy su esposa. —Angela parecía la clase de mujer que siempre iba muy arreglada. Su aspecto físico era su armadura. Llevaba la ropa planchada y el maquillaje perfectamente aplicado. Unos delicados pendientes de diamantes le adornaban los lóbulos de las orejas y una fina pulsera resplandecía a la luz de las lámparas del garaje—. ¿Qué está pasando aquí?

Bree buscó un lugar para hablar con la mujer en privado, pero no había ninguno.

—¿Me puede decir qué pasa? —Angela levantó la voz mientras señalaba a Bree con un dedo y se le encendían las mejillas.

Bree sabía que no había forma de suavizar la noticia:

—Hemos encontrado al señor Beckett en el interior del garaje. Está muerto. Le doy mi más sentido pésame.

El rostro de la mujer se quedó paralizado en una mueca de incredulidad y aturdimiento.

—¿Paul ha muerto?

—Sí, señora.

—¿Cómo?

—Le han disparado —contestó Bree.

Angela dejó caer la mano a un lado. Su porte perfecto se vino abajo.

—No me lo puedo creer.

Bree esperó, presintiendo que iba a hablar más.

—No nos llevábamos muy bien, pero Paul era... un hombre extraordinario, aunque suene a cliché. —Angela frunció las cejas—. Me parece imposible que haya muerto.

—¿Dónde ha estado usted esta noche? —le preguntó Bree.

—Paul y yo nos separamos hace meses. —Angela suspiró—. Estoy viviendo en casa de una amiga. He venido a buscar cosas. —Se miró los botines—. Paul cambió las cerraduras, así que no puedo entrar cuando él no se encuentra aquí.

—¿Dónde están sus hijos?

—Los chicos van a la universidad. Uno estudia en Carolina del Norte, y el otro está en Michigan. —Se mordisqueó el labio, manchándose los dientes con el pintalabios—. Tengo que llamarlos.

—¿Por qué se separaron usted y Paul? —preguntó Bree.

La boca de Angela formó una línea recta.

—Suena a estupidez, pero Paul estaba teniendo una crisis de la mediana edad totalmente predecible: se teñía el pelo, se compró varios coches, iba detrás de mujeres mucho más jóvenes que él... —Lanzó un resoplido de exasperación—. Me estuvo engañando durante todo nuestro matrimonio, pero nunca lo hacía delante de mis narices, y yo hacía la vista gorda mientras nadie lo supiera. Siempre fue discreto, hasta hace poco. Yo le decía que iba a hacerse viejo hiciera lo que hiciese, pero él seguía persiguiendo la juventud como si no tuviera nada que perder.

Pero sí tenía algo que perder: la vida.

—Aunque ya no le importaba perderme a mí —continuó Angela—. ¿Puedo entrar a buscar mis cosas?

—No, señora. —Bree examinó la mano izquierda de la mujer para ver si aún llevaba anillo de bodas. Efectivamente, la alianza aún estaba allí—. Tendrá que esperar hasta que hayamos procesado la escena.

La furgoneta del forense entró en el aparcamiento, interrumpiendo la entrevista. Angela abrió los ojos como platos.

—Pero ¿me está diciendo que acaba de ocurrir? ¿Qué Paul sigue ahí dentro?

—Sí, señora.

Angela parpadeó varias veces y luego volvió a enfocar la mirada al comprender que el cadáver de su marido aún estaba en el lugar. Se dirigió al garaje, pero Bree se interpuso entre ella y la puerta.

—Quiero verlo.

Los ojos de Angela se llenaron de lágrimas.

«No, no quieres verlo, te lo aseguro».

Pero como la gente rara vez se fiaba de su palabra, Bree le dijo:

—Lo siento, señora, pero esto es la escena de un crimen. No puedo dejarla entrar.

Angela abrió desmesuradamente los ojos al fijarse en el brazo de Bree; una enorme mancha de sangre empezaba a empaparle el vendaje, por lo que llamaba mucho la atención.

—Dios mío… ¿Qué le ha pasado en el brazo? A usted también le han disparado, ¿verdad?

—Ahora tengo que hablar con la forense. —Bree hizo una señal a un ayudante—. Lleva a la señora Beckett a la comisaría.

—¿Qué? —La miró boquiabierta—. ¡No pueden hacer eso! ¿Soy sospechosa?

«Por supuesto que eres sospechosa».

Angela miró al coche patrulla con la misma extrañeza con la que miraría una placa de Petri, aunque tal vez la comparación era bastante justa.

—Señora Beckett —le dijo Bree—, necesito hacerle algunas preguntas. Hay demasiadas incógnitas sobre la muerte de su marido. Usted misma podría estar en peligro. Me sentiría mucho más tranquila si esperase en la comisaría mientras averiguo qué es lo que ha pasado aquí exactamente. Iré a hablar con usted más tarde. En este momento, todo el mundo es sospechoso.

Angela arrugó la frente.

—No responderé a ninguna pregunta sin que esté presente mi abogado.

¿Es que todos los ricos tenían el número de un abogado memorizado en el móvil? Bree pensó en lo que iba a ocurrir esa noche. Iba a pasar parte de ella en Urgencias, eso no había forma de evitarlo, así que lo más probable era que no tuviese tiempo ni energías para hacerle un interrogatorio en condiciones.

—Necesitaré su información de contacto para concertar una entrevista para mañana por la mañana.

—No puede venir a casa de mi amiga. Estará durmiendo. Es enfermera en Urgencias y trabaja en el turno de noche.

Frustrada, Bree se obligó a relajar la mandíbula. Prefería interrogar a la gente en su propio entorno, donde estaban más tranquilos y mostraban menos recelo, pero no podía forzar la situación.

—Podemos hacer la entrevista en la comisaría.

Angela sacó el teléfono móvil del bolsillo.

—Le haré saber si mi abogado está disponible y cuándo.

Si no la detenía, Bree no podía obligar a Angela a que accediese a someterse a un interrogatorio. Hablar con la policía era un acto voluntario. La mayoría de la gente no lo sabía, y la mayoría de la gente también accedía a cooperar porque evitar las preguntas de la policía les hacía parecer culpables. O bien Angela Beckett se creía mejor que la mayoría de la gente, o bien tenía algo que ocultar. Paul también se había mostrado reacio a cooperar con ellos. ¿Estaban los Beckett involucrados en alguna actividad ilegal?

Bree le entregó una tarjeta.

—Comunique a mi oficina a qué hora vendrá, por favor.

Angela cogió la tarjeta y se volvió hacia su vehículo.

—Y tenga cuidado, señora Beckett —le dijo Bree.

El paso firme y seguro de Angela vaciló apenas un instante, y luego siguió avanzando con algo menos de confianza.

Bree se acercó a la furgoneta de la forense.

—Últimamente te estoy viendo demasiado a menudo, sheriff. Otra vez. —La forense cogió unos cubrezapatos del contenedor del equipo de protección. Se volvió para mirar a Bree y los ojos se le fueron al brazo inmediatamente—. ¿Qué ha pasado?

—No tiene importancia —contestó Bree.

La doctora Jones levantó una ceja.

—No te he pedido que evalúes la gravedad de tu propia lesión. Te he preguntado qué ha pasado.

Hasta entonces Bree solo había oído a la forense hablar con dos tonos de voz: uno era compasivo y tranquilizador, el que empleaba para dirigirse a las familias de las víctimas. El otro era el de una profesional segura de sí misma. Sin embargo, esa noche la doctora se dirigía a ella como una madre enfadada pegándole una bronca a su hija adolescente.

—Pues lo cierto es que… me han… me han disparado —admitió Bree.

La doctora Jones exhaló con fuerza.

—¿Cuánto tiempo hace de eso?

—No lo sé exactamente.

—Imagino que fue antes de que me llamaras, ¿no?

—Sí.

La doctora Jones murmuró algo en voz baja y Bree captó la palabra «estúpida» entre los murmullos. Entonces, la forense la apuntó con un dedo a la cara.

—Tienes cinco minutos. Si no estás de camino a Urgencias en ese tiempo, yo misma llamaré a una ambulancia.

—Está bien, está bien.

Bree levantó la mano buena en señal de rendición.

Con un rápido asentimiento, la forense y su ayudante siguieron a Bree al garaje, donde Matt estaba examinando la camioneta.

La sheriff informó a la doctora Jones sobre el hallazgo del cuerpo mientras el ayudante del forense tomaba fotografías, comenzando a distancia y acercándose poco a poco a fin de obtener primeros planos.

La doctora Jones se detuvo a unos metros de distancia y examinó la escena durante un minuto antes de acercarse y agacharse junto al cadáver. Bree le mostró la cartera de Paul en la bolsa de pruebas, aún abierta, de forma que se veía su permiso de conducir.

La doctora Jones lo examinó.

—Entonces no hay dudas sobre su identidad.

—No.

Bree se apartó y observó el trabajo de la forense.

La doctora Jones tomó lecturas de la temperatura en el aire y luego cortó la camisa del cadáver. Sin alterar las heridas de bala, hizo una incisión sobre el hígado e introdujo un termómetro para registrar la temperatura corporal. Un cadáver se enfría a un ritmo de aproximadamente 0,8 °C por hora hasta que alcanza la temperatura ambiente. El forense siempre debía tener en cuenta las condiciones ambientales, pero cuanto más reciente fuera el cadáver, más precisa sería la hora estimada de la muerte.

Bree ya sabía que Paul Beckett acababa de morir, pero la forense tenía que confirmar la hora del deceso con métodos científicos.

La doctora Jones agarró la cabeza del cadáver. Se movía con facilidad.

—El rigor mortis no ha comenzado. —Las reacciones químicas del cuerpo hacían que los músculos se contrajeran o endurecieran, un proceso que normalmente comenzaba entre dos y cuatro horas después de la muerte y que se presentaba primero en la mandíbula y el cuello. Señaló el torso, la piel más cercana al contacto con el suelo—. La lividez tampoco es visible todavía. —Esa fase comenzaba unos treinta minutos después de la muerte y generalmente se hacía patente al cabo de una o dos horas. La mujer se balanceó sobre sus talones—. Teniendo en cuenta estos factores, junto con la pérdida de calor corporal, lleva muerto entre treinta minutos y una hora.

Bree comprobó la hora en su teléfono. Las ocho y cuarenta. Hizo las cuentas.

—Me pareció oír disparos aproximadamente a las ocho.

La forense asintió con un movimiento de cabeza, luego miró el brazo de Bree e inclinó la cabeza con aire expectante.

Bree asintió.

—Me voy a Urgencias ahora mismo.

No preguntó por la causa de la muerte. La forense no quiso comentar nada, pero estaba bastante claro qué era lo que había matado a Paul: tres heridas de bala en el pecho.

Bree se dirigió a la puerta. Se fijó en una mancha verde y polvorienta en el suelo de cemento.

—¿Qué es eso?

Matt se agachó y la examinó más de cerca.

—Parece arcilla verde.

Capítulo 20

—Hay una pista de tenis en la casa, por lo que encontrar arcilla verde aquí no parece algo del todo raro, pero sigue siendo un fuerte vínculo entre esta escena del crimen y la de Holly. —Matt se irguió. Se fijó en las marcas de la camioneta de Paul y se acercó para inspeccionarlas. Descubrió unos arañazos en la pintura negra entre las ventanas delantera y trasera.

Bree se acercó con una mueca de dolor.

—¿Has encontrado algo?

Matt señaló las marcas.

—Parece que alguien intentó entrar en el vehículo. Si introduces un instrumento largo detrás del sello de goma justo aquí, puedes manipular el tirador de la puerta.

Bree dejó caer las manos a los lados.

—Pero no sabemos dónde o cuándo ocurrió eso.

—Cierto.

Matt se alejó.

—Sheriff —la llamó Todd desde la puerta del garaje—. Ha llegado el equipo de la policía científica.

—¿Has hecho fotos? —preguntó la sheriff, dirigiéndose a Matt.

—Sí. —Señaló los arañazos de la camioneta para enseñárselos a Todd. A continuación, Matt le dio la cámara—. También hay que aclarar las imágenes de las fotos de los movimientos de Paul de esta noche.

—Enviaré las fotos al laboratorio y haré que obtengan las huellas de la camioneta.

Todd sacó su libreta del bolsillo y escribió en ella.

El ayudante de la médico forense llevó una camilla cargada con una bolsa para cadáveres al garaje. Se estaban preparando para transportar el cuerpo de Paul a la morgue.

—Entonces dejemos la escena al equipo de técnicos.

Bree salió la primera del garaje y dedicó unos minutos a hablar con los técnicos de la escena del crimen mientras se vestían con la ropa de protección.

—Vamos.

Matt señaló hacia su vehículo.

—Está bien.

Bree parecía reacia a abandonar la escena, pero también estaba blanca como el papel. La sangre impregnaba todo el vendaje.

—Todd puede encargarse de la escena.

Matt se llevó a Bree de allí sin tocarla.

—Tienes razón. —La sheriff se dirigió hacia el todoterreno, encogiendo el cuerpo sobre el brazo. Le dolía mucho más de lo que quería admitir—. O podrías quedarte tú a supervisarlo todo.

—No. —Matt no pensaba irse de su lado.

Ella no discutió, otra señal de hasta qué punto fingía estar bien. Sin embargo, se las arregló para resumirle su breve charla con Angela Beckett mientras caminaban.

En la calzada de la calle, un equipo de televisión se preparaba para entrar en acción. El cámara se volvió hacia Bree y el reportero la llamó:

—¡Sheriff Taggert!

Era Nick West.

Matt no quería que ella se parara.

—Sigue caminando. No le hagas caso.

—No puedo. La cámara está encendida. —Bree se detuvo y Matt vio que bajaba el brazo a un lado y se forzaba a adoptar una postura erguida. Se hizo a un lado para ocultar su brazo detrás de Matt mientras se volvía hacia el periodista—. Señor West.

—Estamos en directo con la sheriff Bree Taggert. ¿Qué puede decirnos sobre el tiroteo?

Nick West era un reportero joven y local y tenía buena reputación. Si embargo, en ese instante Matt tuvo que hacer un gran esfuerzo por contenerse y no darle un puñetazo mientras le plantaba el micrófono a Bree en la cara.

—No puedo hacer ningún comentario todavía. Primero hay que informar a la familia —dijo la sheriff.

—La médico forense está aquí, así que ¿ha sido un tiroteo mortal? —West estiró la cabeza para ver detrás de Matt. El reportero dirigió la mirada al brazo de Bree y abrió los ojos de golpe—. ¿Qué le ha pasado en el brazo, sheriff?

—Solo es una herida de poca importancia. Estoy bien. —Bree separó las piernas para adoptar una postura más amplia, como si estuviera perdiendo el equilibrio—. Ha habido una víctima mortal y estamos investigando el tiroteo. No hemos localizado al tirador. Después de notificar la muerte a los familiares de la persona fallecida, el departamento emitirá un comunicado oficial.

—El hombre que vive en esta dirección es el jefe de la mujer cuyo cadáver fue encontrado el pasado lunes. ¿Están relacionados ambos casos? —Nick había hecho sus deberes, y rápido además.

—No podemos dar nada por sentado en esta fase de la investigación, pero es posible —dijo Bree.

—¿Corre peligro la ciudadanía? —preguntó el periodista.

—En este momento no tenemos motivos para creer que haya ningún riesgo específico para los ciudadanos en general. —Bree tensó los músculos de la mandíbula, como si estuviera haciendo rechinar las muelas.

—¿El asesinato tiene una motivación personal?

—Haré una declaración mañana por la mañana.

En cuanto Bree se dio la vuelta y dejó la cámara a su espalda, se le cayó la máscara que había estado exhibiendo hasta entonces, la que le permitía aparentar que estaba perfectamente.

Matt se resistía a sujetarla del codo, porque sabía que a Bree no le gustaría nada aparentar debilidad. Miró por encima del hombro. El reportero estaba grabando un reportaje con el trasfondo de la casa y los coches de las fuerzas policiales. Matt la ayudó a quitarse el chaleco de kevlar. Luego se quitó el suyo y dejó los dos en la parte trasera del todoterreno. Abrió la puerta del pasajero y ayudó a Bree a subirse. Cuando esta se acomodó en el asiento, cerró los ojos.

—¿Estás bien?

—Por favor, conduce —dijo Bree apretando los dientes.

Matt arrancó el motor y salió a la carretera.

—Malditos periodistas.

—West no es mal tipo. Solo está haciendo su trabajo, y tienes que admitir que lo hace muy bien. Ha relacionado la muerte de Holly y la dirección de la casa Beckett más rápido de lo que cabría esperar.

—O alguien le filtró la relación. —Matt giró en una intersección.

—No importa. ¿Estamos ya lo bastante lejos?

Matt miró por el espejo retrovisor. Las luces intermitentes de los vehículos de emergencia desaparecieron al doblar una curva de la carretera.

—Sí.

—Para.

Matt llevó el todoterreno hacia el arcén.

En cuanto el vehículo se detuvo, Bree abrió la puerta de golpe, salió fuera y vomitó.

Matt se bajó de un salto y acudió corriendo a su lado.

La sheriff levantó una mano.

—Estoy bien. Ya he acabado.

—Deja de decir que estás bien. No lo estás, ¿y sabes por qué? Porque te han disparado. —Matt encontró una botella de agua en el coche—. Enjuágate la boca pero no bebas.

Ella obedeció, escupiendo agua en la hierba del arcén.

—Lo siento.

—¿Sientes el qué? ¿Ser un ser humano? Bree, necesitas tomarte con más calma ese complejo de heroína que tienes.

—¿Tengo complejo de heroína? —Intentó sonreír, pero el rictus de su boca era más bien una mueca—. Creía que solo era una obsesa del control.

Matt resopló.

—Eso también.

Bree se volvió hacia el todoterreno con paso tembloroso, pero tropezó. Matt la sujetó del codo. Ella se detuvo y se apoyó en él durante un minuto. Un escalofrío le estremeció todo el cuerpo. La envolvió en sus brazos, con cuidado de no tocarle la herida del brazo, y la atrajo hacia sí. Un sentimiento protector se apoderó de él y miró a la carretera para asegurarse de que estaban solos. Bree no merecía que alguien la grabara en un momento de vulnerabilidad.

Un minuto después, ella levantó la cabeza.

—Gracias.

—No vas a pedir perdón, ¿verdad que no?

—No.

«Algo es algo».

La sheriff se dirigió hacia el todoterreno y Matt la ayudó a subir al vehículo. Luego se deslizó tras el volante.

—Tengo que llamar a casa. Esas declaraciones eran en directo. No quiero que mi familia vea las noticias antes de decirles yo misma que estoy herida.

Sacó el teléfono.

—¿Adam? Lo primero, sal al porche, anda. —Un minuto después, añadió—: He resultado herida en el lugar de los hechos, pero estoy bien. Lo más probable es que solo necesite unos puntos de sutura. Matt me va a llevar a Urgencias. Por favor, no pongas las noticias. Había un reportero de televisión y no quiero que los niños vean el informativo antes de que yo llegue a casa y vean con sus propios ojos que estoy bien.

Matt contuvo una réplica. «¡No estás bien!».

No pudo oír la respuesta de Adam.

—Te llamaré luego —dijo Bree—. Solo dile a los niños que llegaré a casa más tarde de lo que pensaba. Que se lo explicaré todo por la mañana.

Bajó el teléfono a su regazo.

—Podrías haberle dicho la verdad —sugirió Matt.

—No quiero que se preocupe, y no he mentido.

—Solo has omitido información.

En ese caso, Matt no veía mucha diferencia. Sin embargo, no se lo señaló. Esa noche, Bree se había apoyado en él. Tal vez algún día aprendería que también podía apoyarse en otras personas.

Bree permaneció en silencio mientras él conducía el resto del camino hasta el hospital. Dejó el vehículo junto a la acera y ayudó a Bree a entrar en el edificio. Una enfermera se acercó corriendo a ellos.

—La sheriff ha recibido un impacto de bala —le explicó Matt en voz baja.

La enfermera los hizo pasar a toda prisa por un conjunto de puertas dobles. Abrió la última cortina de una hilera de salas de triaje.

—Este es el lugar más reservado que tenemos.

—Gracias.

Bree se sentó en la camilla y se reclinó hacia atrás, dándole a Matt su teléfono.

La enfermera retiró la venda, frunció el ceño al ver la herida y volvió a colocarla en su sitio.

—Traeré a un médico, los documentos del ingreso y algo para el dolor.

Volvió un minuto después con una doctora más bien joven. La enfermera sacó unas tijeras y empezó a cortar la camisa de Bree.

—Estaré en el pasillo —dijo Matt, y se dio la vuelta.

—Espera. —Bree se desabrochó el cinturón de servicio y se lo dio—. Llévate también mi arma de repuesto.

Matt le subió el pantalón y le quitó la pistola de la funda del tobillo. Luego salió, guardó las armas en la caja fuerte de su todoterreno y dejó el vehículo en el aparcamiento. Mientras caminaba por el asfalto hacia la entrada de Urgencias, oyó el timbre del teléfono de Bree. El nombre de Dana apareció en la pantalla.

Matt respondió a la llamada.

—Hola, Dana. Soy Matt.

—¿De verdad está bien?

—Sí. Estamos en Urgencias. Ahora mismo la está examinando un médico.

Dana lanzó un fuerte suspiro de alivio.

—Acabo de verla respondiendo a las preguntas en las noticias. El reportero no dejaba de decir que le parecía increíble que la sheriff hubiera estado hablando con él tan tranquilamente cuando, al parecer, le habían disparado.

—Aunque suene al típico tópico, solo es una herida superficial.

—A mí no puedes mentirme: yo sí he visto heridas de bala.

—Lo siento. Lo sé. —Matt hizo una mueca de dolor. Debería haber sido sincero con ella. En cambio, había reproducido la estrategia de Bree al quitarle hierro a la situación—. Ha sido un impacto directo a través del tríceps izquierdo. Una herida muy aparatosa, pero no demasiado profunda. Ha entrado en Urgencias por su propio pie y espero que vuelva a salir esta noche.

—Eso está mejor.

—Creía que estabas en una cita.

Matt se detuvo en la entrada, frente a las puertas correderas.

—No ha sido una cita, sino un desastre. El tipo no ha hecho más que hablar de sí mismo durante una hora entera. Ahora voy de camino a casa. ¿Lo sabe Adam?

—Sí. Bree lo ha llamado.

—Vale. —Dana parecía un poco más tranquila—. Debería haberme llamado a mí también.

—Lo sé. Se lo diré.

—Por favor, hazlo. Llámame si hay novedades o si necesita algo.

—Cuenta con ello.

Matt colgó el teléfono y entró en el hospital. Accedió al pasillo de Urgencias justo cuando la médica salía del box de Bree.

—Ya puede volver a entrar —le indicó la doctora.

Matt apartó la cortina. Bree estaba acurrucada sobre su lado derecho, de espaldas a él. Llevaba una camiseta de tirantes. Su camiseta ensangrentada estaba en una bolsa de plástico a los pies de la cama. La enfermera le había puesto una vía intravenosa y, por la mirada borrosa de Bree, le había suministrado algún analgésico.

—¿Te encuentras mejor? —le preguntó.

—Ajá. —Era como si le hablase en sueños.

—Le hemos dado algo para el dolor y las náuseas —explicó la enfermera—. La doctora volverá con un anestésico local. Luego limpiará y suturará la herida.

Empujó una silla de plástico junto a la cama y luego se marchó.

La respiración de Bree se había normalizado y ya no tenía tan tensos los músculos del rostro. Sin embargo, fue el tatuaje de la parte posterior del hombro lo que llamó la atención de Matt. Había visto el del tobillo y le había parecido bien hecho, pero aquel... Aquello era otra cosa. Era un trabajo impresionante. Unas delicadas enredaderas de color verde oscuro le cubrían el hombro. Una libélula en pleno vuelo, más grande que la mano abierta de Matt, se posaba sobre su omóplato, con las alas completamente desplegadas y el cuerpo de color azul brillante y verde pálido, casi iridiscente bajo la luz del techo. Tuvo que acercarse a mirar de cerca para ver la enorme cicatriz que, como ya sabía, cubría el dibujo. El artista había incorporado hábilmente el tejido de la cicatriz en el tatuaje como textura, pero si Matt se fijaba bien, podía ver el horror debajo de la belleza. La cicatriz había ido ensanchándose a medida que Bree iba creciendo, pero aún se veía el contorno. No hacía falta mucha imaginación para visualizar un perro enorme con las mandíbulas apretadas alrededor del hombro de una niña. El perro habría sacudido la cabeza, intentando romper el cuello de la niña —el cuello de Bree—, como Greta cuando sacudía un juguete de peluche. Casi le parecía oír los gritos de terror. Bree tenía cinco años cuando ocurrió aquello.

¿Cómo había sobrevivido?

La doctora regresó y la enfermera volvió a pedirle a Matt que saliera al pasillo. Cuando se iba, volvió a mirar a Bree, hecha un ovillo como una niña pequeña. La libélula parecía sostenerle la mirada. Desde lejos, la figura del insecto lo desafiaba a cuestionar su capacidad de superación: la habilidad para transformar una experiencia terrible en una obra de arte.

Bree le había contado la historia, pero al ver la cicatriz sintió que una nueva oleada de ira y empatía le recorría el cuerpo. A continuación, sintió una intensa sensación de respeto. Con razón Bree le tenía tanto miedo a los perros... ¿Quién no iba a tenerlo después de un ataque feroz y casi mortal? Su verdadera valentía se traslucía en su determinación de superar el miedo. En resumen, había sobrevivido porque no sabía cómo tirar la toalla. Siguió adelante, sin importar lo que estuviera en juego, en toda circunstancia. Él la había visto lanzarse de cabeza a situaciones que habrían dejado paralizada a la mayoría de las personas. Era una mujer inteligente y hábil… pero también había tenido suerte hasta entonces.

En algún momento, su obstinación podía tener como consecuencia que alguien acabara con su vida.

CAPÍTULO 21

Cuando la doctora terminó de limpiar, coser y vendar la herida, Bree tenía el brazo agradablemente dormido. Por mucho que se resistiera a tomar medicamentos, también daba gracias por su existencia. Oyó el chirrido de las zapatillas de la enfermera mientras se movía por el cubículo.

—Descanse —dijo la enfermera—. Yo vuelvo enseguida.

Salió de la habitación.

Bree cerró los ojos. Sentía que le pesaba todo el cuerpo. Oyó unos pasos en la puerta, pero supuso que sería la enfermera o Matt. No abrió los ojos.

—Bree.

La voz de su hermano la sobresaltó. Abrió los ojos y se volvió rodando sobre su espalda. El movimiento repentino y los fármacos le causaron un mareo.

Su hermano estaba de pie en la puerta, con una expresión sombría y desconsolada en sus ojos de color avellana.

—Adam.

No sabía qué más decir.

Su hermano se precipitó hacia delante y se detuvo bruscamente al lado de su cama.

—Quiero abrazarte, pero me da miedo hacerte daño.

—Estoy bien, Adam. Solo un poco mareada por la medicación. Me han puesto unos pocos puntos, nada más. —Bree se movió unos centímetros y dio unas palmadas en la camilla que tenía al lado. Levantó el brazo bueno—. Dame un abrazo.

Su hermano se sentó en el borde de la camilla y la estrechó. Cuando ella apoyó la frente en su hombro, se sintió transportada a una fría noche de enero en la que se había acurrucado bajo el porche con Adam —que apenas era un bebé— en brazos y su hermana de cuatro años, Erin, a su lado. Bree percibía la tierra fría bajo los pies descalzos. Notaba temblar de frío al niño en la gélida noche. Recordaba haber contenido el aliento y esperar que el escondite que había elegido les ofreciese protección. A los ocho años, sabía que si se había equivocado escondiéndose allí o si no conseguía que el bebé no hiciese ruido, su padre los encontraría y los mataría a los tres.

Unas lágrimas calientes le afloraron a los ojos. Quiso contenerlas, avergonzada, pero acabó sollozando y todo su cuerpo se estremeció.

Adam le frotó el brazo intacto.

—No pasa nada.

Esa noche, parecía el mundo al revés: Adam era el fuerte.

Bree perdió la noción del tiempo hasta que cesó el torrente de lágrimas y recuperó el aliento. Levantó la cabeza y se limpió debajo de los ojos.

—Perdón.

—¿Por qué? —Adam la soltó y le apartó un mechón de la cara.

—Ni siquiera lo sé. —Bree suspiró. Tenía que dejar de disculparse por ser humana, pero era una costumbre difícil de erradicar—. ¿Por qué has venido? Ya te dije por teléfono que estaba bien.

Un destello de ira brilló en los ojos de Adam. No era una emoción que exhibiera a menudo.

—Vi la entrevista que te hicieron en la escena del crimen. Luego, minutos más tarde, el periodista dijo que te habían disparado.

—Ah. —Bree apenas recordaba el intercambio con Nick West. En ese momento se había concentrado en no vomitar—. ¿Parecía una idiota en la tele?

—Parecías y hablabas como una mujer de armas tomar, como siempre. —Frunció el ceño—. Entiendo la imagen que tienes que dar al público, pero deberías haberme dicho la verdad. Toda la verdad. Tienes que dejar de intentar protegerme. Llevo ya bastante tiempo siendo un adulto funcional.

—Lo sé, pero me cuesta. Siempre serás mi hermano pequeño.

—Soy quince centímetros más alto que tú.

—Y te has convertido en un hombre bueno. —Le tocó la mano—. Estoy orgullosa de ti.

—Sé que antes de que Erin muriera, para mí solo existían mis cuadros. No me relacionaba con ella ni con los niños, y tampoco contigo, tanto como debería haberlo hecho. Siempre me quedarán esos remordimientos.

—Yo soy igual de culpable…

—Déjame terminar. —Lanzó un suspiro—. Pero desde que Erin murió y me pediste que te ayudara con los niños, he procurado enmendarme. Al principio fue una verdadera lucha, pero ahora que me he dado cuenta de qué era lo que faltaba en mi vida, no me resulta nada difícil. Así que deja de disculparte cada vez que necesitas que te ayude con algo. Deja de sentir que tienes que hacerlo todo tú. Quieres que mantengamos una relación de verdad, pero no puede ser unilateral, en la que tú te encargues de todo. Ahora puedes apoyarte en mí. Así es como se supone que funciona esto de la familia, creo.

—Tienes razón —dijo Bree. Las emociones se le agolpaban en la garganta: la pena y el agradecimiento auténtico la invadieron más rápido de lo que podía asimilar. Tratar a Adam como a un niño era arrogante por su parte, como si ella fuera la única persona que podía ser fuerte o tomar una buena decisión. Si quería que él la respetara, la quisiera y confiara en ella, tenía que devolverle lo mismo—. Procuraré hacerlo mejor, y si ves que vuelvo a las andadas, prométeme que me lo dirás. No dejes que sea una arpía mandona que no para de dar órdenes.

—Nunca has sido una arpía, pero prometo decírtelo cuando te vuelvas demasiado mandona. —Adam asintió con la cabeza—. Debes de estar agotada. ¿Cuándo te dejarán volver a casa?

La enfermera volvió a entrar.

—Tengo los papeles del alta. La anestesia local debería durar unas horas. Lo normal es que la herida le duela más mañana. —Le puso delante una bolsa de plástico con la documentación para el alta médica—. Las recetas de los antibióticos y los medicamentos para el dolor están en la bolsa, junto con las instrucciones para el cuidado de la herida. Tiene que tomarse las cosas con calma durante unos días. Supongo que no hay ninguna posibilidad de que se quede sentada en el sofá viendo la tele durante la próxima semana...

—Supone bien —dijo Matt desde la puerta.

—Me lo imaginaba. —La enfermera retiró el envoltorio de plástico de un cabestrillo—. Por favor, póngase esto. Es para que no se le abran los puntos.

Quince minutos después, Bree estaba lista para salir. Se puso en pie despacio y con movimientos vacilantes, poniendo a prueba su equilibrio. Adam se quitó la chaqueta con cremallera y se la puso a su hermana sobre los hombros.

—Necesita estos medicamentos. —Adam sacó las recetas de la bolsa de plástico.

—Yo me encargo de eso. —Matt cogió los papeles—. Hay una farmacia de guardia en Scarlet Falls.

—Puedo esperar hasta la mañana —dijo Bree.

Matt negó con la cabeza.

—Pero no tienes por qué. Pasaré por tu casa con las medicinas más tarde. Cuida de ella, Adam.

—Lo haré.

Adam la sujetó del codo y la sostuvo todo el camino hasta la camioneta. Le abrió la puerta del asiento del copiloto. Bree se quedó dormida de camino a casa y se sobresaltó cuando Adam le tocó el brazo.

—Ya hemos llegado —anunció él.

Adam la ayudó a entrar en la casa y a subir las escaleras. Dana se encargó de quitarle el uniforme y ponerle un pijama y una camiseta limpia. Luego, Bree se tumbó y Dana le puso el brazo vendado sobre una almohada.

—¿Quieres que saque a los animales del dormitorio? —le preguntó Dana.

—No. ¿Quién sabe lo que hará ese gato si no se sale con la suya?

Dana se rio.

—De acuerdo. Luego no te quejes.

Abrió la puerta del dormitorio y Ladybug se subió de un salto a la cama y se acurrucó junto a las piernas de Bree. Vader ocupó su sitio habitual, en la segunda almohada.

Bree cayó dormida enseguida, con un sueño intermitente. Soñó que algo la perseguía, algo que no conseguía ver qué era. No importaba lo rápido que corriera, le pisaba los talones. Se despertó sin aliento en la oscuridad de la habitación. Le dolía el brazo. Tenía la boca reseca y le pesaba mucho la cabeza, como si fuera una bola de la bolera.

Dana se había quedado dormida en un sillón junto a la cama. Se incorporó y empezó a parpadear, con los ojos entornados aún.

—Te traeré agua y un analgésico.

Salió de la habitación sin aguardar la respuesta de Bree.

—¿Tía Bree? —Kayla estaba en la puerta—. Te he oído gritar. ¿Has tenido una pesadilla?

—Sí. —Bree se incorporó con dificultad. Se tocó la cara; tenías las mejillas húmedas.

Kayla se acercó.

—Te has hecho daño.

A Bree se le aceleró el corazón.

—Solo un poco, como cuando tú te caíste patinando hace unas semanas.

—Sé cómo hacer que te encuentres mejor.

Kayla se dio media vuelta y salió corriendo de la habitación. Volvió un minuto después con el libro de Harry Potter que habían estado leyendo. El colchón se hundió mientras la niña se metía rodando en la cama, y cada movimiento provocó a Bree nuevas punzadas de dolor en el brazo.

Dana volvió a entrar.

—Ay, cielo… No creo que quieras molestar…

—No pasa nada —dijo Bree, tomándose la pastilla con un poco de agua. Luego se puso cómoda de nuevo entre las almohadas.

Kayla se arrodilló para encender la lámpara de la mesilla. El gato compartió a regañadientes su almohada mientras la niña se recostaba y empezaba a leer. Bree cerró los ojos. Oyó a Dana acomodarse en su sillón. Bree se concentró en la lectura de la niña, como si su vocecilla inocente pudiera ahuyentar a sus demonios hasta la mañana siguiente.

Capítulo 22

Aún era oscuro cuando Cady sacó a sus perros a pasear por la calle. Desenredó las cuatro correas que llevaba en la mano. Su cruce de gran danés, Harley, caminaba obedientemente a su lado. Un poco más adelante, una vecina paseaba a su pastor australiano. Cuando los dos se acercaron por el lado opuesto de la calle, los dos pitbulls de Cady menearon la cola, ansiosos por jugar con el otro perro. Taz, el chihuahua, se precipitó hacia delante y empezó a ladrar. Suspirando, Cady lo cogió en brazos. Él siguió gruñendo.

—Lo siento —dijo, saludando a su vecina.

La vecina se rio y le devolvió el saludo.

—Tiene mucho temperamento.

—No lo sabes bien.

Taz temblaba, no de miedo sino de ganas de echar a correr tras el pastor australiano. Con un peso de dos kilos después de una comida completa, Taz era el autoproclamado líder de la manada y el único perro, de entre todos los que había tenido Cady, que se negaba a ser adiestrado. Por suerte, era pequeño y frágil, con dientes del tamaño de un Tic Tac y las patas flacas como un lápiz. Pero él estaba convencido de que era un mastín.

Diez minutos después, regresó con los perros a la casa y los encerró en la cocina y en la sala de estar. Los modales de Taz dentro de la casa no eran muy de fiar, y los pitbulls eran jóvenes. Lo mordían todo. Tras la comida y el paseo, los perros se desperezaron, listos para echarse una siestecita, y Cady se dirigió a la casa de su hermano para alimentar a los animales del refugio. Sola en el coche, trató de combatir la tristeza que se había instalado en su pecho.

«Maldito Greg».

Verlo le había traído demasiados recuerdos. Desde entonces, había dormido mal y perdido el apetito. Se frotó un ojo con cansancio.

«Tienes que mantenerte ocupada».

Salió de su barrio. Unos kilómetros más adelante, giró hacia la carretera rural que llevaba a la casa de su hermano. Miró por el espejo retrovisor. Un par de faros se encendieron en la carretera detrás de ella. Rara vez se veía mucho tráfico a esas horas de la mañana. Se detuvo en un cruce. El coche que venía detrás se quedó algo rezagado. Cady miró a ambos lados y giró a la derecha. Al cabo de un minuto, los faros volvieron a deslumbrarla en el retrovisor. Volvió a girar. El coche no se acercó más, pero los faros seguían detrás de ella.

Se le erizó el vello de la nuca.

¿La estaba siguiendo alguien?

Rememoró la expresión furiosa de Greg en la tienda de animales. ¿Había decidido acosarla de nuevo? Era exactamente lo que había hecho la última vez que quiso castigarla. A una parte de ella le dieron ganas de parar el coche y enfrentarse a él.

«No seas idiota».

Era experta en artes marciales, pero ¿y si Greg llevaba un arma? Tal como ella misma enseñaba en sus clases, la autodefensa era un último recurso y no un sustituto del sentido común.

Pisó el acelerador a fondo. Su furgoneta salió catapultada hacia delante y el coche volvió a quedarse atrás. Diez minutos más tarde, torció para enfilar el camino de entrada a la casa de Matt y aparcó junto a la camioneta de su hermano. Se giró en su asiento y observó la carretera a través del parabrisas trasero. El vehículo pasó sin reducir la velocidad. No pudo leer la matrícula y estaba demasiado oscuro para ver la marca y el modelo, pero parecía un todoterreno de color oscuro, como el que conducía Greg.

La entrada a la interestatal estaba un poco más arriba. ¿Habría sido una coincidencia y aquel coche simplemente quería incorporarse a la autopista?

¿O había sido Greg?

Capítulo 23

El teléfono de Matt sonó mientras daba de desayunar a sus perros. No eran todavía ni las siete. Leyó el nombre de Bree en la pantalla y suspiró al contestar la llamada.

—¿No deberías estar durmiendo aún?

—Probablemente. —Su voz sonaba cansada—. ¿A qué hora hemos quedado para ir a hablar con la señora Beckett?

—A las once.

Matt se dio por vencido: Bree iba a hacer lo que quisiera. No había nada que la detuviera.

—Vale. Ya he hablado con Todd. Tenemos las órdenes judiciales. Quiero que vayas al domicilio de Beckett con él y con los técnicos de la científica esta mañana.

Un momento. ¿Estaba delegando en él? Por lo general, a Bree le gustaba dirigir personalmente los elementos clave de una investigación.

—Ya tenía previsto hacerlo —dijo.

—Todd ha progresado mucho en los últimos meses en cuanto a su capacidad para dirigir una investigación, pero me gustaría contar contigo de todos modos.

Matt había dado por hecho que Bree querría ir, aunque estuviera herida y hecha polvo.

—¿Cómo ha conseguido las órdenes de registro tan rápido?

—Anoche lo presentó todo telemáticamente y el juez las ha procesado esta mañana temprano. Me reuniré contigo en la comisaría antes de las once.

—De acuerdo —dijo Matt—. ¿Qué vas a hacer esta mañana?

—Nada —contestó Bree con un suspiro.

—Caramba.

—Lo sé —repuso ella en tono irónico—. Le prometí a Kayla que descansaría esta mañana. Solo me dejan ir al estudio, y tengo que permanecer allí sentada todo el tiempo que esté ahí.

Matt contuvo una carcajada. La única persona capaz de controlar a Bree tenía ocho años.

—Me alegro —dijo cuando pudo confiar en hablar con un tono normal—. ¿Necesitas que pase a recogerte?

—Adam me dejará en la comisaría. Te veré a las once. ¿Podrías llevar mi coche a la comisaría?

Lo había dejado en su casa la noche anterior, cuando habían decidido utilizar su Suburban para vigilar la casa de Paul.

—Claro. Tómatelo con calma.

—No tengo muchas opciones. —Bree no parecía muy contenta con eso.

Matt llamó a Todd y quedó con él en casa de Paul Beckett. Cuando salió, el monovolumen de su hermana estaba aparcado cerca de la perrera y las luces estaban encendidas. Matt condujo hasta la casa de Beckett, donde Todd lo esperaba en su coche, en la entrada. Se bajó cuando Matt se detuvo.

—¿Cómo está la sheriff? —dijo Todd, apretándose el puente de la nariz.

—Está bien. Irá a comisaría más tarde

—Me sorprende que no esté ya aquí.

—Sí, a ella también —dijo Matt.

Al otro lado del espacio para aparcar, la cinta policial impedía la entrada al garaje y acordonaba la zona donde habían disparado a Bree.

—Los técnicos de la científica vienen de camino —dijo Todd—. Un dato interesante: Paul Beckett tiene una Sig Sauer P226 registrada a su nombre.

—Vamos a ver si la encontramos.

—Envié al laboratorio las fotos de Paul entregando ese sobre en el estacionamiento a los forenses. Van a subir el brillo de las fotos para ver si consiguen leer la matrícula del otro coche.

—Genial —dijo Matt.

Llegó el equipo de policía científica. Todos se pusieron guantes y cubrezapatos antes de entrar por la puerta principal.

Matt y Bree ya habían examinado el interior de la casa la noche anterior, pero se habían centrado en la búsqueda de un sospechoso potencialmente armado o de víctimas adicionales, no de pruebas. Esta vez, Matt recorrió las habitaciones despacio, haciendo fotos y tomando notas de las cosas que quería incautar como pruebas. Los técnicos empezaron a hacer fotos también.

Todd abrió la nevera.

—Aquí hay poca cosa más que cerveza y comida china para llevar. Aunque hay cuatro recipientes de comida a medias. Parece mucha comida para un solo hombre.

—Tal vez pensaba comérsela a lo largo de varias noches. —Matt se asomó al fregadero—. Aunque veo que aquí en el fregadero hay dos copas de vino, así que tal vez tenía compañía.

Todd inspeccionó un contenedor de reciclaje.

—Media docena de botellines de cerveza y una botella de vino vacía.

Una nevera para vinos que había bajo la encimera contenía unas cuantas docenas de botellas. En el pasillo había retratos de los gemelos, desde su infancia hasta su graduación en el instituto. Una foto enmarcada de Paul y sus dos hijos en un barco de pesca estaba en una mesa detrás del sofá. En la foto, los niños parecían tener unos diez años. Matt escudriñó las suaves paredes grises. Había huecos vacíos en los que parecía que habían quitado las fotos. Se acercó. Unos pequeños agujeros en la pared de yeso confirmaron su sospecha.

Todd se aproximó a él.

—Alguien ha quitado un montón de fotos.

—No he visto una sola de Angela Beckett.

—Bueno, se habían separado.

Todd se volvió hacia un pasillo corto.

—Ahora ella no necesita ninguna.

Matt le siguió hasta el estudio de la casa.

Todd hojeó una pila de correo amontonada en el aparador.

—Parecen facturas domésticas.

—Nos las llevamos. —El escritorio estaba vacío salvo por un ordenador portátil que ocupaba el centro exacto del protector de cuero de la mesa. Matt utilizó un bolígrafo para abrir los cajones del escritorio. Las superficies ordenadas y sin polvo—. Todo parece bastante normal. Nos llevaremos el ordenador y también el iPad.

Salió del estudio. Nadie parecía haber utilizado la habitación de invitados desde hacía tiempo. Terminaron de registrar la planta baja antes de dirigirse a la escalera.

—Toda la casa está muy limpia. Es casi como si no viviera nadie.

Todd siguió a Matt al piso de arriba. A un lado del rellano había dos dormitorios infantiles. Los armarios, medio vacíos, contenían filas ordenadas de pantalones y camisas colgadas, mientras que en los estantes había pilas de vaqueros y jerséis doblados. Cada artículo de los cajones estaba organizado con precisión, incluso los calcetines y la ropa interior. Los trofeos de fútbol y tenis ocupaban las estanterías de la primera habitación. Entraron en la segunda habitación, donde encontraron trofeos de *lacrosse* y de tenis.

—Los dos chicos jugaban al tenis. ¿Recuerdas la arcilla verde de las escenas del crimen de Holly y Paul?

—Sí. —Matt se arrodilló para mirar debajo de una cama individual. Luego se puso de pie y examinó las paredes—. Aquí hay banderines de una universidad de Carolina del Norte y otros de Michigan en la otra habitación. Sacaré los números de móvil de los chicos del teléfono de Paul. Comprobaremos que ayer estuvieron en sus respectivas universidades.

—Viajando en coche desde Carolina del Norte o Michigan, se tarda unas diez o doce horas en llegar hasta aquí. —Todd cerró la puerta de un armario—. ¿Por qué iba uno de los hijos a matar a su propio padre?

—¿Por la forma en que Paul trataba a su madre? No sabemos nada sobre las relaciones de los chicos con su padre.

—Cierto. —Todd dio media vuelta, barriendo la habitación con la mirada—. Es como si hiciera meses que nadie toca nada en ninguna de sus habitaciones.

—Eso no tiene por qué significar nada —dijo Matt—. Está claro que Beckett tiene un servicio de limpieza habitual. Es una casa grande, y está impecable.

—No me imagino a un hombre como Paul Beckett fregando suelos y lavando retretes después de trabajar —coincidió Todd.

—Conseguiremos la información de contacto del servicio de limpieza. Las personas que vacían los cubos de basura y limpian los baños saben mucho de la vida privada de sus empleadores.

Siguieron adelante. Un enorme dormitorio ocupaba el resto de la segunda planta.

Matt se detuvo en la puerta.

—Al menos aquí sí se nota la presencia de alguien.

Había una enorme cama doble entre dos ventanas y dos sillas a juego frente a un televisor colgado de la pared. En una de las mesitas de noche solo había una lámpara, mientras que en la otra había unos auriculares y un iPad junto a un despertador, además de una taza de café vacía en un posavasos.

—Yo vivo solo —dijo Todd—. La única habitación que parece ocupada es mi dormitorio. Casi nunca uso la cocina. La mayoría de las noches, ceno comida para llevar de pie en el fregadero, me ducho, me acuesto y al día siguiente vuelvo al trabajo. Veo el fútbol en mi sillón reclinable los domingos por la tarde y los lunes por la noche. —El policía miró a Matt—. No es tan patético como suena.

Matt levantó las manos enfundadas en guantes.

—No soy quién para juzgarte. Cambia el fútbol por el adiestramiento de perros y luego añade el almuerzo de los domingos con mis padres, y ahí tienes mi vida.

O al menos esa había sido su vida antes de que Bree regresara a Grey's Hollow. Ahora, Matt salía como mínimo una noche a la semana con ella. La mayoría de las veces, cenaban con la familia de ella. Y de vez en cuando lograban salir en una cita de verdad. Tenía que admitir que le gustaba el cambio.

Se dirigió a la mesita de noche que claramente pertenecía a la víctima y la abrió con su bolígrafo. Una foto enmarcada estaba puesta boca abajo junto a una caja grande de preservativos. Dio la vuelta al marco.

—Escondió la foto de su boda y se compró un montón de condones.

—No me sorprende. —Todd entró en el baño y salió al cabo de unos minutos—. Hay varios condones usados en el cubo de la basura y un bote de Viagra nuevo en el botiquín. —Se acercó y observó las sábanas—. Veo un cabello largo y oscuro en esa almohada de ahí.

—Pediremos que uno de los técnicos recoja las pruebas biológicas para posibles comparaciones de ADN. No quiero que haya problemas en la cadena de custodia y que luego los tribunales impugnen las pruebas.

Matt revisó el resto de los cajones de la mesilla y encontró otra caja de condones. Se sacó una cámara del bolsillo y tomó fotos.

—Hace ya un par de meses que la señora Beckett no vive aquí. —Todd enderezó el cuerpo—. ¿Crees que las aventuras del marido fueron el detonante de la separación, o la ruptura las provocó?

—La mujer le dijo a la sheriff que él siempre la había engañado, pero que había dejado de ser discreto hace poco.

—Un asunto muy feo.

—Sí. Ahora la ira, los celos y la humillación social dan a la señora Beckett un motivo para matarlo.

Matt se dirigió a la mesita de noche del otro lado de la cama. Estaba vacía. Abrió el vestidor. Dos tercios del espacio para colgar y de los estantes estaban vacíos. Revisó los bolsillos de los pantalones y las chaquetas y miró dentro de los zapatos y los bolsos. Vio varias cajas de cartón grandes en el estante superior. Se oyó un tintineo de cristales cuando bajó una de ellas. Al abrir la tapa, descubrió que estaba llena de fotos enmarcadas de toda la familia, con los cristales rotos como si alguien las hubiera tirado dentro con fuerza. Con cuidado de no cortarse, dejó la caja en el suelo y empezó a coger las fotos para examinarlas.

Todd se asomó a la puerta.

—¿Qué has encontrado?

—Las fotos perdidas. —Matt giró una para que Todd la viera—. La señora Beckett en la pista de tenis con los chicos.

Una falda blanca corta y una camisa azul sin mangas mostraban unos brazos y unas piernas muy musculosos. Los dos hijos se parecían mucho a Angela, altos y naturalmente delgados. Su padre era corpulento.

—¿Recuerdas haber visto alguna foto de Paul jugando al tenis?

—No.

—Yo tampoco. —Matt volvió a colocar la tapa y alcanzó una segunda caja. Estaba llena de trofeos de tenis grabados con el nombre de Angela Beckett. Añadió las fotos y los trofeos a su lista de pruebas—. Tengo que volver a la comisaría para revisar el caso con la sheriff antes del interrogatorio de Angela Beckett.

—Embolsaré y etiquetaré las pruebas y acordonaré la escena cuando se vaya el equipo forense.

—Sigue buscando el arma de Paul.

—Lo haré —dijo Todd—, pero ya hemos mirado en todos los sitios lo bastante espaciosos como para guardar un arma de fuego. A menos que tenga algún tipo de escondite supersecreto, no está aquí.

Mientras volvía a la comisaría, Matt hizo unas cuantas llamadas. Una de ellas fue al ayudante del sheriff al que habían asignado la tarea de examinar el teléfono móvil de Paul, para pedirle los números de teléfono de los gemelos Beckett.

Luego llamó a Timothy Beckett y se presentó.

—Es por mi padre, ¿no? —Timothy hablaba con voz muy aguda, casi furiosa.

—Sí. ¿Sabes lo que ha pasado?

—Mi madre llamó anoche y me dijo que alguien lo había asesinado.

—Así es. ¿Dónde estás ahora mismo? —le preguntó Matt.

—Todavía estoy en Michigan. Tengo mi último examen la semana que viene, pero mi profesor ha accedido a que lo haga hoy más tarde. Haré la maleta esta noche y saldré mañana temprano. Debería estar allí a la hora de la cena.

—¿Tienes intención de ir a la casa?

—No. —La respuesta de Timothy fue inmediata—. Mamá dijo que lo mataron allí. Me quedaré en casa de un amigo.

—¿Dónde estabas ayer por la tarde?

—Estuve haciendo un examen de cuatro a seis. Tuve que firmar el examen con mi documento de identificación. Tiene que haber un registro, si necesita comprobarlo.

—Lo haré, gracias —dijo Matt—. ¿Estabas al tanto de los problemas conyugales de tus padres?

—Será mejor que eso lo hable con mi madre —dijo Timothy con cautela, tras dudar un instante.

—Pero ¿eras consciente de que tenían problemas?

—¿Acaso no lo sabía todo el mundo? —contestó Timothy.

—¿Estabais muy unidos tu padre y tú? —Matt pensó en la cantidad de fotos de los chicos con su madre y en la única fotografía de los gemelos con su padre.

—Papá siempre estaba trabajando. —Timothy eludió la pregunta y añadió en tono cortante—: Oiga, tengo que irme.

—De acuerdo. Te doy mi más sentido pésame.

Matt lo dejó estar. Timothy tenía una coartada, y él podría seguir con una entrevista en persona cuando hubiera regresado.

—Ya. Gracias.

La línea se cortó.

A continuación, llamó a Noah Beckett.

—Soy Matt Flynn, agente de investigación del Departamento del Sheriff del Condado de Randolph.

—Supongo que se trata de mi padre —dijo Noah con voz trémula—. Mi madre me llamó anoche.

—Te acompaño en el sentimiento —dijo Matt—. ¿Estás en la universidad?

Noah suspiró.

—No se lo dije a mi madre cuando hablé con ella, pero terminé las clases antes de tiempo. Estoy en Grey's Hollow.

Capítulo 24

Bree miró por la ventanilla del pasajero del destartalado Bronco de su hermano. Varios equipos de prensa se habían concentrado en el aparcamiento de la comisaría.

—Rodea el edificio y déjame en la puerta de atrás.

Adam siguió sus instrucciones y accedió al recinto trasero, protegido por una valla.

Se detuvo junto a la acera.

Bree se bajó deslizándose del vehículo.

—Gracias, Adam.

—Si necesitas que te lleve a casa, dímelo.

—Vale, gracias, pero en principio esta noche volveré por mí misma en coche —dijo Bree. Luego cerró la puerta.

Adam esperó a que su hermana abriese la puerta trasera del edificio antes de irse.

Bree entró en la comisaría, se dirigió a su despacho y se acomodó a su mesa. Aunque se hiciese la dura, se encontraba como si le hubieran dado una paliza. También se sentía parcialmente desnuda sin las armas que le había dado a Matt la noche anterior, pero las armas de fuego y los analgésicos no eran algo que se pudiera mezclar. Bree no había querido llevar armas estando bajo los efectos de los sedantes.

Alguien llamó a la puerta y, al levantar la vista, vio a Matt y se alegró de que no hubiera nadie más allí para ver la sonrisa instantánea que no pudo reprimir.

—Pasa.

Matt depositó su cinturón y su arma de repuesto en el escritorio.

—He pensado que querrías que te devolviera esto.

—Ya lo creo. —Con el brazo en cabestrillo, Bree intentó ponerse el cinturón con una sola mano.

—Deja que te ayude. —Matt se puso delante de ella y le abrochó el cinturón—. El aparcamiento está lleno de periodistas.

—Voy a hacer una declaración esta tarde. —Bree se recolocó el cinturón, luego se sentó en su silla y puso el pie encima del escritorio. Resignándose a no poder hacerlo sola, preguntó—: ¿Me ayudas?

—Claro.

Matt le subió el dobladillo de los pantalones, le colocó la segunda funda de pistola alrededor del tobillo y le ajustó la pernera del pantalón por encima de la zapatilla deportiva negra. Bree pasó el pie por debajo del escritorio.

—Gracias.

—De nada.

Matt se quedó inclinado encima de ella unos segundos antes de acomodarse en una de las dos sillas que estaban frente a su escritorio. Bree notó que olía bien, a cítricos y cedro.

Se regañó a sí misma. El fuerte dolor que sentía en el brazo le indicaba que el efecto de los fármacos había desaparecido por completo, pero seguía estando nerviosa. Normalmente, en la oficina era toda una profesional, pero no había dormido bien. Tal vez el agotamiento y el dolor habían debilitado sus barreras. Sintiéndose extraordinariamente vulnerable, hizo lo que siempre hacía: volver a concentrarse en el caso.

—¿Cómo ha ido el registro de la casa de Paul Beckett?

—Nos llevamos los aparatos electrónicos y los documentos habituales. Había unos cuantos detalles interesantes. —Matt enumeró los artículos con los dedos—. La señora Beckett es una gran jugadora de tenis, al igual que sus dos hijos. Hallamos indicios que sugieren que Paul tuvo compañía femenina recientemente, alguien con el pelo largo y oscuro. Paul tiene una pistola, que no encontramos. Esta mañana, los técnicos han confirmado que la mancha del suelo del garaje es la misma arcilla verde que encontramos en el maletero de Holly Thorpe, y además coincide con la de la pista de tenis de los Beckett. Por último, hablé con los gemelos, Timothy y Noah. Timothy sigue en Michigan. Asigné a un ayudante la tarea de verificar su coartada, pero parece sólida.

—Presiento que ahora viene lo gordo.

Bree se acomodó en su silla.

Los ojos de Matt brillaron como los de un gato cuando ve a un ratón.

—Noah está aquí, en Grey's Hollow.

—Angela Beckett cree que está en Carolina del Norte.

—Dice que terminó las clases antes de tiempo. No quería estar en medio en plena separación de sus padres, así que se aloja en casa de un amigo. No tiene coartada.

—Interesante. —Bree detestaba la idea de que un hijo pudiera matar a su propio padre, pero ya había visto personas asesinadas por sus familiares muchas veces. Las emociones intensas, las historias personales y las lealtades conflictivas a menudo difuminaban la línea entre el amor y el odio—. ¿Y te has hecho una idea de cuál era la relación que mantenían los chicos con su padre?

—Paul trabajaba mucho. Los dos parecen más próximos a su madre, pero ninguno ha querido hablar de la relación de sus padres por teléfono.

—Vamos a interrogar a Noah.

—Viene de camino a la comisaría. —Matt sonrió—. Quería obtener una declaración suya lo antes posible. En cuanto la madre descubra que el hijo estaba aquí y que no tiene coartada para la muerte de su padre, le pondrá un abogado y no nos dejará acceder al él.

—Sí, tienes razón. Hará lo que sea necesario para proteger a sus hijos.

Marge entró de repente, cargada de papeles. Examinó a Bree con mirada afilada.

—Haces muy mala cara.

—Gracias —dijo Bree—. No te preocupes. Me maquillaré antes de la rueda de prensa.

—No lo hagas. —Marge negó la cabeza—. Que se vea hasta qué punto te dejas la piel en este trabajo. Todo el mundo apoya a una heroína malherida.

Bree se puso a la defensiva.

—No estoy fingiendo. Me han disparado de verdad.

—Lo sé, y por eso la gente confía en ti. Pero, te guste o no, ahora tienes que hacer política. — Marge dejó los papeles y señaló una línea marcada con una etiqueta adhesiva azul—. ¿Quieres dinero para hacer reformas en la comisaría?

—Sí. —Bree examinó el papel y firmó con su nombre.

Marge pasó la página.

—Cuanto más popular seas ante la opinión pública, mayor influencia tendrás en la junta de supervisores del condado. No les será tan fácil negarse a cumplir tus exigencias si tienes el apoyo del público.

Bree firmó varios papeles más.

—No me gustan los juegos de estrategia.

—No te estoy sugiriendo que finjas ser algo que no eres, no lo necesitas, pero no hay nada de malo en hacer que las circunstancias jueguen a tu favor. —Marge recogió los documentos y se los acercó al cuerpo—. Recuerda que el juego político existe, te guste o no. Solo tienes dos opciones: o intentas ganar tú o dejas que ganen otros.

—No me gusta perder —admitió Bree.

—Entonces tienes que adelantarte a esos cabrones astutos que controlan nuestro presupuesto. Tienes que anticiparte a cómo van a intentar fastidiar a este departamento dejándolo sin fondos. Solo te apoyarán si eso redunda en su propio interés. Tienes que hacer que eso sea así. Recuerda que llevan mucho tiempo en esto. Saben cómo funciona el juego, y siempre van unos cuantos movimientos por delante.

Bree sintió una intensa punzada de ira en el pecho. Odiaba la política, pero Marge tenía razón. Tenía que jugar al ajedrez, no al Candy Crush.

—Quiero conseguir ese maldito vestuario para la comisaría de una vez.

—Así está mejor. —Marge arqueó una ceja—. Ah, Angela Beckett está aquí. ¿Dónde quieres interrogarla?

—En la sala número uno. —Bree cogió un bolígrafo y una libreta, aunque no se dio mucha prisa. No le importaba dejar que Angela, una mujer acostumbrada a salirse con la suya, esperara. Según la experiencia de Bree, la gente rica a menudo creía estar por encima de la ley. Bree quería que Angela tuviera los pies en el suelo—. Cuando llegue Noah Beckett, por favor, llévalo a la sala número dos inmediatamente. No quiero que lo vea su madre.

—De acuerdo.

Marge se dio la vuelta y salió del despacho.

Bree se volvió hacia Matt.

—Vamos a hablar con la señora Beckett. —Se metió su cuaderno de notas bajo el cabestrillo—. Necesito café y azúcar.

Pararon un momento en la sala de descanso. Bree compró un paquete de M&M en la máquina expendedora y se comió varias grageas mientras Matt preparaba dos tazas de café. El azúcar y el chocolate estimularon su cerebro. Luego se compró un segundo paquete.

Con el café en la mano, recorrieron el pasillo y abrieron la puerta de la sala de interrogatorios. Angela estaba sentada de espaldas a la pared. Llevaba pantalones grises, una blusa de seda azul y unos preciosos zapatos grises que costaban más que un recibo de la hipoteca de una persona normal. Unas delicadas y discretas joyas de plata le adornaban las orejas y la muñeca. Tenía una botella de agua sin abrir delante de ella. A pesar de su porte sereno y elegante, se la veía nerviosa. No dejaba de darle vueltas a su alianza de boda en el dedo.

Bree encendió la cámara de vídeo.

—Le informamos de que esta entrevista va a ser grabada.

Angela asintió con la cabeza.

—¿Esperamos a su abogado?

La sheriff se sentó en la silla que presidía la mesa, en diagonal a Angela, y Matt ocupó el asiento de enfrente.

—No. —Como si de pronto se hubiera dado cuenta de la inquietud que mostraba, Angela dejó de jugar con su anillo y cruzó las manos sobre la mesa—. No estaba disponible.

—¿Y está segura de que quiere continuar sin él? —trató de confirmar Bree. No quería que nada invalidara las declaraciones de Angela ante el tribunal más adelante.

—Sí. Prefiero acabar con esto cuanto antes. —Angela levantó la vista, con el rostro inexpresivo—. Todavía no puedo entender la muerte de Paul.

—Una vez más, queremos expresarle nuestro más sentido pésame. —Bree le leyó sus derechos y deslizó un papel por encima de la mesa. Con voz inexpresiva, le pidió—: Necesito que firme esto conforme ha entendido cuáles son sus derechos.

Le ofreció su bolígrafo. Angela lo cogió, leyó detenidamente el documento y lo firmó, con la boca tensa y extendiendo los labios en una media sonrisa vacilante.

Bree respondió con otra sonrisa a medias y deslizó el segundo paquete de grageas de chocolate por encima de la mesa.

—Señora Beckett, gracias por venir a hablar con nosotros en este momento, que debe de ser muy difícil para usted. Siempre prefería dar la impresión de que estaba de parte del sospechoso, al menos al principio.

—Puede llamarme Angela. Aún no he decidido si conservaré el apellido Beckett. Ahora odio ese nombre, pero es el apellido de mis hijos, así que... —Angela tocó la bolsa de caramelos con un dedo, como si temiera quemarse—. No he comido uno de estos en... Ni siquiera sé cuánto tiempo. Siempre me preocupaba ganar peso. A Paul le gustaba que estuviera delgada y en forma. Juego al tenis cinco días a la semana.

Bree se comió una gragea de chocolate de su propia bolsa.

—¿Paul jugaba al tenis?

—No. —La mujer frunció los labios—. Le gustaba el golf y la pesca, pero no tenía mucho tiempo para aficiones personales. Lo único que le apasionaba de verdad era su empresa.

—¿Pero sus hijos juegan al tenis? —preguntó Bree.

—Sí. —Una sonrisa iluminó el rostro de Angela—. Los dos estaban en el equipo de tenis del instituto. Son atletas por naturaleza —declaró con orgullo.

—Debe de echarlos de menos. ¿Cuándo fue la última vez que estuvieron aquí en casa? —preguntó Matt.

—Por Navidades. —La mujer frunció el ceño—. Paul los envió a Florida para las vacaciones de primavera. No quería que los chicos estuvieran en medio de nuestros problemas.

Bree tomó nota.

—¿Y qué le pareció a usted eso?

—No lo sé. —Angela apartó la mirada—. A pesar de que tenía muchas ganas de verlos, tampoco quería darles un disgusto. Pero me sentí fatal cuando tuve que contarles lo de la separación por teléfono. Algunas cosas deben hacerse en persona. —Resopló—. También he tenido que darles la noticia de la muerte de su padre por teléfono. Ha sido horrible para ellos. Pero no iban a volver a casa hasta dentro de dos semanas, y no podía dejar que se enteraran por otra persona o por las noticias.

—Entonces, ¿por qué no esperar a contarles lo de la separación hasta que volvieran a casa en verano? —preguntó Matt.

—Porque si hablaban con Paul, a él se le escaparía, y quería que lo escucharan de mis propios labios. Tenía miedo de que Paul fuera... —Agitó una mano, como buscando la palabra adecuada—. Demasiado brusco. Paul no habría entendido que los chicos se disgustaran. Les habría dicho que se aguantaran. —Soltó las últimas palabras con veneno en la voz.

¿O quería que los chicos escucharan su versión de los hechos antes de oír la de Paul?

Matt inclinó los hombros hacia delante, su postura atenta.

—Por lo que dice, parece que Paul se mostraba bastante insensible con sus hijos.

—Él consideraba que los hombres debían ser duros. —Angela se recostó hacia atrás.

—No estaban de acuerdo en la forma de educar a los hijos —dijo Bree con voz comprensiva.

Angela hizo una pausa para pensar antes de responder.

—Paul opinaba que yo era demasiado blanda con ellos. Tal vez tenía razón.

Era más lista de lo que Bree esperaba y estaba tratando de restar importancia a las desavenencias con su marido.

Bree cambió de tema con la esperanza de que Angela bajara la guardia.

Salto al vacío

—Entonces, ¿Paul le pidió que se fuera de casa? No parece muy justo. También era su hogar.

—No me lo pidió, no. No exactamente. —Angela se recolocó en el asiento—. Una amiga me dijo que lo había visto con otra mujer más joven. —Respiró profundamente—. Lo más extraño es que me daba vergüenza. Habían visto a mi marido tonteando con otra mujer, y sin embargo era yo la que se avergonzaba.

Se quedó callada, como reflexionando sobre esa reacción, pero Bree percibía la agitación que sentía por dentro, la rabia que Angela se esforzaba por ocultar.

—¿Alguna vez se planteó dejarlo? —preguntó Bree.

—Sí. Cuando los chicos vivían con nosotros, tenía un propósito: no quería destrozarles su hogar. —Bajó la mirada a las manos—. Pero a diferencia de Paul, decidí dar una última oportunidad a nuestra relación. Reconozco que había estado tan centrada en mis hijos que Paul y nuestro matrimonio muchas veces pasaban a un segundo plano, pero había invertido más de dos décadas en nuestra relación. Este año, cuando ellos se fueron a la universidad, le propuse a Paul que hiciéramos un viaje largo los dos. Hay muchos lugares que me gustaría conocer, pero siempre habíamos estado demasiado ocupados, Paul con el trabajo y yo con los niños. De repente, teníamos el nido vacío.

—¿Qué dijo Paul? —le preguntó Bree.

—Que no podía ausentarse del trabajo. Tenía demasiados proyectos en marcha y había que pagar las matrículas de la universidad. Cuando insistí en el tema, me acusó de ser una egoísta y una vaga. Dijo que yo no tenía ni idea de la presión a la que estaba sometido para conseguir que siguiera entrando dinero mientras yo me dedicaba al tenis y a organizar actos benéficos. —Un destello de ira brilló en sus ojos. Se echó unos cuantas chocolatinas en la palma de la mano y cerró el puño con fuerza alrededor—. Yo sabía que eso solo era una excusa. Lo sabía. Pero dejé que me echara la culpa porque

227

no aportaba ingresos. Irónicamente, fue Paul quien no quiso que trabajara cuando los niños eran pequeños.

Se llevó el puñado de grageas a la boca en un gesto de enfado. Masticó, moviendo las mandíbulas con más fuerza de la necesaria. Luego hizo un esfuerzo por serenarse y suavizó la expresión.

Matt se acercó un poco más a ella.

—¿De qué trabajaba usted antes de casarse con Paul?

Angela tragó saliva y adquirió una expresión melancólica.

—Era profesora. En tercero de Primaria.

—¿Así que dejó su carrera por él? —preguntó Bree, hurgando en la herida.

—Así es. —Angela cogió la botella de agua—. Sin embargo, lo cierto es que también me encantaba estar en casa con mis hijos. Pero ahora que han crecido, necesito hacer algo con sentido. Jugar al tenis no es suficiente. —Se recostó de nuevo y bajó los hombros mientras se relajaba—. Y ahora ya no tendré que organizar cenas para los clientes ni para nadie más. —No parecía molesta por eso—. Por primera vez en décadas, mi tiempo es mío.

—¿Cuándo les contó a sus hijos lo de la separación? —preguntó Bree tras un minuto de silencio.

Angela negó con la cabeza.

—Los llamé una semana después de irme de casa.

—¿Les dijo la verdad? —la pinchó Bree.

—No les conté los detalles. —Angela lanzó un suspiro—. No es la clase de información que necesitan tener unos niños.

—No son niños —señaló Bree—. Son hombres hechos y derechos.

—El motivo de que Paul y yo nos separáramos no es asunto suyo —espetó Angela—. De hecho, no es asunto de nadie.

Matt intervino.

—¿Paul y sus hijos estaban muy unidos?

Angela encogió un hombro.

—No tenía mucho tiempo para ellos cuando eran pequeños.

Siempre estaba trabajando, y cuando ninguno de los dos mostraba interés por la empresa familiar, Paul se enfadaba —contestó Angela, haciendo una leve pausa antes de la última palabra.

—Conocimos a Paul. —Matt adelantó los hombros—. Tenía mucho temperamento. Me atrevería a decir que hacía algo más que enfadarse.

Angela no respondió. La cautela, o quizá su astucia, le hizo entrecerrar los ojos. No era estúpida. No confirmaría nada que arrojara una luz sospechosa sobre ella o sus hijos.

—Paul era un macho alfa. —Angela levantó la barbilla, fingiendo un aplomo que claramente no sentía.

—Era un cabrón —añadió Matt.

A la mujer se le encendieron los ojos, pero no hizo ningún comentario.

Bree dejó de hacerle preguntas sobre los hijos con la esperanza de que hablara con más libertad.

—¿Dónde estaba usted entre las siete y cuarenta y cinco y las ocho de la tarde de ayer?

Angela cogió el envoltorio de las pastillas de chocolate.

—Como dije anoche, estoy instalada en casa de una amiga, pero se fue a trabajar a las seis y media.

—Necesitaré la información de contacto de su amiga. —Bree levantó el bolígrafo.

—Por supuesto.

Angela le dio a Bree el nombre y la dirección.

Bree tomó nota y luego le hizo la pregunta realmente importante.

—¿Dónde estuvo el pasado viernes por la noche?

—¿Cuándo? ¿Por qué? —Angela arqueó las cejas con expresión confusa.

—Una de las empleadas de Paul fue asesinada ese día —expuso, observando atentamente su reacción.

Angela se quedó con la boca abierta.

—Holly —susurró, casi para sí misma. Miró la bolsa de golosinas que tenía en la mano, pero su foco de atención estaba en sí misma—. Creía que había sido un suicidio. Lo vi en las noticias.

—Los periodistas solo estaban especulando —explicó Bree—. Holly fue asesinada.

Angela se quedó petrificada.

—No lo sabía. No he visto las noticias desde ese informativo. ¿Significa eso que la muerte de Holly está relacionada con la de Paul? —Ladeó la cabeza.

—No lo sabemos. —Bree imitó su movimiento—. ¿Conocía mucho a Holly?

—No mucho. —Angela inclinó la barbilla hacia abajo, dejando que el flequillo le cayera sobre la cara—. Mi única contribución en la empresa consistía en ayudar a Paul invitando a cenar a los clientes en casa. No sé nada de reformas ni del mundo de la construcción.

—Pero ¿conocía a Holly? —insistió Bree.

Angela asintió sin levantar la mirada.

—La había visto un par o tres de veces cuando pasaba por la oficina para hablar con Paul, pero no la conocía mucho.

—Resulta difícil de creer —señaló Bree—. Trabajó para la empresa de su marido durante siete años.

Angela se puso tensa al verse cuestionada tan abiertamente, pero no dijo nada. Se quedó quieta y desvió la mirada. Sabía más de lo que decía. El nombre de Holly, y su asesinato, habían provocado una respuesta emocional que Angela estaba tratando de ocultar. Bree lo percibía con toda claridad. Miró a Matt. Él también esperaba pacientemente, con los hombros en apariencia relajados. Como si estuvieran de acuerdo, dejaron que el silencio se prolongara.

—Supongo que se van a enterar de todos modos. No tiene sentido ocultarlo. —Angela arrancó un pequeño trozo de plástico de la bolsa de golosinas—. Una noche Paul me dijo que se iba a quedar a trabajar hasta tarde. Lo llamé y me saltó el buzón de voz. Le envié un mensaje de texto y no contestó. Qué estúpida soy. Empecé a preocuparme por él. —Su voz se tiñó de amargura—. Llamé a su oficina y su secretaria me dijo que se había ido a las cinco. —Arrancó otro trozo del envoltorio—. Fue entonces cuando empecé a sospechar.

Ni Bree ni Matt movieron un músculo. Cuando una sospechosa empezaba a hablar sin tapujos, no convenía interrumpirla.

—Unas noches más tarde... —Hizo una pausa, sonrojándose—. Me fui a la cama. Paul estaba todavía en su despacho de casa. Me desperté horas más tarde y vi que no había venido a dormir. Bajé a buscarlo. Otras veces se había quedado dormido en su escritorio y siempre se despertaba con el cuello rígido. —Se mordió el labio, conteniendo las lágrimas—. Oí su voz desde el pasillo. —Respiró hondo y con dificultad—. Estaba intentando calmarla, diciéndole que haría lo que ella quisiera. Espié la conversación desde la puerta. Paul le dijo: «No te preocupes. No tendremos que hacer esto mucho más tiempo. Mi matrimonio terminará pronto». Oírle decir esas palabras a otra mujer fue demoledor. Luego, la noche siguiente me dijo que tenía una reunión.

Las lágrimas que había estado conteniendo comenzaron a fluir. Sollozando, dejó caer la cabeza entre las manos. Un minuto después, levantó la cara.

Bree sospechaba que su tristeza era auténtica, pero era un lamento por haber perdido su estilo de vida, no por la muerte de su marido. Se levantó, cogió una caja de pañuelos de la mesa del rincón y la puso delante de Angela.

La mujer se sorbió la nariz y sacó un pañuelo de la caja.

—Gracias.

Bree se sentó y se inclinó hacia Angela, tratando de crear una conexión.

—¿La llamó por su nombre?

Matt se quedó quieto y callado, intuyendo que no era muy probable que Angela confiara la respuesta a un hombre en ese momento.

—Sí. —La mujer se secó los ojos—. Dijo su nombre dos veces. Holly.

Bree le acercó la botella de agua.

—Gracias. —Angela cogió la botella y bebió un trago—. Me enfrenté a él. Ni siquiera intentó negarlo. Se alegró de que lo descubriera. Luego se rio y me dijo que era una estúpida. —La humillación le incendió los ojos—. Estaba tan enfadada... —Se calló de repente, como si acabara de darse cuenta de que no debería haber admitido eso—. ¿Soy sospechosa? La última vez que lo pregunté, no me disteis ninguna respuesta.

—Angela, ¿disparó usted a su marido? —le preguntó Bree.

—No. —Angela no apartó la mirada en ningún momento.

¿Mentía o decía la verdad?

—Entonces no debería tener nada de qué preocuparse.

Bree apoyó las manos en la mesa.

Angela no parecía creerla. Sacó otro pañuelo de la caja y se lo llevó a la cara.

¿Estaba secándose las lágrimas u ocultando su expresión? Bree no podía saberlo, pero en su actitud había algo que no le cuadraba. Las reacciones de Angela parecían calculadas.

—Si mi pareja me engañara, estaría furiosa. Quizá lo suficiente como para matarlos a los dos. —Bree se inclinó hacia delante y formuló la pregunta que Angela había evitado antes—: ¿Dónde estaba el viernes por la noche?

—Estaba en casa, sola. En casa de mi amiga, quiero decir. —Angela apretó los labios y entrecerró los ojos en una expresión reflexiva. Estaba tomando una decisión. Bajó la mano con el pañuelo—. A ver, entiendo por qué podría ser sospechosa, ya que Paul y yo estábamos en pleno proceso de divorcio, pero yo nunca habría hecho daño a Holly. No fue culpa suya. De hecho, es muy

posible que Paul la acosara o la presionara para que tuvieran una...
relación. —Miró a Matt—. Tal como ha dicho antes, era un cabrón.
Además, Holly no era la única mujer con la que se acostaba.

—¿Cómo lo sabe? —le preguntó Bree.

—Porque después de marcharme de casa, me fui directamente
a ver a un abogado. Este quería pruebas del engaño de Paul, así que
contrató a un detective privado.

Capítulo 25

Matt observó los ojos de Angela Beckett y pensó que la mujer estaba manipulándolos, o al menos eso creía ella. Había procurado no sacar conclusiones precipitadas sobre ella hasta que les contó lo del abogado y el detective privado. Si lo que les había dicho era cierto, Paul se merecía que le quitase hasta el último centavo, pero Angela parecía más calculadora sobre el divorcio de lo que estaba dando a entender. No se había sorprendido al descubrir que Paul la engañaba, se recordó a sí mismo. Lo que más la había irritado era que él hubiera dejado de ser discreto con sus aventuras. Estaba más preocupada por su reputación que por su matrimonio.

—¿A quién contrató su abogado? —le preguntó.

—A la agencia de detectives Sharp. —Angela abrió su bolso y sacó una tarjeta de visita—. Las personas de contacto son Lance Kruger y Lincoln Sharp.

Matt rechazó la tarjeta.

—No es necesario. Los conozco.

Angela entrecerró los ojos con aire de contrariedad. No le gustaba que conociera a Lance y a Sharp.

Bree siguió presionándola.

—¿Averiguaron los detectives con quién se había estado acostando Paul?

Angela estudió su pañuelo de papel.

—No fue solo una mujer. Hubo muchas solo en las pocas semanas en las que el detective siguió los movimientos de Paul. Tengo que dar por sentado que hubo muchas más antes de eso.

—¿Conocía personalmente a alguna de las mujeres, aparte de Holly? —le preguntó Bree.

Angela se secó los ojos, cubriéndose la cara.

—Ni siquiera miré la lista.

De manera que la respuesta era sí.

Matt no la creyó ni por un segundo.

—¿Los detectives no le dieron un informe?

En lugar de responder, Angela dijo:

—No quería saber los detalles. Estaba claro que Paul no mantenía una relación con una sola persona, sino que iba de flor en flor. —Se estremeció—. Esa semana fui al médico y me hicieron pruebas de todo. Solo Dios sabe a qué tipo de enfermedades me expuso.

Bree dio unos golpecitos con su bolígrafo sobre el papel.

—Yo en su lugar querría saberlo absolutamente todo. Estaría muy enfadada y desearía vengarme.

—No soy una persona violenta. —Angela dirigió la mirada al arma de Bree. Se apartó el pelo de la cara—. Ahora me gustaría irme. Anoche me quedé absolutamente conmocionada.

—Necesitaríamos una copia de los informes de los detectives —dijo Bree—. Para verificar su declaración.

Angela dudó.

—A menos que no haya sido del todo sincera —apuntó la sheriff.

—O que tenga algo que ocultar —añadió Matt.

—No tengo nada que ocultar —espetó Angela. Respiró hondo, sopesando claramente los riesgos y los beneficios—. Les enviaré los informes.

¿Después de modificarlos, tal vez?

Bree negó con la cabeza.

—Es preciso que nos los envíe directamente la agencia de detectives Sharp.

La agencia tendría fotos y datos detallados sobre los movimientos y las relaciones de Paul. Aunque el departamento del sheriff prefiriera reunir toda la información de forma directa, era imposible recrear la vigilancia de un hombre que ahora estaba muerto.

Por lo general, los hechos que pasan de un detective privado a un abogado están protegidos por el secreto profesional entre abogado y cliente. Si Angela hubiera contratado directamente a los detectives, esto no habría sido necesariamente así. O Angela era muy inteligente o tenía un excelente abogado de divorcio. Tal vez ambas cosas. El departamento del sheriff tendría dificultades para conseguir el documento sin su consentimiento.

Angela midió sus palabras:

—En ese caso llamaré a mi abogado para que le dé permiso al detective para que envíe esa información.

Pero no toda.

—Gracias. Solo tengo un par de preguntas más —dijo Bree—. ¿Quién se beneficia económicamente de la muerte de Paul?

—No lo sé. —Angela levantó la vista, agudizando su mirada—. No tiene testamento. Intenté que consultara con un asesor en materia de patrimonio hace años, pero se negó a considerar el hecho de que podía morir. Por suerte, tengo mi propio dinero, dinero de mi familia en un fideicomiso que Paul no podía tocar. No soy rica, pero sobreviviré. —Soltó la botella de agua y se recostó en el respaldo, dejando caer las manos en el regazo—. Supongo que tendré que contactar con un abogado especialista en herencias patrimoniales.

Matt sabía la respuesta, pero permaneció en silencio. En el estado de Nueva York, los bienes se dividirían según una fórmula establecida entre el cónyuge y los hijos. No todo iría automáticamente a la esposa, aunque el reparto sería mucho más fácil que en un divorcio, a menos que el negocio acabara en quiebra.

Salto al vacío

Angela enderezó los hombros y buscó un pequeño bolso en la silla de al lado.

—¿Hemos terminado?

—Casi —dijo Bree—. ¿Había alguien más que pudiera querer ver muerto a Paul?

Angela agarró su bolso en el regazo. Tenía los nudillos blancos. Parecía dispuesta a salir corriendo.

—El marido de Holly y los maridos de otras mujeres con las que Paul se hubiera acostado.

Bree hizo como que tomaba nota de todas aquellas posibilidades.

—¿Y algún socio comercial o clientes?

Angela se encogió de hombros.

—No lo sé.

—¿Estaba Paul involucrado en algún negocio turbio? —preguntó Matt.

—Es posible —admitió Angela—. Paul no era un buen marido, pero sí era muy buen contratista. Creció en el negocio. Conocía todos los aspectos, desde el diseño de los planos del proyecto hasta la finalización de la obra, y tenía un ojo increíble para el espacio y el diseño. Por eso ganó un montón de dinero. Tenía lista de espera para los presupuestos. La gente hacía cola para que Paul les reformara la casa. —Lanzó un suspiro—. Dicho esto, está claro que no era el hombre más honrado del mundo. Sospecho que hacía trampas en los impuestos. También era poco estricto en otros aspectos del negocio, así que no me sorprendería demasiado.

—¿Cree usted que defraudaba a Hacienda? —le preguntó Bree.

Angela mostró sus dientes perfectos en una sonrisa de auténtica depredadora.

—Ya que lo dice, puede que yo misma alertara a las autoridades fiscales para que le hicieran una inspección.

—Pero en ese caso también deberá dinero al fisco y quizá sufra sanciones —observó Matt.

Angela asintió.

—Ahora que Paul está muerto, me arrepiento, pero en aquel momento solo quería que pagara por haberme humillado. Esperaba que fuera a la cárcel. —Agitó una mano—. Ahora ya no importa. Paul se aseguró de que yo no apareciera en ninguno de los papeles de la empresa. Se negó a compartirla conmigo, así que dudo que se me pueda considerar legalmente responsable de fraude fiscal. Pueden cobrarse los impuestos atrasados y las multas de la herencia de Paul. Como dije, tengo mi propio fondo fiduciario. No voy a tener problemas económicos. La demanda de divorcio no era por dinero, sino por venganza.

—Entonces, tenía usted motivos para matarlo —sugirió Matt.

—No. —Angela negó con la cabeza—. No lo quería muerto; quería que pagara por lo que me había hecho. Hay una diferencia. Muerto, al final se ha salido con la suya.

—Así pues, ¿no conoce a nadie en concreto que tuviera motivos para pegarle un tiro a Paul? —preguntó Bree.

—En lo que respecta a nuestra vida personal, no. —Angela se puso de pie—. Pero no sé nada sobre el funcionamiento diario de la empresa.

Matt no la creía en absoluto. Aunque Angela se hiciera la tonta, había demostrado que era cualquier cosa menos eso.

La mujer sujetó con ambas manos el bolso que tenía delante.

—Deberían hablar con su secretaria. Ella lo sabe todo sobre los clientes y demás. Lleva décadas en la empresa. También trabajó con el padre de Paul.

—¿Cuándo compró Paul su arma? —preguntó Bree.

—Hace años, después de sorprender a dos ladrones en una obra.

—¿Dónde la guardaba? —quiso saber Bree.

—En la guantera de su camioneta —dijo Angela—. Siempre estaba preocupado por el vandalismo y los robos. A veces se pasaba por las obras ya de noche, de camino a casa, solo para comprobar que no había entrado nadie.

—¿Alguien más sabía de la existencia de esa arma? —le preguntó Bree.

Angela encogió un hombro.

—No tengo ni idea.

—¿Qué tipo de arma es? —preguntó Bree.

Angela volvió a encogerse de hombros.

—No lo sé. No me gustan las armas. Paul nunca la traía a la casa.

Bree apoyó la mano derecha en la mesa. Matt reconoció el brillo de su mirada: estaba a punto de entrar a matar. Inclinó la cabeza.

—¿Los chicos sabían que su padre la tenía?

El rostro de Angela palideció y apretó los labios hasta formar una fina línea.

No le había gustado esa pregunta. No le había gustado nada.

—Esta entrevista ha terminado. —Angela levantó la barbilla en señal de desafío—. No volveré a hablar con la policía si no es en presencia de mi abogado.

Bree había encontrado su punto débil.

Matt se levantó. Como Angela se comportaba como una mujer muy afectada por la situación, fingió creerla. Acosarla solo serviría para que se pusiera aún más a la defensiva.

—¿Se encuentra usted bien para conducir?

—Sí. —La mujer asintió, acercando el pañuelo arrugado a la comisura de un ojo—. Gracias.

—Estaremos en contacto —dijo Bree.

Ni Matt ni Bree comentaron que Noah estaba en la habitación de al lado. La simple mención de sus hijos en referencia a la pistola de Paul había sacado a la mamá oso que llevaba dentro. Si Angela hubiera sabido que a continuación iban a interrogar a uno de sus hijos, se habría puesto furiosa.

—Por supuesto.

Angela se metió el bolso bajo el brazo y salió de la sala de interrogatorios con paso firme y decidido.

Matt la acompañó al vestíbulo de la comisaría. Fuera seguía habiendo un gran número de medios de comunicación. Matt quiso ofrecerle la opción de salir por otra puerta más discreta, pero Angela Beckett se abrió paso sin dudarlo. Los periodistas la rodearon como si fueran hormigas abalanzándose sobre unas migajas de pan. Ella alzó el rostro lloroso hacia las cámaras. Matt abrió la puerta para oír sus declaraciones.

—La sheriff ha prometido encontrar al asesino de mi marido. —Angela se sorbió la nariz y se secó los ojos. No le daba reparo llorar—. Estoy haciendo todo cuanto está en mi mano para colaborar.

Un periodista le puso un micrófono en la cara.

—¿No estaban usted y el señor Beckett separados?

—Sí. —Unas lágrimas rodaron por la mejilla de Angela—. Pero eso no significa que no le quisiera. Era el padre de mis hijos. —Levantó una mano para bloquear la cámara—. Lo siento. No puedo… —Sollozando, se dio la vuelta. Unos cuantos periodistas la siguieron, pero ella se apresuró a subirse a un BMW.

Cuando Matt regresó a la sala número uno, Bree había apuntado una rápida sucesión de notas. Dejó el bolígrafo y tamborileó con los dedos sobre la mesa.

—No sé qué pensar de ella. ¿Hasta qué punto ha sido una actuación todo eso?

—Yo diría que la mayor parte. —Matt cerró la puerta y describió la escena del aparcamiento—. Ha sido digno de un Oscar. Se ha puesto a llorar y todo.

—Aquí dentro, a pesar de las lágrimas, no se le ha corrido el rímel ni se le ha emborronado el pintalabios. —Bree añadió—: ¿Qué te ha parecido cuando ha dicho que no había leído el informe de los detectives?

—No me he creído ni una palabra. ¿Quién podría resistirse a saber con quién se está acostando su pareja? Todo el mundo quiere los detalles escabrosos.

—¿Verdad? —Bree resopló—. Yo también digo que es mentira. —Por la parte positiva, conozco a Lance Kruger, de la agencia Sharp. Ha trabajado muchas veces para la policía de Scarlet Falls. Es un buen tipo. Solo conozco a su jefe de oídas, pero tiene buena reputación. Cualquier información que tengan será sólida. Podríamos obtener una lista de posibles nuevos sospechosos.

Bree golpeó la libreta con el bolígrafo.

—Si a Paul le dispararon con su propia arma, entonces quien lo mató sabía que tenía una y dónde la guardaba. No entraron en su garaje y en su camioneta y encontraron la pistola por casualidad.

—Lo más probable es que conociera a su asesino.

—Estoy de acuerdo. —Bree pasó la página de su bloc de notas—. Y hablando de eso…, ¿hablamos con Noah?

—Sí. La única pregunta a la que Angela no ha respondido es si los chicos sabían o no que Paul tenía un arma.

—Resulta difícil creer que Paul tuviera un arma durante muchos años sin que sus hijos adultos supieran de su existencia.

Bree se levantó y guio el camino hacia la siguiente sala de interrogatorios.

Matt había visto fotos de los gemelos, pero en persona Noah se parecía mucho a su madre, alto y delgado y atlético. Los vaqueros, la camisa de botones a rayas y los mocasines le daban un aire de empollón de universidad privada, pero el chico no mostraba ni una pizca de la actitud calculadora de su madre. Cuando entraron Bree y Matt, Noah estaba paseándose por la habitación, mordiéndose la uña del pulgar. Ella pulsó un botón y la luz de la cámara de vídeo instalada en la esquina se puso en verde.

La sheriff hizo las presentaciones de rigor y se sentó a la mesa, donde leyó a Noah la advertencia legal antes de que prestara declaración.

—Necesito que firme aquí indicando que lo ha entendido.

Noah la miró con aire desafiante.

—¿Por qué?

—Es la ley, señor Beckett.

Bree se ajustó el cabestrillo e hizo una mueca de dolor.

—Por favor, no me llamen así. —Retiró la silla y se dejó caer en ella—. Señor Beckett es el nombre de mi padre. No quiero ser él.

—De acuerdo, Noah.

Bree suavizó su tono de voz. Tenía una habilidad instintiva para captar la personalidad de la gente y adaptar su estilo de interrogatorio. Con Noah, se transformaría en una figura materna porque sería a eso a lo que él respondería. Le dio su bolígrafo y él firmó el papel sin leer nada.

Comprobó su teléfono.

—He intentado llamar a mi madre, pero no contesta.

Bree le dirigió una mirada severa.

—Te voy a pedir que apagues el teléfono durante nuestra charla.

Noah respondió con un asentimiento respetuoso.

—Claro, lo siento.

Puso el teléfono en silencio y se lo metió en el bolsillo.

Matt suspiró aliviado. No quería que Angela devolviera la llamada de Noah en medio de su sesión de preguntas.

—¿Te hospedas en casa de algún amigo? —empezó Bree.

—Sí. —Se llevó el pulgar a la boca y se mordió la uña—. En casa de mi novia.

—Necesitaré su nombre y dirección.

Bree preparó el bolígrafo.

—Chloe Miller.

Les dio la dirección de un apartamento en Scarlet Falls.

—¿Cuándo volviste a la ciudad? —preguntó Bree.

—La semana pasada. El jueves. —Dejó caer la mano en el regazo—. Debería habérselo dicho a mamá, pero sé que en casa de su amiga no hay sitio y no quería quedarme con mi padre. —Suspiró—. Pensé que esto sería lo más fácil.

—Al final vas a tener que decírselo —señaló Bree.

—Lo sé. —Noah bajó la mirada a sus manos—. Hablaré con ella más tarde. Le va a sentar mal que lleve aquí una semana y no se lo haya dicho. —Se hurgó la uña—. Y que le mintiera cuando hablamos anoche.

Bree torció el gesto.

—Tu madre te quiere. Se alegrará de verte pase lo que pase.

—Sí. Lo sé —convino Noah, pero seguía pareciendo preocupado.

—¿Cuándo viste a tus padres por última vez? —intervino Matt.

—Estuve en casa por Navidad —dijo Noah.

—¿Los dos se comportaban con normalidad? —preguntó Matt.

—Sí.

La respuesta de Noah no resultaba del todo convincente, pero no dio más detalles. Parecía distraído, como si estuviera teniendo una conversación completamente diferente en su cabeza. ¿Estaría repitiendo los acontecimientos de las Navidades anteriores? ¿O simplemente no quería hablar de los problemas matrimoniales de sus padres?

Matt cambió de tema.

—¿Sabías que tu padre tenía una pistola?

—Ajá —asintió, frunciendo el ceño.

—Yo solía salir a practicar tiro con mi padre —mintió Matt. Su padre se sentía más cómodo con una cuchara de madera en la mano que con un arma—. ¿Tu padre te llevó alguna vez al campo de tiro?

—Sí. Nos llevó a mí y a Timothy un par de veces. A papá le gustaban todas esas cosas de hombres: la pesca, el tiro, el fútbol... No le gustaba que jugáramos al tenis.

—¿Aún juegas al tenis? —preguntó Matt.

—Sí. Hay canchas en el complejo de apartamentos de mi novia. Le estoy enseñando a jugar.

Bree movió su silla un centímetro más cerca, creando un entorno más íntimo.

—¿Y tú? ¿Te gustaban las mismas actividades que a tu padre?

—No mucho, la verdad. Íbamos a pescar juntos de vez en cuando, solo para complacerle, pero no es lo mío. —Noah se sonrojó. ¿Se avergonzaba por no satisfacer las expectativas de su padre sobre cómo debía ser un hombre de verdad?

Matt se recostó y suspiró.

—Es difícil cuando no puedes cumplir las expectativas de tu padre. Mi padre se llevó una decepción cuando me hice policía.

Nada de eso era cierto. El padre de Matt siempre le había mostrado su amor incondicional. Le encantaba cocinar y siempre veía programas de cocina en lugar de partidos de fútbol, pero Matt necesitaba conectar con Noah.

Este movió la cabeza.

—Cuando Timothy y yo escogimos especialidad en la universidad, papá se puso hecho una fiera.

Una versión un poco distinta de la de Angela.

—¿Cuál es tu especialidad? —le preguntó Bree.

—Magisterio. Voy a ser profesor.

—Como tu madre —señaló Matt.

De repente Noah pareció animarse.

—Sí.

—¿Y cuál es la especialidad de tu hermano? —preguntó Bree.

—Derecho. —Noah hizo una mueca—. Tim ganará dinero. Al menos eso papá sí lo respetaba.

—Pero tu padre no sentía respeto por tu opción de estudiar Educación —insistió Matt.

—No. Quería que me especializara en Ingeniería o Empresariales para que pudiera hacerme cargo de la empresa. Amenazó con no pagarme la matrícula. Y lo habría hecho, pero mamá se lo impidió. —La mirada de Noah era de ensimismamiento—. Ella no solía hacer eso. Por lo general, encontraba la manera de evitarlo, la mayoría de las veces sin que él se diera cuenta. No le gusta la confrontación, y papá podía ponerse en plan matón.

Matt dedujo que eso significaba que Angela podía ser una mujer muy manipuladora.

—¿Y eso?

Noah desvió la mirada con gesto de contrariedad.

—¿Era un matón con todos vosotros o solo con tu madre? —preguntó Bree.

Noah tensó la mandíbula.

—Mi padre tenía mal genio —dijo Bree—. No hacía más que gritarnos, regañarnos... y cosas peores. —Tragó saliva—. Cuando era pequeña, pensaba que sus arrebatos eran culpa mía. Que yo había hecho algo para que se enfadara. Ahora que soy adulta, sé que no era así. Era un matón no solo porque era más grande y más fuerte, sino porque quería serlo. Disfrutaba haciéndonos sentir impotentes. Le gustaba ser mala persona.

Los ojos de Noah se clavaron en los de ella, y ahí estaba la conexión que necesitaban. Matt deseó que se hubiese establecido de otra forma, porque había oído la verdad resonar en las palabras de Bree. No le había mentido a Noah en absoluto.

La sheriff habló con delicadeza:

—¿Pegaba a tu madre?

Noah negó con la cabeza.

—No creo.

—¿Alguna vez te pegó a ti?

Noah suspiró. Inclinó el cuerpo hacia delante en señal de rendición.

—No, pero resultaba muy intimidante. No era un hombre enorme, pero cuando se enfadaba, era como si pareciese más grande. No sé cómo explicarlo.

—Porque siempre parecía que estaba a punto de pegarte. —Bree lo entendía perfectamente—. Incluso aunque no fuese a hacerlo.

Noah se quedó paralizado.

—Sí. Justamente eso. —Bajó la mirada—. Entonces, ¿por qué seguía sintiéndome intimidado aunque yo ya hubiese crecido y fuese tan alto como él?

—A veces seguimos viendo las cosas con los ojos de los niños que fuimos —respondió Bree.

Noah asintió.

—Supongo que tiene sentido.

Su boca adquirió un rictus pensativo y permaneció en silencio. Pasaron unos segundos. En general la gente no soportaba el silencio, pero a Noah no parecía importarle.

—Hoy hemos hablado con tu madre. —Bree levantó la mano—. No te preocupes, no le hemos dicho que estabas en la ciudad. Eso es cosa tuya.

—¿Mi madre ha estado aquí? —Noah se puso muy pálido de repente—. ¿Por qué?

—Ah, hemos hablado con todas las personas del entorno de tu padre.

El tono de Bree era artificialmente despreocupado y su lenguaje corporal sugería que había algo más que eso.

De pronto Noah adelantó el cuerpo y las patas de la silla golpearon el suelo ruidosamente.

—Mi madre nunca le haría daño a nadie.

Bree no se movió.

—Nadie ha dicho lo contrario.

Todo el cuerpo de Noah se puso en tensión. Su rostro enrojeció y los tendones a los lados del cuello sobresalían como cables de acero.

—Era mi padre el agresivo, no mi madre.

Bree levantó una mano con la palma hacia Noah.

—Si tú lo dices.

Noah se puso en pie de un salto. Las puntas de goma de las patas de la silla chirriaron sobre el viejo suelo encerado.

—He sido yo.

Matt se puso en pie antes de poder procesar cualquier pensamiento, en una reacción automática al repentino movimiento de Noah. Entonces su cerebro procesó lo que acababa de decir el chico.

«Espera. ¿Qué?».

¿Eso era una confesión?

Bree no se había movido. Parpadeó una vez, sorprendida. Ella tampoco había esperado aquella reacción.

Miró a Noah fijamente y se recuperó del estupor en un segundo.

—Por favor, siéntate.

Noah se acomodó en la silla como si lo hiciera a cámara lenta. Desplazó la mirada de Bree a Matt y la bajó a su regazo, donde mantenía los puños cerrados.

Como Noah, Bree se quedó muy quieta.

—¿Qué has querido decir con eso de «He sido yo»? Ahora es necesario que seas muy claro, Noah.

El joven levantó la barbilla, pero no pudo sostenerle la mirada de Bree. Su voz se volvió robótica.

—Yo maté a mi padre.

Bree se sentó, estudiándolo en silencio. Ante la mirada de la sheriff, unas gotas de sudor brotaron en la frente de Noah. Estaba completamente quieto, salvo por el movimiento de una pierna.

Pasó un minuto eterno. Entonces Bree movió los hombros solo un centímetro hacia delante.

—Convénceme de eso.

Noah abrió mucho los ojos. Aparecieron unos cercos oscuros de sudor bajo sus axilas.

—¿Qué quiere decir? —preguntó con voz temblorosa.

—¿Cómo lo mataste? —Bree inclinó la cabeza.

—Le disparé. —Noah elevó la entonación de la frase al final, casi como formulando una pregunta.

—¿Estás seguro? —preguntó Bree.

—Sí. —Asintió una vez, y luego repitió con una voz más segura—: Le disparé.

Bree cogió su bolígrafo y lo sostuvo sobre su libreta.

—¿Dónde?

Noah se humedeció los labios con la lengua.

—En el garaje.

Bree tomó nota.

—¿Con qué le disparaste?

Un pequeño destello de alarma apareció en los ojos de Noah y luego exhaló un suspiro, como si acabara de recordar algo.

—Con su pistola.

El bolígrafo de Bree trazó unos garabatos en su libreta.

—¿Cómo conseguiste el arma?

—La cogí de la camioneta —respondió Noah. Así que sabía dónde guardaba Paul su pistola.

—¿Estaba cerrada la camioneta? —preguntó.

Noah lo pensó.

—No.

Bree levantó una ceja.

—¿Estás seguro de eso?

Noah adelantó la mandíbula.

—La camioneta no estaba cerrada. Estaba en el garaje.

—¿Y cómo entraste en el garaje? —preguntó Bree.

—Tengo una llave. —La voz de Noah era vacilante. Probablemente sí tenía una llave. La casa de su padre era su domicilio oficial, pero no sabía que alguien había cortado los cristales de la ventana.

La sheriff levantó el bolígrafo.

—¿Dónde estaba tu padre cuando le disparaste?

—No lo recuerdo exactamente. —La pierna de Noah seguía moviéndose como loca y las manchas de sudor bajo las axilas eran cada vez más amplias.

—Vale —dijo Bree—. ¿Y aproximadamente?

—No me acuerdo.

El pánico nubló los ojos de Noah.

—¿Qué me dices de la muerte de Holly Thorpe? —preguntó Bree.

Noah abrió los ojos como platos. Se quedó con la boca abierta.

—Sabes quién era, ¿verdad? —preguntó Bree.

—Por supuesto que lo sé —espetó Noah—. Trabajaba para mi padre.

—¿Cómo la mataste? —Bree sostuvo el bolígrafo sobre la libreta, como esperando pacientemente.

Noah cerró la boca de golpe. Matt veía su cerebro trabajar a mil por hora.

Era evidente que el chico no había pensado bien su confesión.

Matt se inclinó hacia delante.

—¿Acosaste a Holly antes de matarla?

Otro destello de miedo iluminó los ojos de Noah y luego cruzó los brazos sobre el pecho.

—No voy a decir nada más sin un abogado.

«¿Ahora se le ocurre que podría estar metido en un buen lío?», pensó Matt, lanzando un suspiro.

—¿Quieres retractarte de tu confesión? —preguntó Bree.

Noah se quedó mirando al frente, con la postura rígida y la mandíbula apretada.

Bree terminó de escribir unas cuantas notas, luego recogió su libreta y su bolígrafo y se puso de pie.

—Haré que un ayudante te abra la ficha policial y luego podrás hacer tu llamada.

Noah palideció de pronto.

Bree sacó las esposas de su cinturón.

—Señor Flynn, ¿podría esposarlo?

—Sí, sheriff. —Matt cogió las esposas—. Ponte de pie. Date la vuelta y extiende los brazos a los lados.

El cuerpo de Noah se estremeció mientras hacía lo que le decía. Matt le puso las esposas en una muñeca y luego en la otra.

—Vamos.

Matt lo llevó a la sala de la brigada y lo dejó en manos de un ayudante.

—Fichen a Noah Beckett por el asesinato en primer grado de su padre, Paul Beckett. —Miró al chico con dureza.

Noah se movía como en una nube de aturdimiento.

Todd entró desde la sala de atrás y se detuvo en seco. Arqueó las cejas.

Bree hizo un gesto a su ayudante y a Matt para que entraran en su despacho.

—Cerrad la puerta —dijo, sentándose detrás del escritorio.

—¿Qué ha pasado? —preguntó Todd levantando ambas palmas hacia arriba.

—Ha confesado.

Bree abrió su libreta.

—¿Ha confesado haber matado a su propio padre? —Todd abrió los ojos como platos.

—Sí. No es tan insólito que una persona mate a un familiar.

Bree sabía mejor que nadie que los lazos de sangre no ofrecían ninguna protección especial. No podías contar con alguien solo porque compartieses el mismo ADN.

—Sí, supongo que así es.

Todd hizo una mueca y se quedó mirando sus zapatos negros, bastante feos, como si se sintiera mal por haber olvidado la muerte de los padres de Bree.

Matt se paseó arriba y abajo por la habitación, con los nervios a flor de piel.

—Ese chico no ha parado de mentir.

—Sí. —Bree tiró de su cabestrillo y se le formaron unas pequeñas arrugas de dolor en la comisura de los ojos.

Todd se sentó en una silla de cortesía.

—¿Cómo lo sabéis?

—Apenas conocía los detalles más básicos sobre la muerte de Paul, y no tenía ni pajolera idea de lo de Holly —respondió Matt—. Quien la mató hizo todo lo posible para que su muerte pareciera un suicidio. —Aunque el intento dejaba mucho que desear, en su opinión—. El asesino de Holly sabía dónde había muerto su padre.

Bree asintió.

—La información es pública, pero el asesino o asesina tuvo que buscarla a propósito.

—¿Por qué confesaría Noah algo así si no fue él? —preguntó Todd.

Matt se detuvo detrás de la silla de cortesía vacía y se apoyó en ella con ambas manos.

—Para proteger a su madre.

Bree levantó apenas un milímetro las comisuras de la boca, como un gato al ver a una ardilla.

—Ha sido una maniobra drástica, casi desesperada, diría yo.

Matt la miró a los ojos.

El brillo de animal depredador ya no le recordaba a un gato doméstico, sino a un puma.

—Solo hay una razón por la que Noah estaría dispuesto a dar un paso tan extremo.

—¿Cuál? —Todd parecía exasperado.

Matt desvió la vista de Bree para mirar a Todd.

—Que esté seguro de que su madre es culpable.

Capítulo 26

Bree giró la cabeza a un lado y otro. El dolor irradiaba como el calor de su herida. Buscó en su escritorio un bote de ibuprofeno y se tragó dos pastillas con un poco de agua de una botella, aunque aquello era como intentar aplacar a un oso con un matamoscas. Guardó los medicamentos más fuertes para la noche.

—¿Podemos retenerlo aunque sepamos que es inocente? —preguntó Todd.

—Sí. Al menos por un tiempo. —La sheriff sacó un paquete de galletas medio desmenuzadas del cajón de su escritorio—. Hay pruebas que podrían señalar su culpabilidad: Noah no nos ha dado una coartada para la muerte de su padre o la de Holly, y juega al tenis. —Abrió el paquete y se comió una galleta—. Además, no mantenía una buena relación con su padre, y tampoco quiere retractarse de su confesión. ¿Por qué iba a pedir un abogado después de haber confesado, a menos que no quiera que sepamos que su confesión es una patraña? Quiere que pensemos que lo hizo él. Pero tenemos que corroborar nuestra teoría. —Bree inclinó la cabeza hacia Todd—. Noah vive con su novia. Ve a hablar con ella, a ver si sabe dónde estaba Noah cuando Holly y Paul fueron asesinados.

—¿Ahora? —preguntó Todd.

—En cuanto hayamos terminado aquí, sí. Tenemos que hablar con ella antes de que sepa que su novio está detenido. Dile que

Noah es sospechoso del asesinato de su padre. Tal vez ella le proporcione voluntariamente una coartada.

—Antes de que él le diga que no lo haga —añadió Matt.

Bree asintió.

—Exactamente.

Se echó unas migas de galleta en la palma de la mano.

—Angela sigue siendo nuestra sospechosa número uno —dijo Matt.

Bree asintió.

—No tiene coartada para ninguno de los dos asesinatos, y estaba enfadada con Paul. Se encontró arcilla verde en el maletero de Holly y en el garaje de Paul. Angela juega al tenis. Definitivamente, tenemos que interrogarla de nuevo. Ahora que hemos detenido a su hijo, espero que obtengamos una respuesta más contundente por su parte. —Bree masticó otra galleta y dejó el paquete a un lado. No tenía hambre. Solo había comido para evitar que el ibuprofeno le provocara náuseas. Notaba la herida del brazo tensa y ardiendo—. Que algún agente compruebe si hubo una llamada telefónica a medianoche entre Holly y Paul, la que Angela dijo haber escuchado hace un par de meses. Dudo que nos haya mentido sobre algo tan fácil de confirmar, pero nunca se sabe.

—¿Qué hay de Owen Thorpe? —preguntó Todd—. Tenía el mismo motivo para matar a Holly y a Paul.

—Tiene coartada para la muerte de Holly. Todavía no le hemos interrogado sobre el asesinato de Paul. Lo haremos hoy. —Bree frunció el ceño y miró a Todd—. No he tenido oportunidad de preguntarte antes. ¿Cómo te fue en el Grey Fox anoche?

Todd se encogió de hombros.

—La ayudante Collins y yo pasamos dos horas allí. Encontramos a varias personas que recuerdan a Owen de la noche del viernes. Ninguno lo vio salir. Todos dijeron que estaba muy ebrio y que no podía andar bien del todo. Redacté un informe y lo guardé en el archivo del caso.

—Así que no hemos podido comprobar la coartada de Owen para el asesinato de Holly. —Bree se comió las migas de galleta y las acompañó con agua—. Todd, ve a ver a Chloe Miller. Voy a llamar a Owen Thorpe y a Shannon Phelps para hacerles un seguimiento. Owen nos debe una declaración firmada, y podemos preguntarle sobre el asesinato de Paul mientras esté aquí. También quiero saber qué piensa Shannon sobre el posible romance entre Holly y Paul.

—Quien mató a Paul utilizó el mismo método para entrar en la casa de Shannon. Pero ¿por qué iba el asesino de Holly a dejar esa muñeca flotando en el fregadero? ¿Por qué asustar a Shannon?

Bree se reajustó el cabestrillo. El dolor del brazo le provocaba un reflejo en la base del cráneo. Sentía que tenía el cerebro igual de embotado.

—¿Es posible que Shannon sepa algo? ¿Aunque no sea consciente de ello?

—¿Algo como qué? ¿Algo que pueda ayudarnos a identificar al asesino? —preguntó Todd de camino a la puerta.

—Tal vez.

Sinceramente, Bree no sabía qué podía ser ese algo. Esa era la pieza del rompecabezas que no encajaba.

Todd alcanzó el pomo de la puerta.

—¿Qué quieres que haga con el chaval después de que lo fichen?

—Por ahora, que lo metan en el calabozo de comisaría. Quiero tenerlo a mano para interrogarlo.

A Bree tampoco le gustaba la idea de que un chico inocente de diecinueve años estuviera en la cárcel del condado en compañía de criminales de verdad. Noah estaba comportándose de una forma absolutamente estúpida, pero la sheriff entendía sus motivaciones. Quería proteger a su madre.

Cuando Todd se fue, Matt le preguntó:

—¿Qué quieres que haga?

—Ve a hablar con tus amigos de la agencia de detectives Sharp. Iría yo misma, pero le prometí a Kayla que hoy me quedaría en la oficina. —Bree no pensaba romper esa promesa, pero se arrepentía de haberla hecho—. Tengo que redactar otro comunicado de prensa. No quiero hacer una declaración a los medios de comunicación hasta que tenga esa información de los detectives. Cuando Angela se entere de que hemos arrestado a Noah, dejará de cooperar. Podría cambiar de opinión sobre compartir los informes del detective privado con nosotros.

Bree esperaba que a Angela le entrara el pánico ante la idea de que su hijo estuviera en la cárcel. Pero ¿bastaría eso para que confesara?

Capítulo 27

Matt condujo hasta Scarlet Falls y aparcó frente a la agencia de detectives Sharp, un edificio reformado a unas manzanas de la calle principal. En la puerta había dos placas que decían AGENCIA DE DETECTIVES SHARP y MORGAN DANE, ABOGADA. La puerta principal no estaba cerrada con llave. Matt entró en el vestíbulo.

—¿Hola? ¿Hay alguien? —dijo.

Lance Kruger apareció en un umbral sosteniendo a una niña boca abajo en sus brazos. Lance era un tipo grande con el pelo corto y rubio. Cambió a la niña a su brazo izquierdo y extendió una mano hacia Matt.

—Me alegro de verte, Matt. —Giró a la niña para que mirara a Matt—. Esta es mi hija, Sophie.

Matt le estrechó la mano y sonrió a la niña.

—Es un placer conocerte, Sophie.

La pequeña se reía demasiado para poder responderle.

—Déjame pasarle este pequeño monstruo a Morgan. —Lance se dirigió al pasillo. Se metió en otra habitación y volvió enseguida, solo—. Ven a mi despacho.

En un rincón del despacho de Lance había una silla con un montón de libros infantiles.

Lance cerró la puerta y se sentó a su escritorio.

Matt ocupó una silla de plástico frente a él.

—¿Cómo es la vida de padre de familia? —Exagente de la policía de Scarlet Falls, Lance se había casado con la abogada defensora Morgan Dane. Las fuerzas del orden del condado de Randolph cooperaban a menudo. Cuando Matt había sido ayudante del sheriff, había trabajado con Lance ocasionalmente. —Las cosas no podrían ir mejor. —Lance se acomodó en su silla—. Si hace dos años me hubieras dicho que iba a casarme con una mujer con tres hijos y convertirme en un marido y padre feliz, te habría dicho que estabas loco. —Extendió los brazos—. Pero aquí me tienes.

—Me alegra saber que las cosas te van bien —dijo Matt—. ¿Se ha puesto en contacto contigo Angela Beckett?

—Su abogado. —Lance se volvió hacia su ordenador—. Me pidió que te diera el informe sobre las infidelidades de su marido.

Una impresora empezó a emitir un zumbido en lo alto de un mueble. Lance se volvió, recogió varias hojas y alargó la mano hacia el otro lado del escritorio para darle el informe.

Matt se inclinó hacia atrás y hojeó las páginas.

—Un hombre muy ocupado.

Lance suspiró.

—Lo seguimos durante tres semanas. En ese período de tiempo, tuvo encuentros con siete mujeres. A seis de ellas las conoció en bares.

Matt se desplazó por la página y señaló un párrafo.

—La número siete era Holly Thorpe. Hemos sabido por otra empleada de la empresa que Paul tenía una aventura con ella.

Lance frunció el ceño y negó con la cabeza.

—No creo que estuviera manteniendo relaciones sexuales con Holly.

—¿No?

—No. —La silla de Lance chirrió cuando se desplazó hacia delante y apoyó los codos en el escritorio—. Seis de las veces, Paul fue a un bar local, se ligó a una mujer y la llevó a un motel, donde permanecieron durante unas dos horas. Luego ambos se fueron. Durante el tiempo que lo seguimos no volvió a ver a ninguna de esas mujeres.

—Rollos de una noche.

—Sí —confirmó Lance—. Cuando Paul se reunió con Holly, la situación era diferente. En primer lugar, ella fue hasta la casa de él, no fueron a un hotel. En segundo lugar, solo se quedó unos quince minutos. Y por último, esto sucedió dos veces.

—Si Paul no estaba acostándose con Holly, ¿por qué quedó con ella en su casa?

Lance encogió un hombro.

—No lo sabemos. Eso no formaba parte del ámbito de nuestra investigación. Las otras seis mujeres proporcionaron al abogado de la señora Beckett pruebas más que suficientes de sus infidelidades.

—¿La señora Beckett conoce los detalles de los encuentros de Holly con Paul?

—No lo sé. Enviamos nuestro informe directamente al abogado. Nunca nos hemos reunido con la señora Beckett.

Matt volvió a mirar el documento.

—¿Tienes fotos de estas mujeres?

—Sí. —Lance tocó el teclado. La impresora volvió a emitir un zumbido—. Las fotos están etiquetadas con nombres y fechas.

Lance sacó una carpeta de un cajón y guardó las fotos en ella. Se la entregó a Matt, que metió también los informes dentro.

—Gracias, Lance —dijo Matt—. Me he alegrado mucho de verte.

—Lo mismo digo.

El detective lo siguió fuera del despacho.

En el vestíbulo, una mujer alta y morena, con falda azul marino y blusa blanca, hacía malabares con un maletín, una chaqueta de traje y su hija. La niña abrazaba a su madre por la cintura.

Lance le presentó a Matt a su esposa, Morgan.

—He terminado por hoy —dijo Lance—. Oye, Sophie, recoge tus cosas. Nos iremos a casa y montaremos en bicicleta.

La niña abandonó a su madre sin miramientos.

—¡Sí!

—Gracias. Tengo una reunión en el juzgado dentro de una hora. —Morgan se echó la chaqueta sobre un brazo—. Encantada de conocerte, Matt.

Matt los dejó recogiendo los juguetes de la niña. Por primera vez en su vida, se preguntó cómo sería tener su propia familia. ¿De dónde había salido eso? Siempre había imaginado que, en un futuro lejano e inespecífico, tendría esposa e hijos, pero esos planes nunca habían sido concretos.

Pero entonces, ¿por qué se sorprendía? Venía de una familia unida y estable. Le gustaban los niños. Siempre había preferido las relaciones largas a los rollos de una noche, era hombre de una sola mujer. Pero en los últimos años, había estado demasiado preocupado por su carrera, su lesión y toda la conmoción que había rodeado el episodio del tiroteo como para pensar en el futuro.

Hasta entonces.

Ahuyentando las cábalas existenciales sobre su futuro, se detuvo en una cafetería de camino a la comisaría. Al llegar, encontró a Bree y Todd en la sala de reuniones. Matt les dio la bolsa de la cafetería.

—Sándwiches de pavo.

—Gracias. —Bree cogió un sándwich envuelto en papel—. Un ayudante ha comprobado que, efectivamente, Paul llamó a Holly alrededor de la medianoche en la primera semana de marzo. Me he puesto en contacto con Deb Munchin y afirma que estuvo trabajando en la cafetería el miércoles durante el turno de la cena. Su jefe lo ha confirmado, de modo que tiene coartada para el asesinato de Paul, pero no para el de Holly.

Matt resumió su charla con el detective privado.

—Lance no cree que la relación de Paul y Holly fuese de carácter sexual.

—¿Y sabe por qué fue ella a su casa? —preguntó Bree.

—No.

Matt le entregó a Bree la carpeta con los documentos y le explicó la teoría de Lance. La sheriff la abrió y leyó el texto por encima.

—Esto es interesante. Deb vio a Holly en casa de Paul la semana pasada, el martes. —Bree hojeó el archivo del caso para buscar las notas sobre su entrevista con Owen—. Esa es la misma noche que, según dijo Owen, Holly iba a reunirse con Deb.

—¿Ah, sí? —Matt no había hecho la conexión—. Holly no quería que su marido supiera que había ido a casa de Paul.

Bree dio un golpecito en la carpeta.

—Eso está claro, pero ¿por qué? En el informe de la agencia de detectives consta que estuvo en la casa durante solo quince minutos. Si el investigador privado no cree que Holly y Paul estuvieran manteniendo relaciones sexuales, ¿por qué tendría ella que mentir a su marido? —Hojeó las fotos—. Todas estas mujeres son jóvenes con el pelo largo y oscuro. —Frunció el ceño—. ¿El pelo que encontraron en la cama de Paul Beckett no era largo y oscuro?

Matt asintió.

—Parece que ese era su tipo.

—Pues Holly era rubia. —Bree retiró el envoltorio de su sándwich—. Como Angela Beckett.

—Paul estuvo casado con Angela durante más de dos décadas —señaló Matt—. Tal vez quería algo diferente.

—¿Estaba aburrido y buscaba otra cosa? —aventuró Bree, limpiándose los dedos en una servilleta.

Matt encogió un hombro.

—Todd, pon a Matt al corriente de tu charla con Chloe Miller —pidió la sheriff, y dio un mordisco a su sándwich.

Todd también cogió uno.

—Para Chloe ha supuesto un gran golpe enterarse de que Noah era sospechoso de asesinato. Estaba desesperada por demostrar que él no puede haberlo hecho. Dice que estuvieron juntos toda la semana.

—¿Toda la semana? —inquirió Matt, al tiempo que cogía la mitad de su sándwich.

—¿Qué estuvieron haciendo durante toda una semana?

Bree tragó un bocado del sándwich y buscó su botella de agua.

—Dijo que habían estado separados varios meses, así que tenían que recuperar el tiempo perdido —explicó Todd, sonrojándose.

—Ah. —Matt sonrió.

Todd se aclaró la garganta.

—El caso es que ella jura y perjura que estuvo con él las veinticuatro horas del día, y que solo salieron de su apartamento una vez. Tenía un montón de recibos de entrega de comida a domicilio. Lo comprobé con el gerente de su complejo de apartamentos. Tienen cámaras de vigilancia en el aparcamiento. Me ha dado una copia de los vídeos de toda la semana. El coche de Noah llegó el jueves pasado. La única vez que el vehículo se mueve es el domingo durante unas dos horas. Chloe dijo que fueron a tomar un café y pararon en un supermercado. No tenía los recibos, pero me enseñó los pagos en la aplicación de su tarjeta de crédito. El vídeo de vigilancia confirma a qué hora se fueron y volvieron, y sus coches llevan aparcados en el mismo sitio desde entonces.

Bree dejó su botella de agua.

—Entonces, Noah no lo hizo. La declaración de su novia y los vídeos le proporcionan una coartada para ambos asesinatos.

—Entonces, ¿lo soltamos? —preguntó Todd.

—Todavía no. —Bree dio otro bocado a su sándwich y masticó con gesto pensativo. Después de tragar, dijo—: Sé que la coincidencia sería enorme, pero ¿hay alguna posibilidad de que Holly y Paul fueran asesinados por dos personas diferentes? A Holly la asfixiaron y a Paul le dispararon.

—Una posibilidad muy mínima. —El instinto de Matt le decía que los crímenes estaban relacionados—. Las víctimas se conocían. Los dos estaban metidos en algo que precisó hacer una llamada telefónica una noche tarde hace un par de meses y una visita más reciente de Holly a la casa de Paul. Y está la arcilla verde hallada en el garaje de Paul y en el maletero de Holly. Así que también tenemos un vínculo entre las escenas del crimen.

Bree apretó los labios mientras sopesaba sus palabras.

—¿Y no se podrían explicar esas correlaciones de otra manera? ¿Es posible que Paul matara a Holly, y luego Angela u otra persona matara a Paul?

—Angela dice que él no jugaba al tenis —señaló Todd—. Y Noah lo confirmó.

—Tiene una cancha de tenis en su casa. Paul podría haber recogido restos de arcilla sin necesidad de jugar a tenis —argumentó Bree—. Tal vez algo fue a parar a la cancha y él fue allí a buscar ese algo. O uno de los arquitectos paisajistas pudo haber pisado la cancha y haber arrastrado la arcilla a otro lugar, donde se adhirió a los zapatos de Paul.

—Es posible —dijo Matt, aunque la explicación no lo convenció—. Pero ¿por qué mataría él a Holly?

—Todavía no lo sé. —Bree se encogió de hombros, luego hizo una mueca de dolor y se frotó el brazo herido por debajo del vendaje—. Parece que a Paul ya no le preocupaba ocultar sus infidelidades. No se escondía en absoluto. ¿Cómo explicamos los dos métodos diferentes en sendos asesinatos?

—Holly era una mujer menuda, cualquier mujer u hombre más fuerte podía someterla fácilmente —explicó Matt—. Paul era un hombre corpulento, y trabajaba en la construcción. Puede que tuviera algo de sobrepeso, pero era fuerte.

—Ya. Solo quería asegurarme de que no estamos dando nada por sentado antes de dar la rueda de prensa. —Bree se frotó la frente—. Quiero que Owen y Shannon se sientan lo suficientemente seguros como para hablar de la relación de Holly y Paul. Necesitamos más pruebas contra Angela Beckett.

Capítulo 28

—Anoche, Paul Beckett fue asesinado a tiros en su casa. —Bree se puso delante de las cámaras e hizo un rápido resumen del homicidio—. Hoy, su hijo Noah Beckett ha confesado el asesinato. No puedo hacer comentarios sobre la validez de la confesión, ya que aún estamos investigando los hechos.

Las cámaras de vídeo trabajaban a pleno rendimiento, los flashes no dejaban de dispararse y los periodistas levantaban el brazo para hacer preguntas. Bree señaló con la cabeza a un hombre alto en la parte delantera.

—Sheriff, ¿Noah Beckett también mató a Holly Thorpe? —preguntó.

—Todavía no tenemos la respuesta a esa pregunta. —Bree señaló a otra periodista—. Esta es una investigación en marcha.

—¿Están relacionadas las muertes de Holly Thorpe y Paul Beckett? —formuló su pregunta la mujer.

—Estamos considerando seriamente la posibilidad de que hayan sido asesinados por la misma persona —dijo Bree—. Pero en este momento, no podemos confirmarlo.

La mujer rubia siguió con otra pregunta.

—¿No trabajaba Holly Thorpe para Paul Beckett?

—Sí —respondió Bree—. Definitivamente, existe un vínculo entre las víctimas, pero necesitamos pruebas contundentes para poder relacionar también sus muertes.

—Entonces, ¿Noah no ha confesado haber matado a Holly Thorpe?

—No, no lo ha hecho.

Bree se armó de paciencia, aceptó tres preguntas más y dio por terminada la rueda de prensa. El ibuprofeno que había tomado antes apenas le había mitigado el dolor.

De vuelta a la comisaría, fue a buscar a Matt en la sala de reuniones.

—Quiero que Owen se relaje. Lo voy a interrogar yo sola, y quiero que lo veas desde la sala de control.

—De acuerdo.

Matt se dirigió a una puerta cerrada al final del pasillo.

Bree tiró de su cabestrillo, pero no logró encontrar una posición cómoda para el brazo herido. El ibuprofeno no le aliviaba el dolor. Respiró hondo y entró en la habitación.

Owen estaba esperando dentro, mirando la pantalla de su teléfono. Cuando ella se presentó, levantó la vista y dejó el móvil encima de la mesa.

Bree se sentó a su lado y giró la silla para mirarlo de frente. El hombre tenía aspecto cansado, con unas enormes bolsas bajo los ojos, pero estaba sobrio y se había duchado. Sus vaqueros y su camiseta parecían limpios, con unas pocas arrugas de aspecto normal, no de las que resultan de haber dormido con la ropa puesta durante varios días.

—¿Cómo estás? —le preguntó Bree.

Owen suspiró.

—No sé. Nada de lo que ha pasado me parece real, no sé si me entiendes.

—Lo sé. Date tiempo.

—No estoy seguro de querer que sea real. —Sacó un papel y lo deslizó sobre la mesa—. He respondido a esas preguntas, como me pediste.

—Gracias. —Bree hojeó sus respuestas. Su declaración era breve, pero coincidía con lo que le había dicho de viva voz. Le devolvió la hoja—. Necesito que firmes tu declaración.

—De acuerdo.

Cogió un bolígrafo de la mesa, firmó el papel y se lo devolvió. Bree lo metió en su carpeta.

—Tengo algunas preguntas más.

Le entregó un formulario, le informó sobre sus derechos y le pidió que firmara el documento.

Owen se echó atrás al ver el papel.

—¿No ha confesado alguien haber matado a Paul Beckett? Supuse que esa misma persona fue quien mató a Holly. Me sentía mejor pensando que ya habían detenido al culpable.

—Sí —mintió Bree—. Pero todavía tengo que atar algunos cabos sueltos. No podemos correr el riesgo de que un abogado defensor alegue que no hemos hecho un trabajo minucioso y lo saque de la cárcel.

—Está bien.

Owen firmó el formulario, pero parecía reacio.

—Esta entrevista está siendo grabada. —Bree cogió el formulario—. Obviamente, sabes que Paul Beckett fue asesinado anoche.

Owen asintió.

—Lo vi en las noticias.

—Según acabas de decir, diste por sentado que una misma persona había matado a Holly y a Paul. ¿Tienes alguna razón concreta para suponer eso?

Owen levantó una mano.

—Teniendo en cuenta que Holly trabajaba para Paul, no parece muy probable que ambos fueran asesinados con pocos días de diferencia por personas distintas. Tal vez se trate de Construcciones Beckett.

—Owen frunció el ceño—. Tal vez Paul estaba haciendo algo ilegal.

Bree lo observó detenidamente.

—No lo sé. Su hijo es quien ha confesado haberlo matado.

—¿Dijo que también mató a Holly?

—No. ¿Por qué iba a hacerlo?

Owen negó con la cabeza y se miró las manos.

—Pero lo hizo él, ¿verdad? Él mató a Paul.

—Como comprenderás, en este momento no podemos afirmarlo con plena seguridad.

—Claro. —Lanzó un suspiro—. Pero ¿por qué iba el hijo de Paul a matar a Holly?

—No lo sabemos. ¿Sabías que Holly fue a la casa de Paul Beckett?

—No —contestó Owen, enderezando los hombros.

—Pues así es.

—¿Cómo lo saben? —preguntó.

—Los Beckett habían iniciado los trámites de divorcio. La señora Beckett hizo que un detective privado siguiera a su marido.

Owen se quedó callado durante unos segundos.

—¿Qué tiene eso que ver con Holly? Era empleada suya, de modo que tal vez pasó por su casa a dejarle algo de la empresa.

—Y si la razón era tan simple, ¿por qué te mintió al respecto? Nos dijiste que Holly iba a salir con Deb a tomar algo el martes por la noche. Sin embargo, Deb declaró que Holly la dejó plantada para ir a casa de Paul.

Owen negó con la cabeza.

—No lo sé.

—¿Alguna vez sospechaste que Holly tenía un romance con Paul Beckett?

—¡No! —Owen se puso en pie de un salto, con la cara enrojecida. Al retroceder, su silla arañó el suelo de linóleo—. ¿Cómo puedes siquiera preguntarme eso? Ella nunca me habría engañado.

—Lo siento, pero tengo que hacerte esa pregunta. Es mi trabajo.

Owen volvió a sentarse despacio en la silla.

—Pues no me parece justo manchar la reputación de Holly cuando no está aquí para defenderse.

—Lo sé, pero un buen abogado defensor explorará todos los ángulos, y estamos seguros de que la madre de Noah contratará al mejor que pueda encontrar para su hijo.

Owen frunció el ceño.

—Los ricos siempre se libran.

—Yo no quiero que el asesino de Holly se libre de nada. Noah solo ha confesado el asesinato de su padre. Tengo que demostrar que también mató a Holly, y para ello he de ser muy rigurosa. Por favor, ten paciencia conmigo. Estoy haciendo esto por Holly. Quieres que atrapemos a su asesino, ¿verdad?

—Está bien. —Movió los hombros e hizo crujir el cuello, como si se preparara para una pelea—. De acuerdo.

—¿Sabes si había alguna relación especial entre Holly y Paul?

—No.

—¿Holly mencionó alguna vez cualquier actividad ilegal en el seno de Construcciones Beckett?

—No. —Owen negó con la cabeza.

Bree lanzó otra pregunta capciosa:

—¿Tienes alguna idea de por qué Holly y Paul hablaron por teléfono a medianoche un día del pasado mes de marzo?

Owen se puso rígido y miró hacia otro lado mientras respondía:

—No.

¿Estaba mintiendo? ¿O simplemente se había puesto a la defensiva ante la idea de que su mujer le hubiese engañado?

Bree continuó.

—¿Dónde estuviste ayer entre las siete y cuarenta y las ocho de la tarde?

—En casa —dijo Owen.

—¿Solo?

Asintió con la cabeza.

—Mi hermano tuvo que volver al trabajo. Me duché, me afeité y lavé algo de ropa.

—Me alegra oír eso. —Bree lo decía en serio—. ¿Pediste comida a domicilio o hablaste con alguien por teléfono?

Negó con la cabeza.

—Después de asearme, estaba muy cansado. Dormí doce horas seguidas.

—Bien, Owen. Si se te ocurre algo más, por favor, llámame.

Él asintió una única vez con la cabeza, con movimiento rígido.

—De acuerdo.

Bree lo acompañó al vestíbulo. Los furgones de televisión se habían retirado después de la rueda de prensa y Owen caminó por el aparcamiento casi vacío. Cuando se fue, Marge llamó la atención de Bree.

—Shannon Phelps está en la sala número dos.

—Gracias. —Bree se pasó por la sala de control, donde Matt estaba sentado frente a dos pantallas. Cerró la puerta tras ella—. ¿Qué opinas?

—Parece estar seguro de que Holly no le engañaba.

Matt se acarició la barba, que ya llevaba bastante crecida. Normalmente, cuando la tenía así se la afeitaba o se la recortaba.

—Estoy de acuerdo. Entonces, ¿qué se traían ella y Paul entre manos? —preguntó en voz alta—. Tal vez Shannon lo sabe.

—¿Quieres que siga el interrogatorio desde aquí? —le preguntó Matt.

Bree meditó la respuesta.

—En realidad, me gustaría que esta vez te encargaras tú de hacerlo. Shannon tuvo más conexión contigo que conmigo. Quiero que sea ella la que hable.

Cuando Matt se levantó, ella ocupó su silla, que todavía conservaba el calor corporal de él.

—¿Te encuentras bien?

—No —contestó ella, sorprendida por su propia sinceridad—. Pero sobreviviré. Ve a interrogar a Shannon. A ver qué puedes sacarle.

—De acuerdo.

Capítulo 29

Matt entró en la sala número dos. Shannon seguía teniendo los ojos rojos e hinchados, como si hubiera estado llorando durante días, pero es que justo eso era lo que sin duda había estado haciendo, pensó Matt.

—Muchas gracias por venir.

En lugar de sentarse al otro lado de la mesa, Matt ocupó la silla junto a ella.

La mujer se sorbió la nariz y miró el pañuelo arrugado que tenía en la mano.

—Sigo pensando que mañana me sentiré menos triste, pero cada día me despierto y es lo mismo.

—El proceso de duelo lleva su tiempo. —Matt le informó de sus derechos—. ¿Lo ha entendido todo?

Shannon asintió.

Matt deslizó un formulario hacia ella.

—Necesito hacerle algunas preguntas más. ¿Sabía usted que una persona ha confesado haber matado a Paul Beckett?

Shannon asintió.

—¿También mató a Holly?

—Eso es lo que estamos tratando de determinar. —Le acercó el formulario y puso un bolígrafo encima—. Primero necesito que firme usted este documento.

Se quedó mirando el papel como si fuera un bicho peligroso.

—¿Por qué? ¿Soy sospechosa?

Él respondió encogiéndose de hombros con aire indiferente.

—La sheriff ha insistido.

—Está bien.

Frunciendo el ceño, Shannon estampó su nombre en el papel.

—Gracias. —Matt apartó el documento—. También tengo que informarla de que esta entrevista está siendo grabada. En caso de que nos proporcione información importante, no queremos equivocarnos en ningún detalle.

Shannon asintió.

Matt continuó.

—Bien, pues el hijo de Paul Beckett ha confesado haber matado a su padre. ¿Tiene alguna idea de por qué querría matar a Holly también?

Shannon negó con la cabeza con fuerza.

—Ni siquiera lo conozco.

—Holly trabajaba para Paul. ¿Sabe si había alguna otra relación especial entre ellos?

Shannon frunció el ceño.

—¿A qué se refiere?

Matt se acercó más.

—Alguien vio a Holly en casa de Paul. También hubo una llamada nocturna entre ellos.

Shannon se recostó hacia atrás.

—¿Me está preguntando si Holly engañaba a Owen? Porque en ese caso, la respuesta es no.

—Sin embargo, Holly había dejado a Owen varias veces.

—Pero siempre volvía. Pese a las muchas peleas que tenían, cuando estaban juntos, estaban juntos de verdad.

—Entonces, ¿para qué habría ido Holly a la casa de Paul?

—Debió de ser por algo relacionado con la empresa. —Shannon se secó los ojos—. Solo vi a Paul Beckett dos veces, pero no me cayó nada bien. Era un fanfarrón arrogante.

—¿Cómo trataba a Holly?

—Ella siempre se quejaba de él. Le gritaba a la gente, pero les pagaba bastante bien. Mi hermana tenía un buen sueldo, y él no estaba mucho en la oficina. Algunos días no se relacionaba con él en absoluto—. Shannon se revolvió y su mirada se desvió hacia el suelo. Se estaba callando algo. —Hace unas semanas, Holly me dijo algo que me preocupó.

—¿Qué fue?

Shannon miró al techo.

—Me dijo: «Espero no meterme en ningún lío». Como si le estuviera pidiendo que hiciera algo ilegal. Le pregunté a qué se refería, pero no quiso decírmelo. Cambió de tema.

—También necesito preguntarle dónde estuvo usted el miércoles pasado entre las siete y cuarenta de la tarde y las ocho.

A Matt no se le ocurría ninguna motivación para que Shannon hubiera matado a Paul, pero, de nuevo, aún no sabían por qué lo habían asesinado. Una coartada haría más fácil tachar a Shannon de la lista.

—Llevé a Miedoso al veterinario. —Cogió su bolso—. Había perdido el apetito. Creo que todavía tengo el recibo aquí.

Sacó un papel arrugado y lo alisó.

—Me gustaría hacer una copia de eso.

Matt miró el papel. El recibo de la caja registradora mostraba la fecha y la hora: las siete y cuarenta y seis. Lo investigaría, pero parecía que Shannon no había matado a Paul Beckett.

—Claro, ningún problema.

Matt salió de la habitación y sacó una copia en la máquina de la sala de reuniones. Volvió y le dio el original, que ella se metió en el bolso.

—¿Qué dijo el veterinario?

—No le encontró nada. —Encogió un hombro.

—Los perros que proceden de un refugio para animales, especialmente si son nerviosos, pueden tardar meses en adaptarse a sus nuevos hogares. —Matt frunció el ceño.

—El veterinario dijo que el animal tal vez estaba captando mis propias emociones.

Shannon se mordió el labio.

—Los perros pueden ser muy sensibles —convino Matt—. Estoy seguro de que se pondrá bien. Gracias de nuevo por venir.

Ella le devolvió la sonrisa.

—Gracias por poner tanto empeño para encontrar al asesino de mi hermana.

Matt la acompañó a la salida y luego volvió a la sala de control. Bree se sujetaba el brazo contra el cuerpo como si el dolor fuera a más.

—¿Has oído lo de su coartada?

—Sí. —Bree no parecía muy convencida.

—¿No la crees?

—No lo sé. —Se mordió el labio—. Pero en todo lo que ha contado hay algo que me chirría.

—Conozco al veterinario. Déjame llamarlo.

Matt cogió su teléfono. Después de hablar con la recepcionista, envió un mensaje de texto con una foto de Shannon a la oficina del veterinario para confirmar su identidad. Dejó el teléfono.

—Era ella.

Bree sacudió la cabeza, rebobinó la grabación del interrogatorio y lo volvió a ver.

—No nos ha dado ninguna información nueva.

—Salvo que ella tampoco creía que Holly estuviera manteniendo relaciones sexuales con Paul —señaló Matt—. Y tiene una coartada sólida.

—Así que volvemos a Angela. —Bree comprobó la hora en su teléfono—. Que estará aquí con su abogado en cualquier momento.

Dejó un mensaje mientras estabas interrogando a Shannon; parecía enfadada.

—Esto va a ser muy divertido.

Matt se rascó la barbilla.

Bree levantó una carpeta que tenía en el regazo.

—Hemos recibido los informes de las cuentas de Construcciones Beckett. Holly era la contable de Paul. También tenía más dinero de lo que debería. ¿Y si Paul le pagó para que hiciera algo ilegal para él? —Agitó la carpeta—. Quizá la respuesta esté aquí.

—¿Quieres que los revise? —se ofreció Matt.

Bree negó con la cabeza.

—No. Esta noche tengo que ir a casa. Se lo prometí a Kayla. —Sonrió a medias—. Pero lo revisaré más tarde. ¿Quieres venir a cenar?

—Sí. ¿Qué va a preparar Dana?

Matt había terminado el asado de su padre y no tenía ganas de cocinar. Además, Dana era una fantástica cocinera.

—Se lo preguntaré. —Sin dejar de sonreír, Bree cogió su teléfono y envió un mensaje. Su teléfono vibró unos segundos después—. Tortellini con *prosciutto* y guisantes.

—Me apunto.

Alguien llamó a la puerta y Marge asomó la cabeza.

—Angela Beckett y su abogado están aquí.

Matt se frotó las manos.

—¿Cómo quieres que lo hagamos?

—Entraremos los dos. Dos contra dos. Quería que Owen y Shannon se sintieran cómodos para que hablaran, pero a Angela hay que abordarla de forma diferente.

—Venga, adelante.

Bree negó con la cabeza.

—Necesito un café, y hay que hacer esperar a Angela unos minutos.

Se detuvieron en la sala de descanso para tomar dos cafés.

—¿Quieres otro paquete de golosinas? —preguntó Matt.

—No, gracias. Ya he comido más que suficiente.

Le dio el café y se lo tomaron a sorbos durante diez minutos antes de dirigirse a la sala de interrogatorios. El abogado estaba sentado a la mesa. Una expresión de decepción atravesó el rostro de Matt. Los ojos del letrado eran de un gris acerado y agudo. Llevaba un traje a medida de color azul marino intenso y una corbata cara de seda azul celeste, pero el maletín que tenía encima de la mesa estaba maltrecho y desgastado. Era un profesional caro, seguro de sí mismo y con una dilatada experiencia a sus espaldas. Con él no valdría de nada andar con subterfugios ni incitar a su clienta a que confesara.

Angela se paseaba por el estrecho espacio que quedaba detrás de su silla. Cuando ambos entraron en la sala, la mujer giró sobre sus talones. Si sus ojos hubieran podido disparar rayos láser, Matt y Bree habrían acabado hechos un amasijo de sangre y vísceras.

—Cómo… se… atreven… —Angela los miró fijamente. Tenía la cara roja y encendida, y escupió cada palabra apretando los dientes—. Han detenido a Noah.

Matt se puso delante del brazo herido de Bree, pero el abogado de Angela agarró a su clienta por el codo y la detuvo antes de que pudiera moverse. Sacudió la cabeza y le dirigió una mirada de advertencia. Ella levantó la barbilla y contempló a Bree y a Matt con una arrogancia y un desprecio que Matt no se esperaba. Angela era una mujer atractiva, normalmente serena y elegante, pero en ese momento tenía la boca crispada en una mueca desagradable. Parecía dispuesta a arrancarles la cabeza con los dientes.

Parecía una mujer capaz de cometer un asesinato.

Su abogado la condujo a la silla de al lado, se inclinó hacia ella y le susurró algo al oído.

Angela se sentó y se quedó completamente rígida e inmóvil. Cuando el abogado se irguió, la mujer exhaló aire con fuerza. De haber sido un dragón, habría respirado fuego. No dijo nada, pero Matt tenía muy claro que estaba conteniendo las ganas de saltar sobre ellos.

Bree y Matt ocuparon las sillas de enfrente.

El abogado deslizó dos tarjetas de visita sobre la mesa.

—Soy Richard Sterling. Representaré a la señora Beckett.

Se saltaron los apretones de manos. Bree se presentó a sí misma y a Matt. Luego los informó de sus derechos y le entregó a Angela el formulario de aceptación. Ella hizo caso omiso.

—Esta entrevista está siendo grabada —dijo Bree—. Que conste en acta que Angela Beckett ha sido informada de sus derechos y que su abogado está presente en el interrogatorio.

El letrado abrió su maletín y sacó un solo papel.

—Esta es una declaración firmada por la señorita Chloe Miller. Noah Beckett estuvo en su apartamento. Estaban juntos cuando asesinaron a Paul Beckett. Noah no pudo matar a su padre.

Se habían movido rápido.

—Noah confesó. —Puede que Bree estuviera respondiendo al abogado, pero no apartó la mirada de los ojos de Angela.

—He hablado con él hace unos minutos —dijo el abogado—. Va a retractarse de esa confesión.

—¿Ha disparado alguna vez la pistola de Paul? —le preguntó Bree directamente a Angela.

La mujer abrió la boca, pero el abogado levantó una mano.

—La señora Beckett va a ejercer su derecho constitucional de permanecer en silencio —dijo—. Si quieren volver a traerla a la comisaría, tendrán que arrestarla. Si tuvieran alguna prueba contra ella, ya lo habrían hecho. —Colocando una mano bajo el codo de Angela, se puso en pie y tiró de ella hacia él—. Espero que Noah sea puesto en libertad inmediatamente.

—Eso ya lo veremos —dijo Bree.

—Todos sabemos que él no lo hizo, sheriff. —El abogado hablaba con tono hastiado—. No tienen ninguna prueba excepto su confesión, que no es válida.

—Entonces, ¿por qué confesó? —preguntó Bree. Sabía disimular su estado de ánimo, pero Matt veía su frustración en las arrugas que le rodeaban los ojos.

—No se lo he preguntado. —El abogado no parpadeó—. Porque no importa. Es inocente. Tiene una coartada, que sin duda podrá ser confirmada por medios electrónicos. Aquí estamos perdiendo el tiempo.

Bree y Angela se miraron fijamente durante tres incómodos segundos.

Entonces Bree dijo:

—Saldrá en libertad dentro de una hora.

—Gracias por mostrarse tan razonable. Que tengan un buen día.

El abogado dirigió a su cliente hacia la puerta.

Bree apagó la cámara. Tenía todo el cuerpo rígido. Cuando se dirigió a la puerta, lo hizo con pasos bruscos en lugar de sus habituales movimientos elegantes. A Matt no le habría extrañado que le diera una patada a la papelera, pero no lo hizo, por supuesto.

Se pasó una mano por la cabeza.

—No esperaba que hablara con Chloe tan rápido.

—No es ningún novato.

—Desde luego —coincidió Bree—. No ha dejado que Angela dijera ni una sola palabra.

—¿Y ahora qué?

—Dejamos que Noah se marche y luego nos vamos a casa a cenar. —Se detuvo en la sala de reuniones para recoger la carpeta del caso, a la que añadió los informes financieros de Construcciones Beckett—. Tal vez encontremos otro móvil para el asesinato de Paul.

Bree habló con Marge y Todd antes de salir por la puerta trasera.

—¿Quieres que conduzca yo? —le preguntó Matt.

—Por favor —respondió ella con un suspiro.

Durante el corto trayecto hasta la granja, la sheriff permaneció tranquila. Cuando Matt entró en la finca con el coche, la miró. Bree se apoyó en el reposacabezas. La luz del sol de primera hora de la tarde le daba en la cara, realzando las sombras bajo sus ojos cerrados. Matt aparcó el vehículo. Ella levantó la cabeza y parpadeó con fuerza un par de veces, como si se hubiera quedado dormida. Hizo un gesto de dolor al salir del coche.

Matt se puso a su lado.

—Antes de que empecemos, ¿te has tomado algo para el dolor? Yo he sufrido una herida de bala. Sé lo que se siente.

—Ibuprofeno. Estoy reservando los analgésicos más fuertes para la hora de dormir. —Mantuvo el brazo rígido a su lado.

—¿Y te has cambiado el vendaje?

—No.

—¿No es hora?

—Supongo. —Bree dobló el brazo bueno sobre el herido—. ¿Te vas a ofrecer a hacerlo tú?

—Sí.

Se detuvieron y se miraron fijamente durante unos segundos.

—Bien. —Bree se dirigió de nuevo hacia la puerta—. Pero tendrás que subir conmigo. No quiero que los niños lo vean.

Entraron en la cocina. Ladybug se acercó trotando a saludarles, con el muñón de su cola amputada girando en un círculo frenético. Dana estaba inclinada sobre una tabla de madera, cortando *prosciutto*. El perro regresó, se sentó a sus pies y se puso a babear. Matt olfateó el aire como un perro hambriento: la cocina olía como si Dana hubiera hecho algo en el horno. En el centro de la isla de la cocina, sobre una rejilla para enfriar, había una fuente cuadrada. El gato negro de Bree, Vader, juzgaba el resultado de sus dotes culinarias desde la encimera del otro lado de la habitación.

—Llegas pronto. —Dana lanzó a Bree una mirada aguda.

Bree frotó la cabeza del gato.

—Voy a darme una ducha y a cambiarme.

—¿Podrás con esa venda? —Dana miró a Matt con expresión de preocupación.

—Sí. —Bree se ajustó el cabestrillo—. Matt me ayudará.

—Lo he hecho antes —dijo él.

Dana asintió. Vader saltó de la encimera a la isla. Levantando la nariz, olfateó en dirección a la carne. Dana lo miró entrecerrando los ojos.

—Apártese de ahí, señorito.

Vader no estaba impresionado. Matt lo apartó de la encimera y lo puso en el suelo. El gato lo miró con fastidio. Volvió de un salto a su posición original y empezó a lamerse todos los puntos del cuerpo que Matt había tocado.

—¿Dónde están los niños? —preguntó Bree.

Dana apuntó con el cuchillo hacia la ventana que daba al granero y a los pastos.

—Dando de comer a los caballos.

—Bajaremos enseguida —dijo Bree.

Matt la siguió hasta el piso de arriba. Se detuvo en la puerta de su dormitorio, sorprendido.

—Esto es diferente al resto de la casa.

—He mantenido las cosas de mi hermana en toda la casa excepto aquí. No quería cambiar el entorno de los niños; ya han tenido suficientes trastornos. Deben seguir sintiendo que es su hogar. Estos muebles de aquí, en cambio, vienen de mi apartamento en Filadelfia. Yo también necesitaba una habitación que sintiera que era mi propio espacio.

El diseño no era exactamente moderno, pero sí de líneas limpias y elegantes en comparación con el aspecto de granja del resto de la casa.

—Cierra la puerta. No quiero que entren los niños.

Bree se quitó el cabestrillo y se abrió el botón superior de la camisa del uniforme.

Desde que la había visto en el hospital, Matt sabía que llevaba una camiseta de tirantes bajo la camisa del uniforme, pero ver cómo se iba desabrochando todos los botones uno por uno le resultó increíblemente sexy, incluso en aquellas circunstancias. No podía evitarlo. Al fin y al cabo, era un hombre.

—Me lavaré la herida en la ducha. —Tiró la camisa a un cesto próximo—. Pero necesitaré ayuda para volver a vendármela.

—¿Necesitas ayuda para quitarte el vendaje?

—Sí. —Flexionó el brazo musculoso como si lo tuviera muy rígido. Luego se dirigió a un vestidor, cogió ropa limpia y entró en el baño.

Matt la siguió. De pronto, sintió que lo invadía una clase de hambre totalmente distinta. «Céntrate, anda». Se lavó las manos, le retiró con cuidado el vendaje viejo y examinó la herida.

—No está roja. No veo señales de infección, pero seguro que te duele mucho.

Bree volvió el cuello por encima del hombro para ver la herida al completo en el espejo.

—Eso me va a dejar señal.

—Este tatuaje es increíble —dijo Matt tocando la libélula de la parte posterior de su hombro. Bajo el dibujo, percibió el relieve de la antigua cicatriz. Hizo que Bree se volviera hacia él para ponerla de frente. Ella lo miró a la cara, pero él estaba estudiando su tatuaje y sus cicatrices. Recorrió con el dedo el trazo del tallo de una vid que cubría una cicatriz y serpenteaba sobre su hombro. Pasaba peligrosamente cerca de su cuello y continuaba varios centímetros. Como hijo de médico, sus conocimientos de anatomía eran más amplios que los de la media. Le rozó la clavícula con la yema del dedo. Justo debajo, una flor rodeaba un punto redondo y fruncido, probablemente allí donde el perro había hincado los dientes, muy cerca de la arteria que pasaba por la axila y llegaba al brazo.

Había estado a punto de matarla.

—Tuviste suerte —dijo con voz ronca—. Aunque soy consciente de que en su momento seguramente no te lo pareció.

—Ya lo sé. —Frunció el ceño—. El médico de Urgencias dijo que si la dentellada hubiera sido un centímetro más hacia el lado, me habría desangrado en menos de un minuto.

—Lo siento, y siento que el médico te dijera eso. Debió de ser aterrador.

Bree sonrió.

—No era su intención. Estaba enfadado con mi madre. La versión que le dio ella sobre el ataque del perro era muy inconsistente; se dio cuenta de que estaba mintiendo. No se le daba muy bien mentir.

—Entonces, ¿por qué no dijo la verdad? ¿Por qué no intentó dejar a tu padre?

Ella se encogió de hombros y el tatuaje se movió.

—Porque sabía que nos mataría a todos si lo abandonaba. — Un leve escalofrío le recorrió todo el cuerpo—. Me va a quedar otra cicatriz y va a ser fea. Tal vez me haga unos cuantos tatuajes más abajo en el brazo.

—No necesitas taparte nada. —La atrajo hacia sí hasta apretar su cuerpo contra el suyo—. Tus cicatrices forman parte de ti. Eres una superviviente.

—Aun así, preferiría no tenerlas.

Matt presionó los labios contra los de ella. Cerró los ojos y dejó que el beso se prolongara. Cuando levantó la cabeza y la miró, ella seguía con los ojos cerrados. Los abrió y sonrió. Ya se habían besado antes, pero, de algún modo, aquella vez a Matt el contacto le pareció más íntimo: sintió que le envolvía el corazón y lo arropaba.

Bree podría haber muerto la noche anterior. Al pensar en ello se sintió como si lo golpeara una ráfaga de viento y se le heló el alma. Enamorarse de ella —pues no podía fingir que no era eso lo que estaba ocurriendo— significaba apostar con todo su corazón por una mujer que siempre correría riesgos. ¿Podría sobrellevarlo? La besó de nuevo, dejando que el beso se prolongara más y más mientras la estrechaba entre sus brazos. El cuerpo de ella se adaptaba al suyo de una manera que solo podía describir como ideal. Respondió a su propia pregunta con un sí rotundo. Estaba dispuesto a lo que hiciera falta. Valía la pena arriesgarlo todo.

La voz de Dana resonó desde el piso de abajo, quebrando la magia del momento.

—Cenaremos en quince minutos.

Bree interrumpió el abrazo y se metió en la ducha.

Matt no se fiaba de su propia voz. Carraspeó y tragó saliva.

—Esperaré en el dormitorio. —Las palabras resonaron roncas, casi duras.

Retrocedió y cerró la puerta tras él. Mientras oía el ruido del agua, se la imaginó…

«No. No vayas por ahí».

Su relación estaba avanzando hacia una faceta física, pero él no quería precipitarse a dar el siguiente paso y, además, aquel no era el momento apropiado. Sin embargo, era un pensamiento agradable. Muy agradable.

Su teléfono le vibró en el bolsillo. Lo sacó y miró la pantalla. Era Todd.

—¿Qué pasa? —respondió Matt.

—Tenemos el número de matrícula del vehículo del hombre que aceptó el sobre de Paul Beckett anoche. —La voz de Todd sonaba tensa.

—¿Quién es?

—El inspector de obras y urbanismo.

—¿Tiene antecedentes por aceptar sobornos?

—No, que yo sepa —dijo Todd—. ¿Y ahora qué?

—Hablaré con la sheriff —contestó Matt, aunque estaba seguro de que Bree querría poner en marcha una investigación discreta.

Capítulo 30

Cady se secó el sudor de la frente.

—¡Una sesión de entrenamiento increíble! Gracias por venir, señoras.

Las alumnas de su clase de *kickboxing* desfilaron hacia la salida.

Su hermano, Nolan, entró en la zona de la colchoneta con su kimono blanco de *jiu-jitsu* brasileño.

—Muy buena clase, Cady.

Se agachó, hizo una finta y la agarró por la cintura, levantándola en el aire como si fuera muy ligera y menuda, cosa que, definitivamente, no era.

—Nolan, bájame —dijo Cady. Desde niña había aprendido a poner voz de hastío e impaciencia cuando sus dos hermanos mayores se metían con ella.

La dejó en el suelo.

—Ya no eres divertida.

Cady puso los ojos en blanco.

—Tienes que madurar —le dijo ella, dándole un golpecito con el puño en el pecho.

—Eso nunca.

Nolan sonrió. A pesar de llevar la cabeza rapada y de sus muchos tatuajes, cuando sonreía su hermana seguía viéndolo como si fuera un crío de doce años. Unos hombres con una pinta tan peligrosa como su hermano aparecieron en ese momento y Nolan los puso a hacer ejercicios de calentamiento. Él estiró los brazos por encima de la cabeza y se estremeció, disimulando rápidamente la mueca de dolor que apareció en su rostro. Su carrera como luchador profesional de artes marciales mixtas lo había dejado físicamente destrozado. El cuerpo humano tenía un límite en cuanto al número de golpes que podía soportar antes de rebelarse. Solo tenía cuarenta años, pero su cuerpo llevaba mucho vivido.

Cady se acercó a él.

—Tómatelo con calma. Que ellos hagan todo el trabajo.

Nolan se despidió de su hermana con la mano y se fue a dar la clase.

Cady sabía que no le haría caso, pero pensó que al menos había dejado la competición.

Recogió su equipo, se puso una sudadera con cremallera sobre la camiseta de tirantes y los *leggings*, y se dirigió a su coche. Pasaría por casa, se ducharía, daría de comer a sus perros y luego se dirigiría a la perrera para atender a los animales del refugio. A petición de Matt, había contratado a Justin para que limpiara los cubículos y se ocupara de los perros, pero aún no estaba preparada para confiarle más responsabilidades. Ese hombre no llevaba suficiente tiempo fuera de rehabilitación como para que ella confiara en que seguía limpio. Justin tenía un largo historial de drogodependencia y recaídas. Además, la muerte de su esposa lo había sumido en un estado de extrema fragilidad.

Cady lo conocía desde que eran niños y le entristecía ver lo que le habían hecho los opiáceos, pero por mucho que se compadeciera de él, no podía arriesgarse a dejar los perros a su cargo más de lo necesario. El refugio para animales era responsabilidad de Cady. Todas las noches comprobaba el estado de los perros para asegurarse de que estuvieran bien cuidados y alimentados, con agua limpia y una cama caliente. Aquellos perros habían sufrido demasiado para que Cady dejara que no se sintieran cómodos y bien atendidos.

Al cruzar el aparcamiento, se abrochó la capucha para protegerse de la fría brisa de la tarde. Tenía la ropa de entrenamiento empapada de sudor. Como de costumbre, la clase de *kickboxing* la había dejado exhausta. Condujo hasta su casa y aparcó en la entrada. Oyó los ladridos de los perros, con un ladrido especialmente intenso y luego algunos más de los pitbulls. Pero, sobre todo, se oían los gritos agudos del pequeño Taz, que parecía furioso. Era un perro muy temperamental, pero ese día parecía especialmente enfadado.

Haciendo malabares con el bolso, la bolsa de deporte y el teléfono, Cady se apresuró a bajar del monovolumen. No quería que se produjeran más quejas de los vecinos. Mientras enfilaba el camino de entrada, se echó las correas de la bolsa al hombro y buscó la llave de la casa.

—¡Ya voy! —dijo a través de la ventana del salón, pero los perros siguieron ladrando. Los pitbulls ladraron más fuerte aún, e incluso Harley se sumó al coro. Cady encontró las llaves y separó la de la casa.

Una sombra se cernió sobre ella. Antes de que pudiera darse la vuelta, un intenso dolor estalló en su cabeza. Se le nubló la vista y sintió que le fallaban las piernas. Soltó el teléfono y el aparato rebotó bajo un arbusto.

Cuando cayó de rodillas sobre el suelo de hormigón, apenas sintió el impacto. A cuatro patas, sintió náuseas. Cada vez que tenía una arcada, el dolor de cabeza se intensificaba. Era insoportable. Se encogió en el suelo. Algo cálido y húmedo le entró en los ojos. De pronto todo se volvió oscuro.

CAPÍTULO 31

Bree se puso debajo del chorro de agua, se mojó el pelo y trató de despejarse. El beso de Matt la había dejado profundamente alterada. De no haber tenido una herida reciente...

Pero la tenía.

Se volvió para dejar que el agua caliente fluyera sobre la lesión. Le ardía. Apretando los dientes, la lavó con delicadeza, sintiendo una sorprendente aprensión al notar los puntos de sutura. Cerró el grifo y salió a la alfombra del baño. Secarse con una sola mano fue todo un reto. Cuando estuvo casi seca, se puso unos vaqueros, un sujetador limpio y una camiseta de tirantes. Abrió la puerta, con el sujetador aún desabrochado por detrás. Matt estaba recostado contra la pared del dormitorio.

Él volvió a entrar en el baño para examinarle la herida de nuevo.

—La verdad es que tiene muy buen aspecto.

—Si tú lo dices...

Bree se frotó el pelo con una toalla.

Cuando hubo terminado, Matt le quitó la toalla y la colgó en la puerta de la ducha.

—¿Te importaría abrocharme esto?

Se dio la vuelta para mostrarle los corchetes del sujetador.

—Esto no me parece muy correcto.

Pero lo hizo igualmente. Luego abrió la bolsa que contenía las vendas y la hoja con las instrucciones del alta del hospital.

—El hospital me ha proporcionado todo lo que necesito. Ser sheriff tiene sus ventajas.

Apretó los dientes mientras él leía las instrucciones y vendaba la herida.

Le enrolló una gasa alrededor del brazo y la sujetó en su sitio.

—¿Qué tal? ¿Cómo la notas?

—Mejor.

Bree flexionó el brazo e hizo una mueca de dolor.

—Mentirosa —dijo.

—Me tomaré un ibuprofeno con la cena.

Giró la muñeca y movió los dedos. Tenía los músculos agarrotados y le dolía todo, desde el hombro hasta el codo.

—¿Tienes antibióticos?

—Sí —contestó Bree lanzando un suspiro—. También me los tomaré con la cena.

—Tienes que mantener el brazo inmóvil durante unos días más.

Le dio el cabestrillo y Bree se lo puso.

Cogió el secador de pelo.

—Deja que te ayude.

Matt cogió el aparato y lo dirigió a su cabeza. Le pasó los dedos por el cuero cabelludo, esponjando el pelo desde la raíz.

Bree le dejó hacer. Estaba cansada y dolorida, y era un placer contar con alguien que la cuidara, aunque fuera solo por unos minutos.

Cuando tuvo el pelo casi seco, dijo:

—Es suficiente.

Matt apagó el secador y le pasó un cepillo por el pelo.

—El hombre con el que se reunió Paul era el inspector de obras y urbanismo.

—Lo más probable es que Paul lo estuviera sobornando. —No le sorprendía. Paul no respetaba la ley.

—No podemos demostrarlo.

—Todavía no —convino Bree—. Vamos a cenar, luego ya hablaremos del caso.

Bajaron las escaleras. Dana estaba sirviendo la cena cuando entraron en la cocina. A Bree le molestaba mucho el brazo. A pesar de lo que le había dicho a Matt, el proceso de lavar la herida y reemplazar la venda había sido doloroso, y estaba empezando a sentirse exhausta. Consciente de que la comida le proporcionaría cierto alivio, atacó el plato de pasta. Kayla, entusiasmada por tener compañía, hablaba sin parar. Luke y Matt charlaban de béisbol.

—¿Alguna otra cita en el horizonte? —le preguntó Bree a Dana.

Dana tomó un sorbito de su copa de vino tinto.

—No lo descarto. He estado intercambiando mensajes con otro hombre. Ya veremos cómo va. No tengo prisa.

Bree negó con la cabeza.

—No entiendo lo de esas aplicaciones de citas.

—En realidad es bastante divertido. —Dana sonrió—. Deberías ver algunas de las fotos de los perfiles. Me dan ganas de mandar un mensaje a la mitad de los hombres de más de cincuenta años y decirles que se hagan otra foto.

—¿Tan malas son?

Bree se metió en la boca un trozo de *prosciutto*. El sabor a ahumado le invadió el paladar. La comida casera siempre conseguía aliviar los malos tragos. Cuanto más comía, mejor se sentía.

—Ni te lo imaginas.

Dana pasó una cesta de pan de ajo.

Veinte minutos después, Bree llevó su plato casi vacío al fregadero.

Dana la siguió.

Bree se volvió hacia su mejor amiga.

—¿Estás bien aquí?

—Claro que estoy bien, ¿por qué lo preguntas? —Dana dejó su propio plato en el fregadero—. ¿Porque utilizo una *app* de citas?

—Francamente, sí.

Dana se volvió hacia ella.

—Me encanta vivir aquí con los niños. Nunca he formado mi propia familia, pero admito que me siento un poco sola, y tal vez algo aburrida.

—Te agradezco todo lo que haces por mí y por mi familia, pero también quiero que seas feliz.

—Mi felicidad no tiene nada que ver con mi ubicación geográfica. —Dana hizo una pausa—. Hace solo cinco meses que me he jubilado. Es un cambio de vida importante. Tendría que tomar decisiones sobre el resto de mi vida independientemente de dónde viva. Dos divorcios me han dejado un poco harta, y no esperaba querer salir con alguien. Pero os veo a ti y a Matt... —Suspiró—. Y veo algo por lo que vale la pena aguantar algunas tonterías. Así que voy a probar esta aplicación y a ver qué pasa.

—Ya me dirás si hay algo que yo pueda hacer.

Dana se rio.

—¿Matt tiene algún hermano?

—Pues, ahora que lo dices, resulta que sí.

Dana se rio más fuerte aún.

Al otro lado de la cocina, la silla de Matt arañó el suelo cuando él se puso de pie.

—Me silban los oídos.

Dana le sonrió.

—De postre he preparado cortaditos de limón. ¿Quieres café, té, expreso, capuchino...?

—Un café solo, gracias. —Matt señaló a Bree y luego a su silla—. Tú siéntate. Ya recojo yo la mesa.

Empezó a llevarse los platos y Luke se levantó para ayudar. Kayla cogió la bandeja del postre de la isla de la cocina y se dirigió a la mesa con pasos lentos y cuidadosos. Ladybug se levantó, con la vista fija en los dulces, pero Bree la bloqueó con el pie antes de que pudiera interceptar a la niña. Los cortaditos de limón no duraron en la mesa más de sesenta segundos. Luego Luke se fue a su habitación a estudiar y Kayla se sentó a la mesa con los deberes de ortografía. Matt y Bree llevaron sus tazas al despacho de ella.

Bree se sentó a su escritorio y abrió el archivo que contenía el estado de las cuentas de Paul Beckett.

Matt cogió una silla.

—Yo me encargaré de revisar las cuentas personales.

Bree se las pasó.

—¿Reviso yo las cuentas de la empresa? —Miró la pila de páginas—. Esto nos va a llevar una eternidad.

—Podría enviar un mensaje de texto a mi hermana y pedirle ayuda —se ofreció Matt.

—¿Cady?

Asintió con la cabeza.

—Era contable y lleva los libros del gimnasio de mi hermano.

—Eso sería genial —contestó Bree, aliviada.

Matt envió un mensaje.

—Lo más probable es que ahora mismo esté dando de comer y sacando a pasear a los perros, pero me llamará.

—Mientras tanto… —Bree abrió el primer informe.

Dos horas después, Dana llamó a la puerta.

—Kayla ya va a acostarse.

—Vuelvo en un rato —anunció Bree, dirigiéndose a Matt.

Subió corriendo las escaleras, leyó a Kayla durante quince minutos y luego la arropó. Cuando volvió al despacho, Dana le dio una taza de café recién hecho. Ella y Matt ya se estaban tomando el suyo.

—Me he ofrecido a ayudar. —Dana se sentó en la esquina del escritorio y agitó un extracto bancario en el aire—. Matt me ha puesto al día.

Él se desperezó.

—Hasta ahora, he encontrado dos cosas. Paul redujo su salario en los últimos dos años. Sus gastos personales se mantuvieron más o menos igual. Algunos meses tuvo que recurrir a sus bienes personales para cubrir los gastos del negocio.

—¿Y sus coches de lujo? —Bree dio un sorbo de café y volvió a sentarse a su escritorio.

—Todos adquiridos mediante *leasing* —dijo Matt—. Pasó el pago de la camioneta a través de la empresa. Los otros vehículos los pagó mediante un acuerdo de *leasing*, así que no es el dueño de ninguno de ellos. Y alquila el espacio de oficinas de la empresa.

—También recurrió varias veces a una línea de crédito —añadió Dana—. Solo paga los intereses. El banco le mandó una carta en la que se le advertía que debía pagar la línea de crédito durante treinta días consecutivos una vez al año. No lo ha hecho.

—¿Y por qué la empresa ha sido menos rentable últimamente? —preguntó Matt.

—No estoy segura. —Bree apartó los extractos bancarios para examinar las cuentas de Construcciones Beckett. Una cifra le llamó la atención. Pasó las páginas hacia atrás. Había estado mirando los extractos bancarios mensuales por separado en lugar de ver el panorama financiero general—. Los gastos de fontanería se han duplicado en los dos últimos años, pero los ingresos brutos se han mantenido más o menos igual.

—¿Por qué iban a aumentar tanto los costes de fontanería sin un aumento correspondiente de los ingresos? —Matt dejó la hoja que estaba revisando y se inclinó sobre el escritorio—. ¿Ha habido algún problema serio de lampistería en alguna obra concreta o algo así?

—No. El gasto aparece distribuido en el tiempo y en las diferentes obras de reforma. —Bree señaló la partida y él sacó los correspondientes extractos bancarios del primer trimestre—. Echemos un vistazo a los fontaneros que utilizaba Paul.

Matt hizo una lista y empezó a investigar.

—Parece que esta empresa de fontanería no existe. Y esta otra tampoco.

Dana se inclinó sobre los papeles del escritorio.

—¿Qué parte del gasto de fontanería fue a parar a esas dos empresas en el primer trimestre?

Matt cogió su teléfono y abrió la aplicación de la calculadora.

—Casi la mitad.

—¿Y el cuarto trimestre del año pasado? —preguntó Dana.

—Lo mismo —dijo Matt.

Bree tamborileó con las yemas de los dedos sobre el escritorio.

—Así que Paul estaba pagando a dos fontaneros que, por lo visto, no existen.

—¿Es posible que las empresas operaran con nombres diferentes? —preguntó Dana.

Matt se encogió de hombros.

—Holly llevaba los libros, y era la empresa de Paul. ¿A quién más podríamos preguntar?

—¿A Deb Munchin? —sugirió Bree—. A veces ayudaba a Holly con las cuentas.

Matt frunció el ceño.

—¿No dijo que acudió a Paul para hacerle unas preguntas y que él no quiso responderle?

—Sí. —Bree cogió su teléfono, marcó el número de Deb y le planteó la cuestión.

—Es curioso que me preguntes eso —dijo Deb—. Había varios fontaneros asignados a distintas obras. Cuando se trata de reformas en domicilios privados, solemos subcontratar a una empresa de fontanería para cada trabajo, a menos que pase algo fuera de lo habitual. Creí que alguien había metido la pata con las facturas.

—¿Y qué te dijo Paul? —le preguntó Bree.

Deb resopló.

—Me dijo que solucionara lo de las putas facturas. Y que no me pagaba por pensar; que cuando quisiera que pensara, ya me lo haría saber.

«Qué simpático».

Bree marcó con rotulador fluorescente la línea del extracto bancario.

—¿Qué crees que ha pasado?

—En mi opinión, estaba desviando el dinero de la empresa —dijo Deb—. Para defraudar en los impuestos o para que no quedase dinero de cara al divorcio. Conociendo a Paul, seguro que era para las dos cosas.

—Pero los Beckett se separaron hace un par de meses —adujo Bree—. Y fue Angela quien dejó a Paul, no al revés.

—Paul lo planeó todo. —Deb hizo una pausa—. Él sabía exactamente cómo conseguir que ella lo dejara. No me sorprendería que llevara años escondiéndole dinero a Angela.

—¿Por qué iba a hacer eso? —quiso saber Bree.

—Porque así habría habido menos en los activos totales para dividir. Él se redujo el sueldo durante los últimos dos años. Si en la demanda de divorcio ella le pedía la pensión alimenticia, sus ingresos mensuales también serían menores, por lo que tendría que pagarle menos. La empresa seguía siendo rentable, pero lo justo para mantener su nivel de vida, algo que Paul no estaba dispuesto a sacrificar.

Bree terminó la llamada y resumió las respuestas de Deb a Matt y Dana.

—Según Angela, Paul le dijo que la empresa tenía problemas económicos —dijo Matt—. Pero podría ser mentira. Tenemos que seguir el rastro del dinero. Pásame ese portátil.

293

—Un minuto. —Bree envió un correo electrónico a Todd pidiéndole que solicitara otra orden para investigar las transacciones financieras—. Las cosas casi siempre son por dinero. La gente es tan predecible... Presionó el botón de ENVIAR y deslizó el portátil hacia Matt por encima del escritorio.

Escribió en el teclado.

—¿Qué quieres hacer con el inspector de obras y urbanismo?

Bree se recostó en la silla y cerró los ojos. El ibuprofeno le había aliviado el dolor de cabeza, pero el que se irradiaba por el brazo era cada vez más molesto. Estaba deseando ponerse el pijama, tomarse una pastilla y acostarse.

—No se me ocurre ninguna razón por la que el inspector de obras quisiera matar a Paul. ¿Para qué eliminar a su fuente de ingresos extra?

—Pero tendríamos más pruebas de que Paul estaba involucrado en prácticas comerciales ilegales. —Matt se desplazó por el panel táctil del portátil.

Bree dio unos golpecitos en los documentos que tenía delante.

—Tenemos muchas pruebas de eso aquí mismo.

—Y aquí también —añadió Matt con una sonrisa. Hizo clic en el ratón—. ¿Está conectada la impresora?

Bree se volvió y encendió el aparato. La impresora emitió un zumbido y escupió dos hojas. Las sacó de la bandeja.

—¿Qué es esto?

—Adivina quién es el dueño de esas dos empresas de fontanería —dijo Matt.

Bree hojeó la impresión de la base de datos de entidades comerciales del registro de sociedades del estado de Nueva York. Llegó a la sección que nombraba al director general.

—Noah Beckett. —Pasó la hoja—. Y la segunda empresa está registrada a nombre de Timothy Beckett.

Dana se desplazó por la hoja que estaba leyendo.

—Así que, en resumen, probablemente Paul era culpable de sobornar a un inspector de urbanismo, de evadir impuestos y de ocultar bienes a su esposa.

—¿Pero lo sabía Angela? —preguntó Bree.

Matt encogió un hombro.

—Si lo sabía, eso le daba aún más motivos para matarlo.

—Ya estaba enfadada con Paul —señaló Bree.

—¿Cuánto dinero se destinó a esas falsas empresas de fontanería en los últimos dos años? —preguntó Matt.

—Cerca de cien mil dólares. —Bree volvió a examinar los extractos—. Sé que es mucho dinero, pero teniendo en cuenta el estilo de vida de Paul, debe de haber más cuentas falsas. Su patrimonio neto se ha reducido en más de un millón de dólares.

Matt dejó el portátil sobre el escritorio y cerró la tapa. Cogió su teléfono.

—Mi hermana ya debería haber respondido a mi mensaje. —Puso cara de preocupación. Tocó la pantalla y se acercó el teléfono a la oreja—. Sigue sin responder. —Seleccionó otro número—. Tal vez se ha quedado sin batería. Llamaré a Justin para ver si está en la perrera.

Bree oyó el débil sonido de la línea al sonar.

—Hola, Justin. Oye, ¿has visto a Cady? —dijo Matt. Bree no pudo oír la respuesta de Justin.

La expresión de Matt se volvió sombría.

—Gracias. —Terminó la llamada y se pasó una mano por la cabeza—. Cady no ha aparecido para dar de comer a los perros y no contesta al teléfono.

Ya iba de camino a la puerta.

—Cady nunca se salta la comida de los perros, y si va a llegar tarde, me llama a mí o a Justin para que lo hagamos nosotros.

—Espera un momento, voy a coger mis armas —dijo Bree, poniéndose en pie. Matt abrió la boca y ella le dirigió una mirada elocuente—. No me digas que necesito descansar.

—No te preocupes, no te lo diré. De hecho, iba a disculparme por pedírtelo, pero necesito tu ayuda.

—Cuenta con ella.

Bree empezó a recoger papeles para devolverlos al expediente del caso.

Dana extendió la mano para detenerla.

—Déjame a mí los informes de cuentas. Seguiré buscando más proveedores falsos.

—Gracias. —Bree se volvió hacia Matt—. Vámonos.

Capítulo 32

Matt detuvo el coche de la sheriff en su casa, accionó bruscamente la palanca de cambios para aparcar y se bajó del vehículo de un salto. Bree salió inmediatamente después de él. Brody acudió a recibir a Matt en la puerta.

Justin estaba en la cocina, colocando una correa en el collar de Greta.

—He dado de comer a los perros y los he sacado fuera. Iba a llevar a Greta a dar un paseo. Sé que se pone nerviosa.

—Gracias. Te lo agradezco de verdad. —Matt cogió el arnés para perros policía de Brody. En cuanto lo agarró para sacarlo de su soporte, el voluminoso cuerpo del pastor alemán se puso en guardia—. Me llevo a Brody conmigo.

Matt había pensado ir directamente a la casa de Cady, pero el caso es que su propia casa le quedaba de paso, en la misma dirección. Brody era una excelente herramienta de búsqueda, y Matt iba a necesitar toda la ayuda posible.

Tenía un mal presentimiento. Algo iba muy mal. Llamó al móvil de su hermana y le dejó un mensaje. También le había enviado un mensaje de texto, por si estaba en una zona con poca cobertura. Además, la había llamado al teléfono fijo. Nada. No era propio de ella no dar señales de vida. Nunca.

Matt trasladó la rampa del perro de su Suburban al todoterreno de la sheriff. Con el arnés puesto, el perro estaba listo para entrar en acción. Sabía qué era lo que se esperaba de él. Bree se sentó en silencio en el asiento del copiloto. Ella no había puesto objeciones cuando él le había pedido conducir. Sabía que podía conducir con un brazo, pero él iría más rápido con los dos.

Cuando llegaron al domicilio de Cady, una casa de una sola planta, oyeron los ladridos apagados de los perros. Su monovolumen estaba en la entrada. Matt extendió la rampa de Brody y el perro bajó corriendo para colocarse obedientemente a su lado. Los tres se dirigieron a la puerta principal. Dentro de la casa, los perros de Cady se pusieron como locos. Cuando se dispuso a abrir la puerta principal, Matt vio que no estaba cerrada con llave.

Se le erizó el vello de la nuca. Cady vivía en un buen barrio, pero a lo largo de todos los años que había trabajado como ayudante del sheriff, Matt le había insistido mucho en su seguridad personal, de modo que su hermana siempre cerraba la puerta con llave.

Varios escenarios posibles desfilaron por su cabeza, a cuál más terrible. ¿Se habría caído y se había hecho daño? ¿La habrían atracado?

Haciéndose a un lado, Matt empujó la puerta principal para abrirla. Bree desenfundó el arma. Los perros de Cady estaban encerrados en la parte trasera de la casa. El cruce de gran danés estaba agazapado detrás de todos los demás perros, mientras que el chihuahua gruñía y ladraba en la puerta. Los pitbulls ladraban y movían la cola al mismo tiempo.

Mirando con cautela a los animales, Bree permaneció junto a la puerta principal y Matt ordenó a Brody que se quedara con ella. El gran danés soltó un ladrido fuerte y grave. Bree se acercó más a Brody.

Matt cruzó la puerta y entró en la cocina.

—Los perros grandes son inofensivos, pero cuidado con el pequeño. Tiene mucho temperamento, y unos dientecillos tremendamente afilados.

—Esperaré aquí —dijo Bree.

Matt examinó la cocina. No había ni rastro de Cady allí ni en la sala de estar contigua. El nivel del agua en los recipientes de los perros estaba muy bajo. Alguno de ellos, probablemente el chihuahua, había orinado en el suelo. Los pitbulls salieron disparados hacia la despensa y ladraron a la puerta cerrada.

—Creo que no les han dado de comer. —Preocupado, Matt cogió unos boles de acero inoxidable y les repartió la comida, que los perros prácticamente devoraron de inmediato. Matt limpió el suelo y escribió rápidamente una nota a su hermana para que, si volvía a la casa, supiera que los animales ya habían comido. Luego los perros se arremolinaron en torno a la puerta trasera—. Voy a sacarlos a la parte de atrás y a echar un vistazo por el patio.

—De acuerdo. Yo inspeccionaré el resto de la casa.

Bree se dio la vuelta y caminó hacia el corto pasillo que llevaba a los dormitorios.

—Brody.

Matt extendió una mano hacia Bree y el pastor alemán fue tras ella. Una valla de dos metros rodeaba el patio. Su hermana no estaba allí fuera. Los perros hicieron sus necesidades y volvieron a entrar en la casa. Matt miró en el garaje, pero Cady no estaba entre los cajones de los perros ni los palés de comida y otros suministros para el refugio.

Matt regresó a la casa. Bree y Brody asomaron por el pasillo.

—No está en ninguna de las habitaciones.

Matt sintió que se le formaba un nudo de pánico en el estómago.

—Esto no me gusta nada. Cady nunca llegaría tan tarde teniendo que dar de cenar a sus perros. —Sacó su teléfono y llamó a su hermano—. No localizo a Cady. ¿A qué hora ha salido de ahí?

—Justo después de que terminara su clase, a las seis —respondió Nolan—. Llamaré a sus alumnas de *kickboxing* por si se ha ido a tomar algo con ellas.

—Buena idea —dijo Matt, aunque no creía que Cady hubiera dejado el coche en su casa sin dar de comer a los perros. Pero ¿y si estaba equivocado? ¿Y si había dado de comer a los animales por segunda vez?

—Tal vez ha salido a rescatar a algún perro —sugirió Bree.

—Pero su furgoneta está aquí.

—¿Alguna vez coge uno de los vehículos de sus voluntarios? —preguntó Bree.

—No lo sé. —Matt sacó su teléfono y llamó a Maxine y Ralph, los dos voluntarios que trabajaban con Cady en el refugio.

—Ninguno de los dos la ha visto.

—¿Y tus padres? —preguntó Bree.

—Debería haberles llamado a ellos primero. No pienso con claridad.

Matt marcó el número de su madre.

—Matt. —La voz de su madre sonó complacida.

—Hola, mamá. ¿Está Cady ahí?

—No. —El tono de su madre se tiñó de preocupación—. ¿Por qué?

—Por nada, solo que la estoy buscando.

—No me mientas. No me digas que no pasa nada —exigió con su voz de maestra severa.

Su padre era más fácil de manipular, pero Matt nunca había sido capaz de ocultarle nada a su madre.

—No está en su casa, pero la furgoneta sí —dijo.

—¿Has hablado con Maxine y Ralph?

—Sí. No la han visto.

La voz de la madre adquirió un tono de eficiencia.

—¿Qué puedo hacer?

—Llama a sus amigos —le pidió Matt—. Y llámame luego a mí si averiguas algo.

—Tú haz lo mismo —dijo la mujer.

—Lo haré.

Matt colgó y luego volvió a marcar el número de su hermana. El sonido metálico de la canción «Who Let the Dogs Out» se coló por la puerta principal, aún entreabierta. Matt salió corriendo hacia allí. Fuera, siguió el tono hasta el parterre delantero. Al apartar un arbusto muy crecido, vio el teléfono de Cady bajo las ramas.

Lo cogió.

—¡Matt! ¡Ponte guantes! —le recordó Bree.

La idea de que tal vez hubiera que procesar el teléfono de su hermana para sacar huellas dactilares le formó un nuevo nudo en el estómago, pero se puso los guantes y cogió el teléfono por el borde. La pantalla estaba resquebrajada. Debía de haber rebotado sobre el sendero de hormigón. Tocó la pantalla y el teléfono se iluminó.

Detrás de él, Bree y Brody recorrían el jardín delantero con una linterna, buscando entre la hierba. Matt se sorprendió al ver que Bree sujetaba la correa del perro. El perro levantó el hocico y se lanzó hacia delante. La sheriff aceleró sus pasos para seguirle el ritmo y él la guio hacia el monovolumen de Cady.

Matt marcó el código de acceso del teléfono y examinó los mensajes de texto más recientes.

Todos parecían estar relacionados con el refugio para perros.

Brody lanzó un gemido agudo, prolongado y lastimero.

—¡Matt, por aquí! —lo llamó Bree desde la entrada.

Él salió corriendo hacia allí y enfocó el camino con la linterna. Unas manchas rojas oscuras salpicaban el hormigón. Sangre. Una era tan grande como la mano extendida de Matt, demasiado grande para que correspondiera a una herida trivial. Brody volvió a emitir un gemido.

Matt abrió la lista de llamadas recientes de Cady y se pronto se quedó paralizado.

—Adivina a quién hizo Cady la última llamada con este móvil.

—¿A quién? —preguntó Bree.

Brody tiró de la correa y ella lo retuvo.

—A Shannon Phelps.

—¿Qué?

Matt se desplazó por la lista de llamadas.

—Cady ha telefoneado a Shannon tres veces hoy. Las dos primeras llamadas fueron breves. Quizá colgó o dejó un breve mensaje. La tercera se realizó un poco antes de las cuatro y duró casi dos minutos. Debió de hablar directamente con Shannon. Si le hubiera dejado un mensaje, la llamada habría sido más corta. —Se alejó unos metros y regresó—. Cady vio el nombre de Shannon en un informe que traje a casa la otra noche. El refugio confió a Shannon el cuidado de ese perro que había en su casa. Cady reconoció su nombre.

—¿Y?

—Pues que seguramente se puso en contacto con ella para preguntar cómo estaba el perro. —El cerebro de Matt trabajaba a toda velocidad—. Cady es muy empática. Se sentía fatal por la pérdida que ha sufrido Shannon. Conociendo a mi hermana, seguro que ha querido ver si podía ayudarla.

Bree lo miró fijamente.

—Shannon tiene coartada para la muerte de Paul, pero no para la de Holly.

Matt desplazó la mirada a la pantalla rota del teléfono y luego la bajó hasta las manchas de sangre. Se le encogió el corazón.

—Tenemos que encontrar a Cady.

Capítulo 33

Preocupada, Bree pidió refuerzos. Considerando el teléfono roto y la sangre, la casa de Cady era una probable escena del crimen. Miró a Matt.

—Dos cosas. Una, Cady podría haberse caído y haberse hecho daño. Quizá llamó a un amigo para que la llevara a Urgencias.

—En ese caso lo más probable es que nos hubiese llamado a mí o a mi hermano, pero mi madre va a preguntar a sus amigos por si acaso.

Bree continuó.

—Dos, sé que este vínculo con nuestro actual caso de asesinato es muy inquietante, pero no debemos adelantarnos. ¿Hay alguien más en la vida de tu hermana que pueda querer hacerle daño?

De repente Matt dejó de moverse.

—Tal vez su ex. Cady lo vio esta semana y, según me dijo, el encuentro fue muy raro. No se me ocurre nadie más. Cady pasa el noventa por ciento de su tiempo con sus perros del refugio o trabajando en el gimnasio de mi hermano.

Sonó el teléfono de Matt.

—Es mi hermano. —Respondió a la llamada—. Dime, Nolan. Maldita sea. Vale, buena idea. Mantenme informado. —Colgó y se volvió hacia Bree—. Ninguna de las alumnas de Cady la ha visto. Nolan va a pasarse con el coche por los lugares que suele frecuentar.

Brody se sentó a los pies de Bree, mirándola con ojos oscuros y conmovedores. Le lanzó otro gemido débil y triste, y ella le acarició la cabeza. Si no estuvieran en plena crisis por la desaparición de Cady, se habría asombrado de su propia entereza y se habría sentido muy orgullosa de sí misma por haber cogido la correa. Antes, cuando buscaba en las habitaciones de la casa de Cady, la presencia de Brody había hecho que se sintiera más segura, no menos.

Sin embargo, los ladridos de los perros de Cady hacían que se le erizara el vello de los brazos.

Brody tiró de la correa y miró a Bree.

—Adelante —dijo ella, y le soltó la correa.

Brody se acercó a Matt y le dio un zarpazo en la pierna. Matt acarició a su perro.

—La encontraremos.

Unos minutos después, un coche patrulla aparcó junto a la acera. Bree encargó al ayudante Collins que realizara una prueba de campo para confirmar que la sustancia de la calzada era realmente sangre humana. También activó una orden de búsqueda para Cady.

Se volvió hacia Matt.

—¿A quién prefieres ir a ver primero, al ex de Cady o a Shannon Phelps?

Matt cerró los ojos durante unos segundos. Cuando los abrió, tenía el semblante serio y tenso.

—La casa de Greg está más cerca. Pararemos allí y, si no lo encontramos, seguiremos hasta la de Shannon.

Collins quedó a cargo de la escena, y Bree, Matt y Brody subieron al todoterreno. Nervioso, Brody se paseó por el asiento trasero.

—¿Qué puedes decirme sobre la relación de Cady con su ex? —preguntó Bree.

Matt se alejó con el coche de la casa de su hermana.

—Cuando Cady me lo presentó por primera vez, Greg no me gustó nada de nada. —Tomó una curva de la carretera sin reducir apenas la velocidad—. Me pareció poco maduro emocionalmente, un niño en un cuerpo de hombre. Hacía de modelo y seguía una dieta estricta. Si Cady comía algo que no fuera pechuga de pollo a la parrilla o brócoli, se lo señalaba. Mi hermana nunca ha tenido sobrepeso, pero tampoco tiene el tipo de una modelo. —Levantó una de sus anchas manos y frunció el ceño—. Los Flynn no somos pequeños, precisamente.

«No me digas».

—No quería interponerme entre ella y Greg —prosiguió Matt—, pero, sobre todo, me preocupaba que en algún momento sintiera que debía elegir entre su novio y su familia. —Una mueca de arrepentimiento tensó el rostro de Matt—. Es una mujer adulta. No me correspondía a mí decirle con quién debía salir. Y sabía que ella no aguantaría sus gilipolleces mucho tiempo. Solo salieron un par de meses cuando descubrió que estaba embarazada.

—Entonces, eso lo complicó todo.

—Sí. Cady estaba entusiasmada. Y a decir verdad, con el embarazo pareció que Greg se comportaba por fin como un adulto. Empezó a cocinar para ella en lugar de animarla a no comer prácticamente nada. —Tragó saliva y una sombra oscura se apoderó de sus ojos—. Estaba de cuatro meses cuando se fueron a Las Vegas y volvieron casados. —Apretó los labios en una línea fina—. Cuando estaba de poco más de cinco meses, Cady perdió el niño y Greg volvió a convertirse en un gilipollas integral.

—Lo siento mucho.

Matt negó con la cabeza.

—Greg la culpó a ella, aunque no fue culpa de nadie.

Bree no pudo reprimir su ira.

—Qué pedazo de cabrón.

—Sí. A pesar de que Cady estaba hundida emocionalmente, sabía que él se había pasado de la raya. Y entonces lo dejó.

Bree presintió que la historia no había terminado.

—Greg se tomó la ruptura como un crío de cuatro años enfadado porque alguien le hubiera quitado uno de sus juguetes. La perseguía. La acosaba. Alternaba entre enviarle flores y dejarle notas desagradables en el coche. —Matt sacudió la cabeza—. Incluso en su estado de duelo, Cady lo hizo todo bien. Fue racional y consiguió una orden de alejamiento. Intenté no involucrarme. Lo intenté con todas mis fuerzas.

—¿Hasta?

—Hasta que Greg cruzó una línea roja. Empezó a seguirla, aunque manteniendo siempre los treinta metros de la orden judicial. Una noche Cady se asomó a la ventana y lo vio aparcado un poco más arriba en la calle. La estaba vigilando. Llamó al departamento del sheriff, pero Greg se encontraba a más de treinta metros de distancia. Técnicamente, no estaba incumpliendo la orden.

Con un hombre así, una orden de alejamiento era tan útil como una armadura de cartón.

Bree estaba furiosa.

—Quería castigarla.

—Cady estaba muy deprimida, y el hombre que debería apoyarla se comportaba como un auténtico cabrón. —Matt tragó saliva—. No estoy especialmente orgulloso de lo que hice después.

—¿Lo animaste a que la dejara en paz?

—Sí, bueno, digámoslo así. Lo animé muy contundentemente a que dejara a Cady en paz. —Cerró el puño—. Y, en efecto, nunca volvió a molestarla.

«Estoy segura de eso».

Algunas personas solo respetaban la superioridad física.

Bree miró el perfil de Matt. No era solo su altura y el color de su pelo lo que siempre le recordaba a los vikingos al mirarlo: tenía los huesos grandes y un físico poderoso, desde la mandíbula cuadrada hasta las manos. Podía imaginárselo blandiendo una espada o un hacha de guerra.

Matt apretó con fuerza el volante.

—Supongo que sabes dónde vive. —dijo Bree.

—Puede que le haya seguido la pista este tiempo.

Bree encendió el ordenador del salpicadero.

—¿Cuál es su apellido?

—Speck.

Bree confirmó su dirección con Matt.

—Gregory Speck, treinta y ocho años. Sin antecedentes. Excepto por la orden de alejamiento que mencionaste, está limpio.

—¿A qué se dedica?

—Trabaja en un gimnasio.

Matt aparcó y salieron a la calle. Bree percibió el olor a lluvia en el aire húmedo de la noche. Entrecerró los ojos y miró al cielo, donde las nubes se movían formando una espesa niebla frente a la luna. Habían anunciado más tormentas. La lluvia eliminaba las pruebas.

—Un momento.

Bree abrió la parte trasera del vehículo y sacó los chalecos. Matt esperó, vibrando de impaciencia. Ella arrojó el cabestrillo a la parte trasera del coche y se puso el chaleco. La herida le palpitaba de dolor. Matt se puso su propia protección antibalas y la ayudó con las correas de la suya. Luego se volvió hacia la casa.

—Espera. —Bree se puso delante de él y extendió las dos manos—. Tú espera aquí.

Matt cruzó los brazos sobre el pecho y miró la puerta de Greg.

—Por favor —le pidió ella—. Con tu presencia no vas a hacer que colabore y será una pérdida de tiempo.

Matt volvió al todoterreno. Utilizó la rampa para que Brody saliera del asiento trasero y se quedó en la calle con el perro a su lado. Bree suspiró. Matt y Brody eran tremendamente amenazadores incluso desde la distancia.

Bree no llevaba uniforme, pero sí su placa en el cinturón, y tenía su todoterreno oficial aparcado junto a la acera. Llamó a la puerta. El hombre que acudió a abrir medía un metro ochenta de estatura y tenía la cara y el cuerpo esculpidos como un modelo masculino. Tosió en su puño, con un sonido húmedo y desagradable. Bree dio un rápido paso atrás.

—Señor Speck, soy la sheriff Taggert. —Le enseñó su placa—. ¿Cuándo fue la última vez que tuvo contacto con su exmujer, Cady Flynn?

El hombre no contestó. Alzó la mirada por encima del hombro. Todo su cuerpo se tensó y dio un paso adelante.

Bree supuso que acababa de ver a Matt.

Brody ladró y Greg se detuvo como si hubiera chocado con un campo de fuerza.

—Quiero que él salga de mi propiedad —le dijo a Bree sin dejar de mirar a Matt.

La sheriff miró por encima del hombro. Matt seguía en la calle.

—No está en su propiedad —dijo.

Greg salió de su casa, dejando que la puerta mosquitera se cerrara tras él. Su pecho se hinchó mientras señalaba y gritaba a Matt:

—¡Lárgate de aquí o te denunciaré!

—¿Por qué? —preguntó Bree—. Está en la vía pública.

A Greg le palpitó una vena en la frente.

—Señor Speck —lo interpeló Bree—. Estoy buscando a Cady Flynn. ¿La ha visto?

—No. —Volvió a señalar con el dedo a Matt y luego se volvió para mirar de nuevo a Bree—. ¿Acaso ha dicho ese que yo le he hecho algo?

—No, pero Cady ha desaparecido. Estamos hablando con todos sus conocidos. Usted solo es una persona más de la lista. Sabemos que se encontró con ella en la tienda de mascotas.

Entornó los ojos, que adoptaron un brillo de desconfianza mientras la miraba.

—Eso fue una casualidad. Antes de encontrarme con ella allí, hacía como seis años que no la veía. Me olvidé de ella hace ya mucho tiempo. —Hizo un gesto con la barbilla hacia Matt—. Cady y yo podríamos haber vuelto a estar juntos si él no se hubiera metido en medio.

—¿Dónde ha estado toda esta tarde y noche? —le preguntó Bree.

—En casa. —Retrocedió unos pasos hasta la puerta y gritó—: ¡Jenn, sal!

Una mujer morena apareció detrás de la puerta mosquitera. Llevaba un bebé en la cadera. Era una chica menuda y joven. Muy joven. Con los vaqueros rotos y una camiseta con una mancha de baba en el hombro, no parecía tener siquiera la edad para que le sirvieran alcohol en un bar.

—Ven —le ordenó Greg—. Diles que he estado aquí toda la tarde y noche.

Jenn empujó la puerta mosquitera y salió. Asintió con la cabeza, con unos ojos enormes, oscuros y un poco temerosos.

—Ha estado en casa toda la semana —dijo con voz temblorosa—. Se está recuperando de la gripe.

Greg apoyó las manos en las caderas y miró a Bree de frente.

—Largo de mi propiedad o llamaré a mi abogado. Denunciaré al departamento del sheriff por acoso.

Si no fuera porque no quería contagiarse de la gripe, Bree se le habría lanzado a la yugular. No pensaba dejarse intimidar por aquel imbécil.

—¿Quiere que continuemos esta conversación en comisaría?

La fulminó con la mirada, pero Bree no interrumpió el contacto visual.

Diez segundos después, el hombre desistió.

—Como ha dicho Jenn, he estado aquí en casa toda la semana.
El típico matón: no tenía valor suficiente para enfrentarse a
alguien que se encarara realmente a él.

—Gracias por su tiempo —dijo Bree.

Greg agitó la mano en un gesto furioso en dirección a la puerta.

—Entra.

Jenn bajó la mirada al suelo y se dirigió al interior de la casa.

Greg la siguió y cerró de un portazo.

Bree se apresuró a volver a su coche. La mirada de Matt era fría
e inexpresiva. Cargó al perro en el todoterreno y se subió al asiento
del conductor. El vehículo se alejó del bordillo con un pequeño
chirrido de neumáticos.

—Es un imbécil —dijo ella—, pero no creo que haya tenido
nada que ver con la desaparición de Cady. Me ha parecido que se
extrañaba de verdad cuando le he preguntado por ella.

Bree se agarró al tirador de la puerta cuando Matt tomó una
curva sin aminorar apenas.

—Estoy de acuerdo.

Matt intentaba mantener la calma, pero Bree percibía que las
emociones se acumulaban en su interior, como las nubes de tormenta que se espesaban en el cielo. Tenía los músculos de los antebrazos y del cuello muy tensos, y la mandíbula apretada.

No podía culparlo por perder el control. Recordó la llamada
de su hermana pidiendo ayuda a Bree, la ansiedad insoportable
durante el largo viaje desde Filadelfia hasta Grey's Hollow, y el terrible impacto cuando supo que Erin había muerto.

«Por favor, que no le haya pasado nada malo a Cady...».

Capítulo 34

La casa de Shannon Phelps estaba a oscuras cuando Matt aparcó en la calle. La desazón le quemaba el vientre, como si hubiera tragado fuego. Se bajaron del vehículo. El viento soplaba con fuerza y las hojas secas se acumulaban junto al bordillo. En lo alto, el cielo se iba cubriendo de unas nubes cada vez más espesas.

Matt dejó salir a Brody de la parte trasera. Deslizó la rampa hacia el interior y cerró la puerta.

—No sé qué es mejor: que esté ahí dentro o que no lo esté. Si no está, no tenemos ni idea de dónde más buscar.

«Ni de quién puede habérsela llevado».

Matt notó que le dolía la mano. Al mirársela descubrió que había estado apretando los puños. Extendió los dedos y los flexionó.

«Tranquilízate. Mantén la cabeza fría y despejada y encuentra a Cady».

Se acercaron a la puerta y flanquearon la entrada. Bree levantó una mano y llamó con los nudillos. Dentro, oyeron los ladridos del perrito de Shannon. Debía de estar encerrado, porque el ruido procedía de la parte posterior de la casa.

Bree pulsó el timbre. Cuando resonó en el interior, el perro ladró más fuerte. Matt se acercó las manos a la cara y miró por la ventana situada junto a la puerta. No vio a nadie en el vestíbulo a oscuras.

Corrió por el lateral de la casa y se asomó a la ventana del garaje. Estaba vacío. Volvió a las escaleras delanteras.

—Su coche no está aquí.

Bree dio un paso atrás y observó la fachada.

—¿Y ahora qué?

Matt se paseaba arriba y abajo mientras Brody lo observaba.

—Si Cady estuviera aquí, Brody lo sabría.

El teléfono de Bree sonó y se lo sacó del bolsillo.

—Es Dana. —Contestó la llamada—. Hola. Te pongo en altavoz. Matt está aquí.

Pulsó un botón y sostuvo el teléfono entre ella y Matt.

—He encontrado varias cuentas falsas más —dijo Dana—. Además de las dos que son propiedad de los hijos de Paul, otras dos pertenecen de forma indirecta al propio Paul. Nunca adivinaríais quién es la titular de la última.

—¿Quién? —preguntó Bree.

—Shannon Phelps —respondió su amiga—. El año pasado entraron en esa cuenta unos treinta mil dólares.

Matt miró a la casa de Shannon.

—Holly se encargaba de efectuar los pagos. Debía de saber lo que estaba haciendo Paul. ¿Y si le estaba chantajeando?

—Eso explicaría su llamada nocturna y la breve visita a su casa —dijo Bree.

—Ya sospechábamos que Paul no tenía reparos en comprar a la gente con sobres llenos de dinero —añadió Matt.

Bree frunció el ceño.

—Quizá Holly decidió que no era suficiente. Le gustaba mucho gastar. Tal vez empezó a desviar parte del dinero a su hermana.

—Pero ¿por qué usar a su hermana? —preguntó Matt—. ¿Por qué no poner la empresa del proveedor a su propio nombre?

—Demasiado fácil de rastrear —respondió Bree, negando con la cabeza.

—Entonces, ¿Shannon lo sabía? —preguntó Dana.

Matt se volvió hacia la casa.

—Es lo más probable. Pero ¿por qué se llevaría a Cady?

Pasaron unos segundos en silencio.

—¿Tienes algo más para nosotros, Dana? —preguntó Bree.

—No. Te llamaré si averiguo algo más.

—Gracias. —Bree soltó su teléfono—. ¿Cómo encaja todo esto con la posibilidad de que Shannon matara a Holly?

—No lo sé. —Matt echó a andar de nuevo—. Shannon tenía una coartada para el asesinato de Paul.

—Tal vez fue Angela quien lo mató.

—Pero ¿por qué iba Shannon a matar a Holly?

Bree hizo una mueca.

—Shannon estaba enfadada porque Holly quería ingresar a su madre en una residencia para enfermos terminales. Lo supimos la primera vez que hablamos con ella.

Matt miró hacia la casa.

—También sabemos que Cady llamó a Shannon. Tal vez recordó algo sobre ella. Algo incriminatorio.

—¿Qué podría conocer Cady de ella?

Matt negó con la cabeza.

—No lo sé, pero no tengo tiempo para analizar todos los datos. Cady ha desaparecido. Voy a entrar en la casa para ver si Shannon ha dejado alguna pista sobre su paradero. No hace falta que entres conmigo.

Era una apuesta. No disponían de ninguna causa probable, aparte de la cuenta de falso proveedor a nombre de Shannon que recibía dinero de Construcciones Beckett. Pero no tenían forma de relacionar esa actividad con la desaparición de Cady. Sin embargo, a Matt no le importaba. Haría lo que fuera necesario para encontrar a su hermana.

Bree lo miró fijamente.

—Estamos juntos en esto.

—¿Estás segura? Podrían denunciarte.

—Cady es más importante —dijo Bree—. Correré el riesgo.

—Sonará la alarma.

—Y la compañía de alarmas llamará a mi departamento.

Sin dudarlo, Bree se sacó la linterna del bolsillo y utilizó la culata para romper una pequeña ventana cerca de la puerta principal. Metió la mano, desbloqueó el cerrojo de la puerta y la abrió.

Ambos se detuvieron, esperando que sonara la alarma. La mayoría de los sistemas de seguridad solo dejaban pasar entre treinta segundos y un minuto para desactivarlos.

Sin embargo, no oyeron nada. Matt examinó el panel de la alarma. Las luces estaban en verde.

—No la ha activado.

—Si fue ella quien mató a Holly, entonces no hay ninguna razón para que tenga miedo.

—El robo y la muñeca del fregadero eran falsos —dijo Matt.

—Es posible que quisiera desviar la investigación. Si ese era su objetivo, siento decir que funcionó.

Condujo a Brody al interior, asegurándose de que el perro no pisara los cristales rotos.

Bree sacó el arma y recorrieron la casa. Gracias a Brody, la búsqueda fue rápida y fácil. Había sido entrenado para rastrear las habitaciones y era capaz de detectar la presencia de personas escondidas.

De vuelta en el piso de abajo, Bree se quedó un momento de pie en la cocina, examinándola.

—Voy a mirar en el despacho —dijo Matt, y se dirigió al pequeño estudio.

—Espera. —Bree cogió una foto enmarcada de las dos chicas con sus bates y pelotas de *softball* que había en la estantería. Contempló a Matt con la mirada fija—. Ya he descubierto qué era lo que no me convencía del último interrogatorio de Shannon. Ahora todo tiene sentido.

Capítulo 35

Bree le enseñó la foto a Matt y sacó el teléfono. Sumamente nerviosa, se debatía entre el horror por lo que estaba pensando y la exasperación por haber pasado por alto algo tan básico.

Matt cogió la foto.

—¿Qué es?

—Un momento, quiero comprobar una cosa. Parece de locos. —Bree llamó a Dana—. ¿Podrías abrir el expediente del caso? Hay una foto de Holly con su hermana de cuando eran niñas. ¿Podrías sacarle una foto y enviármela?

—Claro —dijo Dana—. ¿Algo más?

—No.

Bree colgó y esperó. Segundos después, su teléfono emitió un pitido. Se quedó mirando la imagen en la pantalla. A continuación, llamó a la comisaría y un ayudante contestó al teléfono.

—Quiero que accedas a la grabación de vídeo de la entrevista con Shannon Phelps. Detente en el momento en que firma el formulario de reconocimiento de sus derechos, haz una foto de la pantalla y envíamela por mensaje de texto.

Bajó el teléfono.

—¿En qué estás pensando? —preguntó Matt.

Bree giró la pantalla del teléfono hacia él.

—Esta es la foto que me dio la señora Phelps. —En la foto, dos niñas pequeñas estaban sentadas frente a frente, dibujando—. Shannon es la más joven, la más pequeña. —Señaló—. Tiene el lápiz de colores en la mano izquierda.

Su teléfono emitió un pitido y descargó la imagen de la entrevista de Shannon que había enviado su ayudante.

—Firmó con la mano derecha —dijo Matt.

Bree asintió.

—No es Holly la que está en la morgue, sino Shannon.

Matt se echó hacia atrás, con una expresión de incredulidad en los ojos. Luego se acarició la barba.

—Eso explica muchas cosas.

—Holly estaba en la ruina. Angela había denunciado a Paul ante los inspectores de Hacienda. Esperaba que él fuera a la cárcel. Pero ¿y si Holly también era culpable? Era ella la que había transferido los fondos a las empresas ficticias. ¿Y si también estaba chantajeando a Paul a la vez que robaba a Construcciones Beckett?

»Al matar a su hermana y cambiar su identidad por la de ella, evita todas las posibles condenas por delito fiscal y también por delitos penales. Se apropia de la vida de su hermana y comienza de nuevo con una bonita cuenta bancaria y su propio negocio.

Las piezas del rompecabezas encajaban perfectamente en la mente de Bree. No todas, pero sí las suficientes.

—Pero su madre la reconocería.

—No ha visto a su madre desde antes de que matara a su hermana —adujo Bree—. Recuerda que dijo que estaba resfriada. Además, su madre apenas ve.

Matt negó con la cabeza.

—Una madre reconocería a su propia hija de todos modos.

—Pero ¿la entregaría a la policía?

—¿Qué hay de Owen? Él también reconocería a su propia esposa, ¿y no se cabrearía al enterarse de que su mujer lo ha dejado en la bancarrota?

Bree recordó el primer encuentro con Owen.

—Él y Shannon se odiaban. Tal vez ella esperaba no tener que volver a verlo. O tal vez él también estaba en el ajo.

Matt frunció el ceño.

—¿Holly mató a Paul o fue Angela?

—No lo sé. También podría haber sido Owen. —Para Bree, cualquiera de esas opciones tenía sentido—. Angela no tenía coartada para la muerte de Paul. Holly, haciéndose pasar por Shannon, estaba en el veterinario con el perro. Owen no tenía coartada.

Matt se quedó paralizado de repente.

—Ya sé por qué Holly ha secuestrado a mi hermana: Shannon adoptó a su perro a través del refugio de Cady, de modo que mi hermana la conoció hace unos meses.

Un sentimiento de horror absoluto se instaló en el pecho de Bree, atenazándole el corazón.

—Tu hermana la habría reconocido: sabría que no era Shannon.

Hasta ahora, no hemos conocido a mucha gente que la haya visto personalmente. Se parecen lo suficiente como para engañar a quien no las conociera bien a ninguna de las dos. Shannon trabajaba como autónoma desde su casa, así que no tiene compañeros de trabajo ni jefe. No hablaba mucho con sus vecinos. Tampoco parecía tener muchos amigos.

—Cady dijo que era muy tímida. —Matt parecía destrozado—. Tenemos que encontrarlas. ¿Adónde la habrá llevado?

Bree le miró a los ojos.

—Solo se me ocurre un lugar. El mismo lugar donde murió su padre. El mismo lugar donde Holly intentó fingir su suicidio.

—El puente.

Se dirigió a la puerta principal, con Brody pisándole los talones. Bree corrió tras él para no quedarse atrás.

—Espero que tengamos razón.

—No sabemos de ningún otro lugar donde buscar —señaló Matt.

Una vez fuera, echaron a correr hacia el todoterreno. Brody no esperó a que le bajaran la rampa, sino que subió de un salto al asiento trasero.

Bree se abrochó el cinturón de seguridad.

—¿Pido refuerzos ahora o espero hasta que confirmemos que están en el puente?

—¿Y si estamos equivocados? ¿Y si Holly se ha llevado a Cady a otro sitio?

—Pediré una orden de búsqueda y captura. —Bree usó su radio para dar la alerta—. Teniendo en cuenta que nos estamos guiando por el instinto, lo mejor será que los ayudantes busquen el vehículo de Shannon en lugar de enviarlos a todos al puente.

Soltó el botón del micrófono de la radio. Sus ayudantes estaban rastreando el Ford Escape de Shannon por todo el condado. Si llamaba a todas las unidades para pedirles que se dirigieran al puente, tendrían que abandonar la búsqueda.

Esperaría. Si encontraban a Holly y Cady en el puente, entonces pediría refuerzos.

Sintió un nudo en el estómago. Holly había matado a su propia hermana y la había dejado metida en el maletero de su coche hasta estar lista para deshacerse del cuerpo. Bree no le dijo nada a Matt. No tenía sentido ponerlo aún más nervioso con especulaciones.

Pero si Holly era coherente, Cady ya estaba muerta.

Capítulo 36

El dolor de cabeza era cada vez peor. Cady parpadeó, pero a su alrededor solo veía oscuridad. Movió las piernas y la invadió una oleada de náuseas.

Se quedó quieta durante unos minutos, respirando. ¿Dónde estaba? ¿Qué hora era? Tenía un lado de la cara aplastado contra una superficie alfombrada y plana que, de pronto, dio una sacudida debajo de ella. A continuación, oyó el sonido de un motor al acelerar. Estaba en la parte trasera de un vehículo. Algo le cubría la otra mitad de la cara. No, en realidad le cubría todo el cuerpo. Debajo, el aire era sofocante. Levantó una mano para apartarse la tela de la cara y descubrió que tenía las manos atadas por delante del cuerpo.

De pronto recordó el momento de la agresión: el golpe en la cabeza, la caída al suelo, cómo la habían arrastrado, la oscuridad... Quien la dejó inconsciente la había secuestrado.

Se le aceleró la respiración y se le revolvió el estómago. Lo más probable era que hubiese sufrido una conmoción cerebral. Al segundo intento, consiguió apartar la pesada lona. El aire fresco le llegó a la cara y lo inhaló con fuerza. Al cabo de un minuto se le asentó el estómago. Volvió la cabeza para examinar el vehículo. Estaba en la parte trasera de un todoterreno de reducidas dimensiones, y a través de la ventanilla trasera se veía el cielo nocturno.

El coche redujo la velocidad. Los neumáticos chirriaron y el vehículo dio un bote al abandonar la superficie lisa de una carretera y detenerse inmediatamente después. Oyó que el conductor cambiaba de marcha y apagaba el motor, antes de captar el ruido de la puerta al abrirse.

«Mierda».

No había tiempo para planear una fuga. Tendría que hacerse la muerta. Se tapó la cabeza con la lona y se quedó inmóvil.

La parte trasera del vehículo se abrió y alguien retiró la lona. Unas gotas de lluvia le cayeron sobre la cara. Cady mantuvo los ojos cerrados y trató de controlar la respiración, pero el corazón le iba mil por hora.

Oyó el resuello de su secuestrador al acercarse. Cady entreabrió los ojos unos milímetros y vio que una sombra se cernía sobre ella. Rodó sobre su espalda, se llevó las rodillas al pecho y dio una patada con ambos pies. Pero sus movimientos fueron lentos y torpes. Su secuestrador se agachó y le agarró las piernas. La golpeó con el puño, que impactó contra la sien de Cady.

Sintió un fuerte mareo. El cielo nublado le daba vueltas. Cerró los ojos ante otro ataque de náuseas inminente. Respirando por la boca, abrió los párpados y vio a una mujer que la miraba fijamente, aunque no logró enfocar su rostro.

El pelo era un halo rubio difuso.

¿Shannon Phelps?

Cady cerró los ojos y los volvió a abrir. La mancha borrosa se disipó y distinguió el rostro con claridad. No era Shannon, sino alguien que se parecía mucho a ella.

La mujer extendió la mano y agarró a Cady por la cola de caballo.

—Sal de ahí, vamos.

Sintió un tremendo dolor en el cuero cabelludo. Se llevó las manos atadas hacia la base de la cola de caballo y la sostuvo contra su cabeza para minimizar la fuerza.

—He dicho que salgas.

La mujer tiró más fuerte. La cabeza de Cady dio una sacudida y el tirón en el pelo le produjo un sufrimiento atroz. Vio unas lucecillas delante de los ojos. Tratando de vencer el mareo, se incorporó. Todo le daba vueltas. Antes de que su cerebro pudiera calmarse, la mujer la sacó a la fuerza de la parte trasera del vehículo. Cady desenredó las piernas y las pasó por encima del borde del maletero. Golpeó el suelo con las zapatillas de deporte y se puso de pie. La mujer la soltó. Con las rodillas temblorosas, se apoyó en el vehículo. Se llevó las manos atadas a la parte superior de la cabeza y hacia el dolor que le palpitaba bajo el cráneo.

La lluvia le bañó la cara y le empapó el pelo y la ropa. El agua fría y el aire fresco la despejaron. Cuando el mundo dejó de girar, Cady oyó algo más allá del latido de su propio corazón: el torrente de agua. Miró a su alrededor y vio la carretera, los bosques que la rodeaban y las vigas de hierro en lo alto. El coche estaba aparcado en medio del puente de Dead Horse Road.

Un pensamiento dominaba la mente de Cady: aquella mujer iba a matarla. No había tiempo para averiguar quién era ni por qué la había secuestrado. Necesitaba retrasar ese momento el mayor tiempo posible. Tenía que escapar.

Pero ¿cómo?

—¿Quién eres? —le preguntó.

—Eso a ti no te importa una puta mierda.

Cady siguió la línea amarilla pintada en el centro de la carretera. El asfalto era una cinta de oscuridad que ascendía por la colina y desaparecía en el bosque. No era una ruta muy transitada, pero en cualquier momento podía pasar un coche. Aunque no acudiera nadie en su auxilio, el equilibrio de Cady iba mejorando. Cada segundo que retrasaba el enfrentamiento físico, sus posibilidades de sobrevivir aumentaban.

—No eres Shannon.

—No, y por eso tienes que morir. —La mujer buscó en su bolsillo y sacó una pistola. Apuntó a Cady con ella—. Apártate de la camioneta.

Cady dio un paso al lado con aire vacilante. Le temblaban las piernas, pero aguantó.

—Hasta la barandilla.

La mujer rubia ladeó el cañón de la pistola hacia el río.

Cady la miró fijamente. Sus ojos se habían adaptado a la penumbra y su cerebro por fin estaba lo bastante recuperado como para sumar dos más dos. Si aquella mujer no era Shannon, solo podía ser otra persona.

—Eres la hermana de Shannon, ¿verdad? La que todos creen que está muerta.

—¡Cállate!

Cady interpretó eso como una afirmación.

—Mataste a tu hermana.

—Era un puto coñazo. —Holly parecía hastiada—. Ahora súbete al pretil del puente.

—¿Por qué? —Cady se asomó a la orilla. Nueve metros más abajo, el agua negra se agitaba formando remolinos en la noche.

—Porque vas a saltar.

Cady sopesó sus posibilidades. El puente no era lo bastante alto como para que una caída desde allí implicara necesariamente la muerte. Pero una vez que se subiera a la barandilla, no le cabía duda de que Holly iba a dispararle. Después de todo, tenía que asegurarse de que Cady estuviera muerta.

«A la mierda».

Cady no pensaba ponérselo tan fácil.

—Vamos. Súbete —le ordenó Holly.

Cady levantó un pie hacia la barandilla, luego se giró sobre el otro y se abalanzó hacia los pies de Holly. El impacto contra el pavimento resonó como una tremenda campanada en su cabeza y se le nubló la vista.

Capítulo 37

Matt tomaba las curvas prácticamente sobre dos ruedas. El pánico trataba de adueñarse de su pecho, mientras él respiraba profundamente para dominarlo. Tenía que encontrar a su hermana. La lluvia seguía cayendo y activó los limpiaparabrisas.

En el asiento del copiloto, Bree contestó al teléfono cuando sonó.

—Es Collins. —La llamada duró veinte segundos—. Gracias. —Soltó el teléfono—. Collins no ha tenido suerte en Urgencias. Hoy no han atendido a nadie que se ajuste a la descripción de Cady.

De todos modos, Matt no había confiado demasiado en esa hipótesis. Si Cady hubiera resultado herida, habría llamado a algún miembro de la familia.

—¿Y si no están en el puente? —Matt no tenía ni idea de en qué otro sitio podía encontrar a Cady.

—Entonces seguiremos buscando hasta que las encontremos. Mis ayudantes están rastreando el vehículo de Shannon.

No respondió. ¿Cuánto tiempo mantendría Holly a Cady con vida? La única manera de garantizarse su silencio era matándola.

Matt frenó un poco mientras recorría las curvas descendentes de Dead Horse Road que conducían al puente. Cuando estaban a poco menos de un kilómetro, apagó los faros. La combinación de terreno peligroso, oscuridad y lluvia le obligó a reducir la marcha.

Las palmas de las manos le sudaban mientras recorría las últimas curvas sin apenas luz. Cuando salieron del bosque, detuvo el coche en la cima de la colina. El puente se perfilaba en las tinieblas. Bree exhaló con fuerza. Sacó sus prismáticos de la guantera y miró a través de ellos.

—Veo un todoterreno compacto. —Ajustó los prismáticos—. Parece que el Ford Escape de Shannon está aparcado en medio del puente. —Usó la radio para pedir refuerzos y dio instrucciones a dos de los ayudantes para que se acercaran desde el lado opuesto del puente—. La tendremos rodeada. No podrá escapar.

—¿Tiempo estimado para la llegada de los refuerzos? —Matt cogió los prismáticos y enfocó con ellos hacia el vehículo.

—Seis minutos. No vamos a esperar.

Matt entrecerró los ojos, pero la lluvia y la oscuridad le impedían ver algo.

—No distingo si hay alguien dentro del coche.

—¿Y en el puente?

—Está demasiado oscuro. —Bajó los prismáticos—. Pero ¿dónde si no podrían estar? —Matt no quiso considerar la posibilidad de que Cady ya estuviera muerta y en el río—. Voy a ir ahora mismo.

Bree extendió una mano para que le diera los prismáticos.

—Vamos.

Matt se los entregó. Bree apagó la luz de cortesía y salieron del vehículo. Él sacó a Brody y lo mantuvo atado con una correa corta. Bree se reunió con ellos en la parte trasera del todoterreno. Abrió el maletero despacio y en silencio.

Caía una llovizna constante. El sonido contribuiría a amortiguar el ruido de sus movimientos mientras se acercaran, pero también reduciría la visibilidad. Acarició la linterna que llevaba en el bolsillo. A Brody se le erizó el pelaje del cuello y emitió un gruñido suave en dirección al puente.

Matt le dio a Bree un cortavientos de nailon negro con la palabra SHERIFF impresa en la espalda. Su camiseta gris claro llamaría la atención en la oscuridad. Bree se puso la prenda, apretando los dientes mientras metía el brazo herido por la manga. Luego se guardó los prismáticos en un bolsillo.

Matt no soportaba la idea de que tuviera que estar ahí, herida y bajo la lluvia, pero con la vida de Cady en juego no tenía otra opción, y confiaba en que Bree le cubriría la espalda.

Ella sacó el AR-15 de su funda y se lo dio.

Matt se colgó la correa del hombro.

—Vamos.

Bajaron corriendo la colina hacia el puente. Bree avanzaba a su lado, sin hacer ruido con sus zapatos de suela de goma. Brody estaba callado, sin lanzar ningún gemido ni ladridos. Matt escudriñó la oscuridad.

«¿Dónde están?».

Al llegar a la base del puente, se arrodilló detrás de un pilar. Apoyó la mano en su perro. Brody estaba tan concentrado que vibraba como un diapasón.

Bree sacó los prismáticos.

—Veo movimiento. Hay dos personas en el suelo, al otro lado del todoterreno. Maldita sea. Están muy cerca del borde.

Matt corrió hacia el puente. Pasó por delante del pequeño todoterreno. Los dos cuerpos rodaban por el suelo.

—¡Quieto ahí! —le gritó Holly. Estaba arrodillada junto a la barandilla, sujetando a Cady por la coleta.

Matt vio a su hermana de rodillas, con la cabeza echada hacia atrás y la boca de un revólver contra la sien.

«Está viva».

Matt se detuvo de golpe. Sus pies resbalaron en la suciedad del pavimento.

—Hola, Holly.

Brody tiró del extremo de la correa. Matt lo retuvo y el perro plantó las cuatro patas y se apoyó en el arnés, a la espera, con la atención clavada en Holly y Cady.

—Así que me habéis descubierto.

Holly se puso de pie, arrastrando a Cady con ella y manteniéndola como escudo. Dirigió una mirada nerviosa a Brody. Matt no podía disparar. El dolor y el miedo inundaban los ojos de su hermana. La sangre le ensuciaba el pelo y le chorreaba por la frente. La ira y una nueva oleada de miedo treparon por la garganta de Matt.

Bree llegó al otro lado del Ford Escape, con su Glock apuntando a Holly.

—¡Quieta!

—No puedes escapar —dijo Matt.

La desesperación se adueñó de los ojos de Holly. Retrocedió hacia la barandilla, tirando de Cady con ella.

—Quedaos ahí. Los dos. Y llamad a ese perro. O la mato. Lo haré. Ya he matado antes.

Lo único que mantenía a Cady con vida era su capacidad de proteger a Holly con su propio cuerpo.

—No lo hagas, Holly. —Bree la apuntaba con la pistola.

Holly curvó el labio y tiró del pelo de Cady. Un nuevo acceso de ira se apoderó del pecho de Matt, pero no podía disparar a Holly sin arriesgarse a que la bala hiriese a su hermana. Si soltaba al perro, Brody podía tirarlas a ambas por el puente. O Holly podría disparar a Cady o a Brody en un acto reflejo. Holly arrastró a Cady hasta la barandilla. Se encaramaron hasta que la parte superior de la barandilla quedó a la altura de sus muslos. Su hermana era más alta y fuerte, pero también estaba malherida.

Cady se agarró la base de la cola de caballo y se resistió, moviéndose hacia abajo y utilizando el peso de su cuerpo para intentar arrastrar a Holly hacia el puente. Sabía cómo utilizar el peso en lugar de la fuerza.

—¡Para! —Holly hincó el revólver más profundamente en la piel de Cady—. O te vuelo la puta cabeza.

Cady miró a Matt a los ojos y movió la barbilla en un leve movimiento de cabeza. Iba a hacer algo. Matt contuvo la respiración y levantó el AR-15. No quería disparar a una mujer, pero lo haría si era necesario para salvar a su hermana.

Holly había matado a su propia hermana. Matt no tenía dudas de que apretaría el gatillo. Era pura maldad.

A su lado, Cady extendió tres dedos, luego dos, luego uno. Giró, pasándose la mano por el pelo y apartando el arma de Holly de su cabeza. El arma hizo un disparo al aire. Cady continuó girando y dio un golpe con ambas manos para empujar a Holly. La pistola salió volando de la mano de esta, pasó por encima de la barandilla y desapareció.

Brody se abalanzó hacia delante, arrancando la correa de la mano de Matt.

Holly se tambaleó y miró hacia el lugar donde había desaparecido su arma. Observando aterrorizada al enorme perro que corría hacia ella, agarró a Cady, la empujó por el borde de la barandilla y corrió hacia el extremo opuesto del puente. Se oyó el chapoteo de un cuerpo al caer en el agua. Brody no lo dudó: corrió hacia el pretil del puente y saltó sobre la barandilla, siguiendo a Cady hacia la oscuridad. Un segundo después, Matt oyó un segundo chapoteo cuando el perro cayó al agua.

Corrió a la barandilla. Su estómago golpeó la barra superior en el preciso instante en que su perro desaparecía bajo la ondulante superficie negra del río. No vio ni rastro de Cady.

Capítulo 38

«¡No!».

Horrorizada, Bree se precipitó hacia delante.

—¡Llama a una ambulancia! —Matt se quitó los zapatos y se subió a la barandilla—. Y atrapa a Holly.

A continuación, saltó.

Maldiciendo entre dientes, Bree se asomó a la barandilla. Matt se zambulló y luego Bree no vio nada más que oscuridad. Escudriñó las aguas del río corriente abajo, pero solo distinguió rocas de color claro y manchas de agua blanca. El resto del paisaje estaba demasiado oscuro. No había señales de Cady, de Matt ni de Brody. Se volvió hacia la carretera. No podía nadar con una herida de bala en el brazo. Si lo intentaba, Matt también tendría que rescatarla a ella.

«Maldita sea».

Holly corría hacia el otro extremo del puente y Bree fue tras ella. Mientras la perseguía, sacó el teléfono y pidió una ambulancia, un equipo de rescate acuático y refuerzos adicionales.

—La víctima del secuestro y el investigador Flynn han caído al agua. Estoy persiguiendo a la sospechosa.

A Bree le dolía el brazo, pero en las piernas no le pasaba nada. Se llevó el brazo al costado y aumentó la velocidad. La adrenalina fluía por su torrente sanguíneo. Más adelante, Holly empezaba a tambalearse. Había corrido los primeros quince metros por puro instinto, pero su falta de forma física se hacía notar. Bree le pisaba los talones.

La alcanzó antes del final del puente. Los faros se acercaban. «¡Refuerzos!».

Espoleada por la ira y la determinación, Bree se abalanzó sobre la fugitiva. Pasó un brazo por la cintura de Holly y al derribarla cayeron en una maraña de brazos y piernas. Bree sintió que le reventaban los puntos de sutura. Una descarga de calor le manaba por la herida, pero no le importó. Después de una punzada de dolor atroz, la adrenalina lo mitigó. Obligó a Holly a ponerse boca abajo.

—Estás detenida.

Bree se sacó las esposas del cinturón. En su campo de visión periférica, vio que los faros del vehículo que se acercaba se detenían. Lo miró por encima del hombro, pero las luces LED la cegaron.

Holly trataba de escaparse arrastrándose por el suelo. Colocándose a cuatro patas, le dio a Bree una patada en la cara.

Bree atrapó el pie que la pateaba y tiró de él con fuerza. Holly cayó de bruces y le salió sangre de la nariz. Jadeando, Bree le plantó una rodilla en la espalda.

Holly levantó la cara del suelo y escupió sangre.

—Vete a la mierda.

Bree le puso una esposa en la muñeca y luego buscó la segunda.

—¡Quieta! —gritó una voz masculina.

Bree se quedó paralizada.

No eran los refuerzos.

Era Owen.

Miró por encima del hombro. El hombre estaba de pie a unos cuatro metros, con una pistola en la mano. La lluvia le adhería el pelo a la cabeza.

—¿Es esa la pistola de Paul? —le preguntó, tratando de ganar tiempo. Los refuerzos deberían llegar en cualquier momento.

—Sí —contestó él—. Empuja tu arma hacia mí.

Bree sacó su Glock de la funda, la dejó en el suelo y la empujó sin gran fuerza.

Owen frunció el ceño cuando el arma se detuvo a un metro de Bree y a unos tres metros de él.

—Apártate de mi mujer.

Muy despacio, Bree se alejó de Holly. Encorvada, apoyó las manos en los muslos y trató de recuperar el aliento. Holly se volvió, se sentó y le dio una bofetada a Bree en la cara. La sheriff exageró su reacción y cayó a un lado sobre las manos y las rodillas en el suelo mojado. Holly dio un salto hacia delante y le dio una patada en las costillas. Bree sintió que le estallaba el abdomen. Sus pulmones expulsaron todo el aire, incapaces de seguir respirando. Jadeaba en mitad de la carretera.

Holly le escupió.

—Levántate, zorra. —Se volvió hacia Owen—. Te quiero, cariño.

—Yo también te quiero.

Él sonrió. Se oía el ruido de una sirena a lo lejos. Bree apoyó un pie bajo su cuerpo, como si quisiera hacer palanca para ponerse de pie.

—Será mejor que la matemos rápido y nos vayamos de aquí. —Owen extendió la mano libre hacia su mujer—. Ven aquí, cariño.

—Un segundo. —Holly pateó a Bree en el muslo—. Me has roto la nariz.

Bree se sacó el arma de repuesto de la funda del tobillo y se lanzó al suelo. Owen le disparó. Una bala rebotó en el asfalto a unos metros de distancia. Bree se golpeó el hombro sano contra el pavimento. Rodó por el suelo una sola vez, apuntó con su arma a Owen y apretó el gatillo tres veces. El cuerpo del hombre se estremeció y tres manchas oscuras florecieron en su pecho. Soltó el arma, se desplomó sobre las rodillas y cayó de bruces sobre la carretera.

—¡No! —La voz de Holly retumbó con desesperación. El agua y la sangre le resbalaban por la cara.

Bree se acercó a ella y agarró las esposas que le colgaban de una muñeca. La obligó a girarse y le puso el otro brazo a la espalda. La segunda argolla se cerró con un sonoro chasquido.

Bree ajustó las esposas y obligó a Holly a arrodillarse.

—No te muevas.

La sheriff se inclinó y presionó con dos dedos el costado del cuello de Owen, pero su mirada perdida le decía que estaba muerto.

Bree no se permitió todavía pensar en lo que acababa de suceder. Aquella pesadilla no había terminado aún. Matt, Cady y Brody seguían en peligro. Reprimió sus emociones.

«Más tarde».

Vio las luces azules y rojas de un coche patrulla. Todd salió de su vehículo y Bree lo llamó.

—Enciérrala en el asiento de atrás de tu coche y lleva una cuerda a la orilla del río.

Bree corrió por el lateral del puente y bajó hacia el río. Se dirigió hacia el lugar donde había aparecido el cadáver de Shannon con la esperanza de que la corriente depositara también allí a Matt, Cady y Brody.

Capítulo 39

Matt rompió la superficie del agua y jadeó en busca de aire.

—¡Cady!

Vadeando el agua en la corriente, escudriñó la superficie, pero no veía a su hermana. Miró arriba hacia el puente y calculó dónde habría caído ella. Unas cuantas burbujas afloraban a la superficie. Matt se sumergió, barriendo la oscuridad con las manos. Nada.

Salió hacia la superficie de nuevo, limpiándose el agua de los ojos y gritando para que su voz resonara por todo el río.

—¡Cady!

Con su experiencia en remo, Cady era muy fuerte. Tenía que estar allí. A menos que no hubiera sobrevivido a la caída. Pero no se rendiría hasta encontrarla. De pronto oyó un débil grito.

—¡Matt!

Por segunda vez esa noche, pensó: «¡Está viva!».

Siguió el sonido y vio a su hermana —y a Brody— junto a unas rocas. El perro llevaba la parte trasera de la capucha de Cady en la boca, y apoyaba las patas delanteras sobre una roca. A Cady el agua le llegaba hasta el cuello, y apenas la mitad superior de la cara sobresalía de la superficie. Tenía que inclinar la cabeza hacia atrás para respirar. Si Brody no la hubiera mantenido a flote, la corriente la habría arrastrado bajo la superficie. El agua se movió y una pequeña ola le lamió la cara. Cady escupió agua mientras Matt nadaba hacia ella.

—Estoy... atrapada —dijo entre bocanadas de agua.

Matt se sumergió y siguió su pierna hasta el final. Tenía el pie atascado entre dos rocas.

Volvió a subir.

—Necesito espacio. Tienes que sumergirte en el agua para que pueda soltarte.

Cady asintió.

Le dio a Brody la orden para que la soltara, y el perro abrió la boca.

—Uno, dos, respira hondo y... ¡tres!

Matt inhaló y se sumergió, arrastrando a Cady consigo.

Le tiró del pie y lo sacó de entre las rocas. Salieron a la superficie juntos en medio de la corriente, que los arrastró hacia el centro del río, justo hacia otro cúmulo de rocas. Matt oyó un chapoteo a su espalda. Unos segundos después, la cabeza de Brody apareció junto a él. Cady estaba tan débil que le fallaron las fuerzas y casi se hundió de nuevo. Apenas permanecía consciente mientras Matt la atraía hacia sí.

La espuma blanca se agitaba a su alrededor. Matt hizo girar a su hermana en sus brazos y se la acercó al pecho. Luego la rodeó con un brazo y se volvió de espaldas a las rocas. Brody agarró la manga de Matt con la boca y se acercó a la orilla, desviando a su dueño de la trayectoria de colisión directa con las rocas. Matt rebotó con el hombro en la roca en lugar de golpearla de frente. Recibió el impacto en la espalda, protegiendo a su hermana con los brazos. El golpe le arrebató el aire de los pulmones. Resolló cuando la corriente los arrastró en un remolino y se los llevó hacia abajo. La masa de agua se cerró sobre sus cabezas y los arrastró hacia el fondo. Matt notó que le ardía el pecho debido a la necesidad de oxígeno.

Apoyó los pies en el fondo, sin soltar a Cady, y se impulsó hacia arriba. Alcanzó la superficie y se puso a toser y a jadear. Brody estaba a su lado, tirando de ambos hacia la orilla.

—¡¿Cady?! —gritó Matt, pero no obtuvo respuesta.

Tenía su cuerpo inerte entre los brazos. Matt se puso de espaldas, la estrechó contra su pecho y la acarició con el brazo que le quedaba libre.

Habían salido del remolino justo en los rápidos. Un poco más adelante, el río se bifurcaba. A un lado, los rápidos continuaban, mientras que el otro ramal llevaba a una ensenada tranquila y plana. Con la ayuda de Brody, Matt se dirigió a las aguas tranquilas. Vio a Bree y a Todd en la orilla, cerca del lugar donde habían encontrado el cadáver de Shannon.

—¡Ya casi estamos, Cady! —gritó.

Su hermana no respondió. Le volvió el rostro para verlo y el pánico lo impelió a nadar más rápido. Su hermana tenía los labios azules y no respiraba.

Capítulo 40

Mientras Bree y Todd vadeaban hacia el trío, Todd hizo un lazo y lanzó la cuerda al agua. Matt la agarró y tiraron de él y de Cady. En cuanto la tuvo a su alcance, Todd atrajo a Cady hacia él. Se inclinó sobre la cara y empezó a practicarle la respiración boca a boca mientras la remolcaba de espaldas. Cuando el agua ya solo le llegó a los muslos, cogió a la joven en brazos y la llevó a tierra firme. Tras dejarla en la orilla rocosa, volvió a hacerle el boca a boca. Bree salió corriendo del agua, se arrodilló junto a Cady y le tomó el pulso. Nada. Empezó a hacerle compresiones en el tórax.

Matt salió a trompicones del agua y cayó de rodillas en el suelo junto a ellos. Tenía la espalda de la camisa rota y ensangrentada a la altura de los hombros. Brody salió y se sacudió, salpicando agua en todas direcciones.

Bree contó las compresiones y se detuvo para que Todd respirara en la boca de Cady. Habían completado dos ciclos cuando Cady jadeó y tosió. Todd la puso de lado y la sostuvo mientras ella seguía sufriendo arcadas y tosía agua. Bree se sentó sobre los talones. El pulso le latía en las venas y las náuseas se le agolpaban en el estómago. Matt se derrumbó a su lado con lo que parecían lágrimas de alivio en los ojos.

Brody ladró y movió la cola empapada.

En la carretera, la presencia de más luces y sirenas indicaba la llegada de la ambulancia y los equipos de rescate. Todd se puso en pie.

—Voy a buscarlos.

Se dio la vuelta y corrió hacia la ladera y hacia los árboles.

Cady tosió. Un intenso escalofrío le recorrió todo el cuerpo. Bree se quitó el cortavientos y la abrigó con él. Había dejado de llover, pero el aire nocturno seguía siendo frío y húmedo.

Matt se acercó a rastras a su hermana.

—Te vas a poner bien. —Se volvió hacia Bree—. ¿Qué ha pasado con Holly?

—El resumen es que está esposada en la parte de atrás del coche patrulla de Todd y que Owen está muerto. —Bree le explicó rápidamente lo ocurrido.

Matt arqueó las cejas. Luego le cogió la mano y la apretó contra su pecho.

—Pero hemos sobrevivido.

¿Qué habría hecho ella si Matt no lo hubiera conseguido? Se le encogió el corazón. «No pienses en eso. Ni siquiera por un segundo. Él está bien». Bree encerró sus miedos. A ese paso, iba a necesitar una cámara acorazada interna para compartimentar todas sus emociones.

—Formamos un buen equipo. —Bree le apretó los dedos.

Los auxiliares médicos siguieron a Todd hasta la orilla del río. Este miró las manos unidas de Matt y Bree, sonrió y luego se tosió en el puño para disimular. Avergonzada, Bree soltó la mano de Matt, se puso de pie y retrocedió para dejar a los auxiliares espacio para atender a Cady.

Las luces y las sirenas señalaron la llegada de otros vehículos de emergencia en la carretera. Los ayudantes bajaron por el terraplén. Alguien trajo mantas. Matt cogió una y frotó a Brody con ella antes de aceptar otra para él.

Poco después, trasladaron a Cady a la carretera en una camilla. Bree y Matt subieron la cuesta detrás de los auxiliares. El puente estaba lleno de vehículos de la policía. Una ambulancia estaba aparcada en el arcén y había llegado la forense. Cargaron a Cady en la ambulancia. Matt se detuvo con aire vacilante ante las puertas traseras; era evidente que quería irse con su hermana.

—Necesito que alguien se encargue de Brody.

—Yo lo haré —dijo Bree.

Matt negó con la cabeza.

—Te sangra el brazo. Tienes que ir a Urgencias.

Ella se miró el vendaje húmedo y ensangrentado.

—Lo sé.

—Ya me ocupo yo de Brody, Matt.

Todd se agachó y recogió el extremo de la correa, que se arrastraba por el barro.

—También necesitaremos que alguien recoja al perro de Shannon —dijo Bree.

—Puedo llamar a uno de los voluntarios de Cady para que se lo lleve si envías a un ayudante a recogerlo —ofreció Matt.

—También me encargaré de eso —dijo Todd.

—Gracias. Le encontraremos un nuevo hogar. —Matt se subió a la parte trasera de la ambulancia con su hermana. Señaló a Bree—. Espero verte en Urgencias lo antes posible.

—Allí estaré.

Bree se despidió de él brevemente con la mano mientras se cerraban las puertas de la ambulancia. Aunque no le entusiasmaba la idea de que le limpiaran la herida y volvieran a vendarle el brazo, aún tenía menos ganas de enfrentarse al cadáver de Owen, pero se dirigió hacia el puente y a la furgoneta de la forense. Tenía que hacer su trabajo. Como de costumbre, dejaría de lado las consecuencias emocionales de haber matado a un hombre hasta que hubiese cumplido con su deber.

La forense se apartó del cadáver y se dirigió a la parte trasera de la furgoneta. Se quitó los guantes y metió su equipo dentro.

Bree se acercó.

—¿Necesitas algo?

—No. Te enviaré mi informe, pero no he visto nada anómalo.

La doctora Jones escudriñó a Bree y detuvo la mirada en su brazo. Arqueó una ceja.

—Lo sé —dijo Bree—. Enseguida iré a Urgencias.

—Bien. —La doctora Jones cerró la parte trasera de su furgoneta—. Cuídate, sheriff. Te necesitamos.

Bree se dio la vuelta y buscó a su jefe de policía entre la multitud de agentes. Lo vio de pie junto a su vehículo, hablando por la radio. Brody estaba sentado a su lado.

Bree cruzó la acera. Todd se agachó y soltó el micrófono de la radio.

—El ayudante Oscar se ha llevado a Holly Thorpe a la comisaría y ahora está bajo custodia.

—Bien. Necesito interrogarla esta noche.

—Sheriff —dijo Todd—, no te ofendas, pero creo que alguien debería echarle un vistazo a este brazo.

Bree volvió a observar la escena y luego miró a Todd. Era perfectamente capaz de hacer el trabajo, y ya era hora de que ella se lo permitiera.

—Tienes razón. Está usted al mando, jefe adjunto.

—Ah. Vale. —Parpadeó, como sorprendido de que ella hubiese accedido a delegar en él—. ¿Alguna instrucción especial?

—Ya sabes qué hacer. —Bree le dio a Brody una palmadita en la cabeza y luego se encaminó a su coche. Miró por encima del hombro—. Te veré más tarde en la comisaría.

Todd se enderezó.

—Sí, jefa.

339

CAPÍTULO 41

Matt estaba fuera del box de Urgencias de Cady. Una enfermera le había dado una bata seca, y su ropa mojada estaba dentro de una bolsa de plástico. Le habían limpiado y vendado las abrasiones que tenía en la parte posterior de los hombros. A excepción de los calcetines y los zapatos mojados, prácticamente se sentía como un ser humano.

La doctora salió de detrás de la cortina. Se levantó las gafas y miró a Matt.

—Tu hermana tiene una conmoción cerebral, dos dedos rotos y un montón de magulladuras. Entre eso y las posibles complicaciones por haber estado a punto de ahogarse, esta noche vamos a dejarla en observación. Si el TAC sale bien, lo más probable es que pueda irse a casa mañana. Alguien debería vigilarla durante los próximos días.

—Se irá a casa de nuestros padres. —Algo que Matt aún no le había dicho a Cady—. Mi padre es médico jubilado. Estará en buenas manos.

Sus padres habían insistido mucho; su padre era manipulable, pero no cuando se trataba de cuestiones de salud.

—Excelente.

—Gracias. —Matt dio un golpecito en la pared junto al borde de la cortina—. ¿Cady? Soy Matt.

—Entra.

Estaba abrigada con un montón de mantas y una vía intravenosa le goteaba en el dorso de la mano. Le habían afeitado un pequeño mechón de pelo en un lado de la cabeza y le habían cosido un corte de dos centímetros.

—Bonito peinado —dijo Matt, que se sentó en el borde de la camilla y le cogió la mano.

Ella sonrió.

—Tal vez debería afeitarme toda la cabeza.

—Seguirías estando guapa —contestó él, respondiendo a su gesto.

—Gracias por salvarme.

—De nada. —Le apretó los dedos—. Mamá, papá y Nolan vienen de camino.

—Necesito ropa.

—Papá y mamá acaban de pasar por tu casa. Te han preparado una maleta.

—Mañana me iré con ellos, ¿no? —Cady sonrió.

—Sí.

Apoyó la cabeza en la almohada.

—Con un poco de suerte, papá me preparará sus macarrones con queso.

—Estoy seguro de que te cocinará lo que quieras.

Cerró los ojos.

—Qué bien.

—¿Cady? —La voz de su madre sonó desde el pasillo.

—¡Aquí! —dijo ella.

La cortina se abrió y entraron los padres de Matt y Nolan. A sus setenta años, George Flynn no había perdido ni un centímetro de su metro ochenta de estatura. El espeso pelo blanco y la barba recortada realzaban el azul de sus ojos, que parecían aún más brillantes. Su madre era solo unos centímetros más baja y de complexión robusta. Nadie la habría considerado frágil.

—Deberías haberme llamado antes. —Nolan se pasó una mano por la cabeza afeitada.

—No hubo tiempo —dijo Matt.

El padre comprobó inmediatamente los signos vitales de Cady en el monitor. Se oyó otro golpecito fuera del cubículo y Bree asomó la cabeza.

—Solo quería asegurarme de que estabas bien.

Cady sonrió.

—Lo estoy. ¿Necesitas interrogarme?

—No. —Bree sacudió la cabeza. Todavía no se había quitado la ropa mojada, pero llevaba una pequeña bolsa de lona en una mano. No le habían cambiado el vendaje del brazo—. Puede esperar a mañana. Esta noche descansa.

Matt le presentó a sus padres y a su hermano. Todos le estrecharon la mano.

El padre se la retuvo entre las suyas unos segundos más.

—Nos gustaría agradecerte todo lo que has hecho invitándote a un *brunch* en casa el domingo.

—Este fin de semana es el Día de la Madre —dijo Bree, con una expresión triste en los ojos—. Pero prometo aceptar la invitación otro día.

El padre de Matt levantó una mano.

—No contestes ahora. Piénsalo.

Ella asintió con un gesto.

—Trae a toda tu familia. Haré muchos bollos de canela.

—Gracias. —Bree dio un paso atrás.

En ese momento entró una enfermera.

—Sheriff, estamos listos para atenderla en el box número seis.

Bree se excusó.

—Tengo que ir a que me cosan esto. Ha sido un placer conoceros.

Se escabulló hacia el pasillo.

—Ve con la sheriff. —El padre de Matt señaló hacia la salida—. Sabemos que quieres hacerlo. Tu madre y yo nos ocupamos de todo.

—Gracias.

Matt besó a su hermana en la cabeza y fue a buscar a Bree. La cortina del box número seis estaba echada. Cuando la descorrieron, vio que Bree ya se había puesto un uniforme seco. Le sonrió mientras se subía a la camilla para sentarse de lado.

—Ojalá tuviera unos zapatos secos.

—Lo mismo digo.

Sus zapatos chirriaron al entrar. Cerró la cortina tras él. Se inclinó y la besó con delicadeza; luego la rodeó con ambos brazos, con cuidado de no tocarle la herida. Ella se apoyó en su pecho un minuto. Cuando el chirrido de las suelas de goma les advirtió que se acercaba una enfermera, se separaron.

Matt dio un paso atrás.

—Toc, toc.

La cortina se abrió y entró una enfermera, que procedió a cortar las vendas.

—Cuando acabe aquí, voy a interrogar a Holly Thorpe. —Bree extendió el brazo mientras la enfermera inspeccionaba la herida—. ¿Quieres acompañarme?

Matt enderezó el cuerpo.

—Por supuesto.

Capítulo 42

Bree observó la pantalla de la sala de control. En el monitor, Holly Thorpe estaba sentada en la sala de interrogatorios, esposada a una anilla que había en el centro de la mesa. Tenía los ojos enrojecidos e hinchados.

—Será interesante ver cómo reacciona contigo.

Matt se puso al lado de Bree, todavía con el uniforme que le habían dado en el hospital.

—Pues sí, muy interesante.

—¿Te parece bien que siga el interrogatorio desde aquí? —le preguntó.

—Sí. Quiero que hable, y creo que se sentirá más cómoda si estamos las dos a solas.

—Me sorprende que no haya solicitado un abogado.

—A mí también.

Bree salió de la sala de control y entró en la de entrevistas.

Holly levantó la vista, con los ojos tristes y encendidos de rabia.

—Has matado a Owen.

Bree no respondió. Se sentó frente a Holly y le leyó sus derechos. La detenida firmó los papeles sin hacer comentarios. Parecía indiferente, completamente inexpresiva.

Bree cruzó las manos sobre la mesa.

—¿Cuándo decidiste matar a Shannon?

Holly se sorbió la nariz y Bree se encogió de hombros

—No importa. No necesitamos una confesión. Te hemos detenido por secuestro, agresión e intento de asesinato, entre otras cosas. No vas a ir a ninguna parte. Vas a pasar el resto de tu vida en la cárcel. Tenemos mucho tiempo para investigar el asesinato de Shannon.

Holly la miró fijamente.

—Tengo que admitirlo —continuó Bree—. Estoy impresionada. Por poco nos engañas. Si no hubiera sido por Cady...

—Esa mujer estúpida y su maldita compasión... —Holly puso los ojos en blanco—. Intenté ignorarla, pero seguía llamando y llamando. Al final, contesté al teléfono y le dije que estaba ocupada, pero no se dio por vencida. Quería que fuéramos amigas —dijo aquello como si fuera la idea más ridícula del mundo.

—Y había visto a Shannon hacía poco, así que habría sabido inmediatamente que no eras ella. —Bree suspiró—. Si Cady no se hubiera metido en medio, tu plan habría funcionado. Nadie lo habría sabido. Era un plan brillante, de verdad.

—Zorra estúpida.

Holly se hinchó de orgullo ante el cumplido. No parecía una mujer estable, aunque, por supuesto, las personas estables y normales no suelen matar a sus propias hermanas.

—¿Paul hacía trampas con los impuestos? —le preguntó Bree.

—Paul hacía trampas con todo. Sobornaba a los inspectores; sacaba fondos de las cuentas conjuntas y lo desviaba. Le escondía dinero a Angela y a los inspectores de Hacienda. Cuando estuvo listo, presionó a Angela para que lo dejara. Se creía con todo el derecho a hacer lo que hacía.

—Y tú le ayudabas.

—Yo me ocupaba de todo. —Su voz resonó con orgullo—. Paul no sabía nada de contabilidad.

—¿Y te pagaba con un dinero extra?

Holly resopló.

—Me daba dinero en efectivo, y yo cogía más. Ni siquiera sospechó. Pero la culpa era suya. Se volvió muy codicioso. Tenía tantas transacciones falsas en esos libros que apenas podía llevar la cuenta. Parecía sencillo sacar un poco para mi fondo de emergencia.

—Paul no era tan listo. ¿Cómo se dio cuenta de quién eras realmente? —Bree se tiró un farol, pero era la única explicación que tenía sentido.

—No fue él quien se dio cuenta. Tienes razón, Paul no era tan listo. Su asesor fiscal descubrió el negocio que me había montado a nombre de mi hermana.

—Seguro que se quedó muy impresionado. Era un plan muy elaborado.

Bree siguió masajeando el ego de Holly.

—Paul se presentó en casa de Shannon y me vio por la ventana.

—¿Qué quería? —preguntó Bree.

—Me dijo que tenía que follar con él o que llamaría a la policía. —A los ojos de Holly asomó un destello de rabia aún más intenso, y luego una lágrima le rodó por la mejilla—. Yo nunca habría engañado a Owen. Era el único hombre para mí. Lo amaba.

Dirigió una mirada escalofriante a Bree.

—Así que, en lugar de follar con Paul…

—Owen lo mató. Cuando supo que Paul había intentado chantajearme para que me acostara con él, se puso furioso. Paul tenía que desaparecer. Suponía una amenaza para nuestro plan. Habría funcionado, excepto que Owen entró en pánico cuando apareciste tú. —Holly dejó escapar un profundo suspiro—. Yo le quería, pero él no sabía reaccionar ante una crisis. Fue una estupidez dispararte. Debería haber huido.

Bree estaba de acuerdo.

—¿Cuánto tiempo te llevó lograr parecerte tanto a Shannon? Esa parte estuvo genial.

—Lo más difícil fue ganar peso. Eso me llevó un par de meses. No me gustaba abandonarme de esa manera, pero Shannon estaba rechoncha, así que... —Holly se encogió de hombros—. Lo demás fue fácil. Me corté el pelo y me lo ricé. A menos que alguien me mirara muy de cerca, pasaba por ella perfectamente. Incluso me intercambié el maquillaje y los cepillos de dientes y de pelo. Sabía que la forense haría una prueba de ADN. —En este punto Holly ya se jactaba sin disimulo.

—¿Y tu madre? ¿No pensaste que se daría cuenta?

—Está casi ciega. —Holly se mordió el labio—. Me preocupaba que me reconociera la voz, por eso la había estado evitando. Nunca tuve ningún resfriado. Esperaba que muriera antes de tener que lidiar con eso. Pero incluso si lo descubría, ¿qué iba a hacer? ¿Llamar a la policía para denunciar a su única hija viva?

Bree mantenía férreamente su expresión de interés absoluto y su cara de póquer, pero interiormente estaba indignada.

—Owen te ayudó —añadió la sheriff, intentando parecer impresionada. Holly parecía narcisista, y a ese tipo de personas les encantan los elogios.

—Por supuesto que me ayudó. Esta era nuestra gran oportunidad. Shannon tenía una buena fuente de ingresos. Apenas trabajaba. Ganaba mucho dinero. Estuve investigando en sus archivos y no parecía muy difícil.

—Pero Owen aún tendría que saldar las deudas.

Se encogió de hombros.

—Iba a declararse insolvente. Lo único malo del plan era que teníamos que vivir separados durante un tiempo. Pero pensamos que en un año más o menos, Shannon se mudaría. No tenía amigos ni compañeros de trabajo. Apenas conocía a sus vecinos. Estaba desperdiciando su vida. No viajaba a ningún sitio ni se divertía. Era un bicho raro.

¿Así que Shannon era la rara?

—Tu plan era realmente perfecto —declaró Bree, halagándola de nuevo—. Casi es una lástima que te hayamos pillado.

Sospechaba que Holly era una sociópata además de una narcisista. No podía resistirse a presumir de su inteligencia superior. La detenida suspiró.

—Me esforcé mucho para conseguirlo. Paul había falsificado los nombres de sus hijos en la documentación de la empresa y eso me dio la idea de desviar aún más fondos de Construcciones Beckett. Creé una nueva sociedad a nombre de mi hermana y Owen abrió una cuenta en el banco. Lo planeamos durante años.

Otra pieza del rompecabezas encajó en su sitio: el trabajo de Owen le había permitido abrir cuentas ilegalmente.

—¿Y por qué no tomar el dinero y salir corriendo? —preguntó Bree.

—¿Y hacer qué? ¿Pasarnos toda la vida huyendo? —El tono de Holly era de desprecio absoluto, como si Bree fuera una idiota—. Esto no es un programa de televisión. ¿Cómo podríamos viajar sin pasaportes? ¿Tú sabes lo difícil que es conseguir documentos falsos hoy en día? Todo es digital.

—Tienes razón —admitió Bree—. Para tener una buena calidad de vida, necesitas documentación.

Holly asintió con aire arrogante.

—Quería el negocio de Shannon, su preciosa casa, toda la vida cómoda que había construido. —Los celos se apoderaron de sus palabras.

—Te lo merecías —aseguró Bree.

—Así es. —Holly sacudió la cabeza—. Debería haber matado a Angela. Fue ella quien avisó a los inspectores de Hacienda. Empezaron a enviar a Paul avisos para hacerle una auditoría y él se asustó. Yo tenía miedo de ir a la cárcel con él. Al fin y al cabo, fui yo quien hizo la mayor parte del trabajo. Es más fácil librarte de una acusación de asesinato que de defraudar con los impuestos.

Bree no señaló que a Holly le habían salido mal ambas cosas.

—¿Hiciste que el perro de Shannon se pusiera enfermo para tener una coartada con el veterinario?

—Yo nunca le haría daño a un perro. —La postura y el tono de Holly eran de indignación—. No soy un monstruo.

—Me alegra oírlo.

—Alguien tiene que acoger a Miedoso —añadió la detenida—. Echaré de menos a ese perro. Es feo, pero muy cariñoso. —Se apartó un rizo encrespado del ojo—. Aunque yo no le caía muy bien. Echaba de menos a Shannon, pero con el tiempo se habría adaptado.

—Owen tenía una coartada para la noche del viernes, de modo que ¿mataste a Holly tú sola y te deshiciste del cuerpo?

—¿Tú crees que podría haber arrojado yo sola tanto peso muerto por la barandilla de un puente? —Holly puso los ojos en blanco—. La matamos el viernes por la mañana temprano, antes de irme a trabajar, y la tiramos por el puente el viernes por la noche antes de que Owen se fuera al bar.

Y como la verdadera Holly se presentó a trabajar el viernes, Bree se había equivocado en la hora de la muerte.

—Creo que nunca había resuelto un asesinato tan bien planeado —dijo Bree.

Holly resopló.

—Y habría funcionado a las mil maravillas si esa mujer del refugio no se hubiera empeñado en ser tan puñeteramente amable.

Bree terminó el interrogatorio y salió de la habitación. Buscó a un ayudante y le ordenó que llevara a Holly a la cárcel y la fichara por secuestro, agresión, intento de asesinato y asesinato en primer grado. No había duda de que sus delitos habían sido premeditados.

Matt se reunió con ella en su oficina.

—Madre mía…

—¿Verdad? —exclamó Bree—. Apuesto por psicópata, sociópata y narcisista.

—El perfil psicológico será interesante. —Matt inclinó la cabeza—. ¿Quieres irte a casa?

Bree negó con la cabeza.

—Los niños están durmiendo. Anoche hablé con Dana para decirle que estábamos bien. —Miró su escritorio—. Debería empezar con el papeleo.

Matt hizo una mueca.

—El papeleo puede esperar. Necesitas descansar.

—Sí, eso estaría bien. —Aún tenía el brazo entumecido por la anestesia local—. También me gustaría darme una ducha. —Suspiró—. Pero no estoy segura de estar lista para irme a casa. Necesito un poco de descompresión. —Levantó la vista hacia él—. ¿Puedo ir a tu casa contigo?

Matt arqueó las cejas bruscamente.

—A dormir —especificó ella.

—Pues claro que sí —contestó Matt, aunque pareció un poco decepcionado.

Durante el corto trayecto permanecieron en silencio. Una vez dentro de la casa, Matt saludó a los perros y los sacó al patio. Olfateó a Brody.

—Creo que Todd lo ha bañado. No huele a agua de río.

Llevó a los perros de nuevo al interior. Greta se dirigió a su cama y Brody se acercó a Bree para que le rascara la cabeza.

—Vamos. —Matt la condujo a la habitación de invitados. Le llevó unos pantalones deportivos y una sudadera exageradamente grande. Le puso una bolsa de plástico alrededor del brazo para mantener el vendaje seco—. Procura que no se te moje. Las toallas están en el baño.

—Gracias.

Bree se dio una larga ducha caliente y luego se dirigió a la cocina. Matt, con el pelo aún húmedo, le dio una taza de chocolate caliente y un sándwich de jamón de los que Bree dio cuenta en tres minutos.

—Ni siquiera sabía que tenía hambre.

Matt recogió los platos vacíos.

—Vete a la cama. —La besó en la frente.

Bree se deslizó entre las sábanas de la cama de invitados y se quedó mirando el techo durante una hora. Reprodujo cada segundo de lo ocurrido esa noche en su mente. Al final, se rindió y se levantó. Caminando descalza por la casa de Matt y sujetándose la cintura del pantalón de deporte con una mano, encontró su habitación y llamó con suavidad a la puerta.

—¿Sí? —respondió él.

Sin decir nada, Bree abrió la puerta, cruzó el suelo de madera y se metió en la cama con él.

—No puedo dormir.

Matt se dio la vuelta y la estrechó contra su cuerpo. Su solidez disipó la soledad que abrumaba a Bree. Nunca había buscado el consuelo de otra persona. Otras veces, en el pasado, cuando estaba estresada, siempre elegía estar sola, pero una inmensa sensación de paz se apoderó de ella al acurrucarse contra el cuerpo de él. Las cosas cambian, a veces para bien. Con el peso del brazo de Matt sobre su cuerpo, Bree se durmió al fin.

Capítulo 43

Día de la Madre.

El domingo por la mañana, Bree y Kayla montaron las dos a Calabaza. El peso de ambas no suponía un problema para el pequeño y robusto caballo, que avanzaba con firmeza por el prado. Adam las seguía a lomos de Cowboy, mientras Luke y Rebelde tomaban la delantera. El alazán castrado, más animado, sacudía la cabeza y hacía cabriolas. A su espalda, Luke llevaba una mochila, cuyo contenido era muy voluminoso.

Subieron la colina por la parte de atrás de la granja y se detuvieron cerca de un roble alto. Luke saltó del caballo y recogió las riendas. Adam bajó a Kayla. El brazo de Bree seguía en cabestrillo, y no desmontó con demasiada elegancia.

—¿Estáis seguros? —preguntó Bree a Kayla y Luke.

Ambos asintieron.

—Este era el lugar favorito de mamá.

Luke se limpió una lágrima bajo el ojo y dejó la mochila a sus pies. La abrió, sacó la caja de madera y se la entregó a Bree. ¿Quería que empezara ella?

—Mamá nos traía aquí de pícnic. —A Kayla le tembló el labio—. ¿Podremos hacer un pícnic con ella algún día?

—Cuando queráis.

Bree se tragó el nudo del tamaño de un pomelo que tenía en la garganta y se secó el sudor de la frente. Ese día parecía más de verano que de primavera.

Cuando Luke había sugerido el prado, Kayla había aceptado inmediatamente. Las ramas más altas del árbol ya mostraban los primeros brotes de la temporada. El viento recorría el campo abierto y unas cuantas flores silvestres mañaneras se mecían con él. La frescura del aire producía un efecto vigorizante al contrarrestar el calor del sol.

Bree tocó el brazo de Luke.

—Tenías razón. Esto es perfecto.

Los miró a los tres, su familia, y sintió que se le henchía el corazón. Un año antes, no habría imaginado que entre ellos se formarían unos lazos tan estrechos. Era triste e irónico a la vez que la muerte de Erin los hubiera unido más. Bree optó por agradecer que hubiera salido algo bueno de un suceso tan horrible. La felicidad aún era posible. El sol seguiría brillando.

—¿Listos? —preguntó.

Luke, Kayla y Adam asintieron. Con dificultad, Bree abrió la urna y dejó volar parte de las cenizas. Le pasó la caja a Luke, que lanzó algunas al viento. Kayla y Adam terminaron de lanzar el resto. Las lágrimas atenazaron la garganta de Bree cuando la brisa recogió las cenizas y las llevó por la colina y hacia el prado, como si Erin supiera dónde quería estar.

«Sé libre».

Luke inclinó la cabeza, pero Adam volvió la cara hacia el sol y cerró los ojos. Su hermano siempre contemplaba las cosas desde un punto de vista diferente, y por lo general más oscuro. Sin embargo, ese día parecía anhelar la luz. Tal vez fuera una señal. Bree se preguntó si el siguiente cuadro que pintase reflejaría el cambio.

Su mirada recorrió el bonito paisaje. La hierba alta y las flores silvestres se mecían con el viento. Vio la granja y el establo a lo lejos. Erin adoraba esa granja. Le había dado paz en la vida. «Por favor, que tenga paz para siempre». Bree sintió que algo se le desplegaba en el pecho, que la tensión se deshacía como un resorte que se libera lentamente. Su hermana ya no estaba con ellos, pero, desde allí, siempre velaría por su bienestar. A Bree le reconfortaba pensar que podía acudir a ese lugar a hablar con Erin cuando quisiera.

Kayla miró a su tía.

—¿Nos vamos ya?

Bree miró a Adam y a Luke, quienes asintieron con la cabeza. Ambos parecían cansados, pero también más relajados. Bree se llevó una mano a la base de la garganta, donde la tensión había dejado un hueco al abandonarla. Por ahora habían terminado.

—Sí.

Bree la subió a la silla y luego montó ella. Todos cabalgaron de vuelta a la casa.

Después de guardar los caballos, limpiarse y cambiarse de ropa, Bree quiso asegurarse y volvió a preguntar a los niños:

—¿Seguro que queréis ir a casa de los Flynn?

—¡Sí! —Kayla dio un respingo.

—Sí —dijo Luke—. Nos sentará bien salir de casa.

Además, eso les daría a todos algo de tiempo para asimilar la mañana.

«Nos vendrá bien distraernos», pensó Bree.

Entraron en la cocina, donde Dana estaba envolviendo unos trozos de *focaccia* recién hecha en papel de aluminio. Había insistido en contribuir al almuerzo del Día de la Madre de los Flynn.

—Estoy lista.

—Gracias.

Adam puso las flores que había cogido en el prado en un jarrón.

—Vamos.

Subieron al todoterreno de Dana y se dirigieron a la casa de los Flynn. Los padres de Matt vivían en una gran propiedad de varias hectáreas. La madre de Matt los condujo a un gran salón y Bree presentó a los niños, a Dana y a Adam. Brody estaba tumbado en el jardín de atrás mientras Nolan, el hermano de Matt, lanzaba una pelota para Greta y la perra negra salía corriendo tras ella. Los niños se fueron directos a los perros.

El doctor Flynn —George—, ataviado con un delantal, había preparado un enorme bufé en el patio.

—Esta *focaccia* tiene una pinta increíble. Tendrás que darme la receta.

Dana sonrió.

—Te la cambio por tu receta de bollos de canela.

—Trato hecho. —Los ojos azules de George centellearon.

Dana cogió un delantal de un gancho.

—¿Qué más hay que hacer?

—¿Puedo ayudar en algo? —preguntó Bree, aunque sus habilidades culinarias eran decididamente escasas.

—Por supuesto que no. —Anna, la madre de Matt, rodeó a Bree con un brazo y la condujo a la terraza, donde Cady descansaba en una tumbona—. Deja que George se ocupe de todo. Nada le gusta más que estar cocinando para agasajar a nuestros invitados. Tú te mereces un poco de descanso. —Dejó a Bree en una butaca acolchada con vistas al jardín trasero—. ¿Café, té, zumo de naranja, un mimosa…?

—Un café sería genial, gracias.

Bree se recostó en la butaca. La luz del sol le templaba la piel y aliviaba la tensión de sus músculos.

—Es mejor que ellos se encarguen del trabajo. —Cady levantó una taza—. Uno: no hay quien se lo impida. —Sonrió—. Y dos: son felices haciéndolo.

—Está bien. —Bree se rio—. ¿Te encuentras mejor?

—Mucho mejor, gracias. ¿Y tú? —le preguntó Cady.

—Mejor también.

Bree se ajustó el cabestrillo. Todavía le dolía el brazo, pero cada vez menos.

—Vuelvo enseguida. —Cady se levantó y se llevó su taza—. ¿Necesitas algo de la cocina?

—No, gracias. Bree se volvió a mirar al jardín. Los niños se turnaban para lanzar una pelota a Greta mientras Adam y Nolan bebían té helado y los observaban. Brody subió a la terraza y se tumbó junto a la butaca de Bree. Ella se agachó y le pasó los dedos por el pelaje. El animal suspiró y cerró los ojos. Bree hizo lo mismo.

La butaca de al lado emitió un crujido. Bree abrió los ojos y Matt le tendió una taza de café.

—De parte de mi madre.

Ella tomó un sorbo y dejó la taza en la mesa de al lado.

—No sabes cuánto agradezco a tus padres que nos hayan invitado hoy aquí. No estaba segura de que fuera conveniente comprometerme a hacer algo en el Día de la Madre, pero esto era justo lo que los niños necesitaban.

—Me alegro. —Matt se acercó y apoyó una mano encima de la de ella—. Mis padres llevan meses queriendo conocerte a ti y a tu familia, pero yo no quería meterte prisa.

—Y te lo agradezco.

Bree observó a los miembros de las dos familias, que charlaban unos con otros, y de pronto se sintió como el Grinch cuando, en la historia de Doctor Seuss, el tamaño de su corazón se multiplica por tres. En un momento dado sus pensamientos derivaron hacia Holly Thorpe, que había asesinado a su propia hermana. ¿Había nacido sociópata? ¿Había tenido alguna vez sentimientos fraternales hacia Shannon? Lo que daría Bree por recuperar a su propia hermana...

—¿Cómo fue Holly capaz de...?

—No —la interrumpió Matt—. Hoy no se habla de trabajo. Nada de eso.

Bree sonrió.

—Tienes razón. Tengo que aprender a mantenerlo al margen. «A vivir el momento».

—Así es.

Matt entrelazó los dedos con los de ella y Bree sintió que el contacto de su mano era fuerte, cálido y firme, como él. Todavía no estaba preparada para analizar sus sentimientos por Matt, pero, por el momento, estaba agradecida de que formara parte de su vida.

Bree se echó hacia atrás, sin soltarle la mano, observando las risas de los niños.

La vida tenía sus altibajos. Su trabajo le aseguraba un aluvión constante de acontecimientos imprevisibles. Pero ese día, la vida le sonreía y necesitaba aferrarse a ella el mayor tiempo posible.

¿Quién sabía lo que le depararía el mañana?

AGRADECIMIENTOS

Verdaderamente hace falta todo un equipo para publicar un libro, y no digamos para poder desarrollar una carrera como escritora. *Salto al vacío* es el trigésimo libro que escribo desde la publicación del primero, en 2011. Como siempre, debo todo mi agradecimiento a mi agente, Jill Marsal, por escoger mi primer manuscrito de su gruesa pila y apoyar mi carrera a lo largo de más de diez años. Doy las gracias al equipo entero de Montlake, especialmente a mi editora jefe, Anh Schluep, y a mi editora de contenido, Charlotte Herscher. Agradezco especialmente a mis amigas escritoras Rayna Vause y Kendra Elliot su ayuda con varios detalles técnicos y sus consejos respecto a la trama argumental. Pero sobre todo, doy las gracias a mi familia por su apoyo inquebrantable en los tiempos en que no vendía un solo libro. Creyeron en mí mucho antes de que yo misma lo hiciera. Hace diez años, nunca habría imaginado que llegaría a escribir a tiempo completo, pero aquí estoy, y doy las gracias de corazón por ello.

Made in the USA
Middletown, DE
25 October 2022

13476787R00217